RE ALFA

RENEE ROSE

Traduzione di
EMA FERRARI

OTTIENI IL TUO LIBRO GRATIS!

Iscrivetevi alla newsletter di Renee per ricevere Indomita, scene bonus gratuite e notifiche riguardo a nuove pubblicazioni!

https://subscribepage.com/reneeroseit

CAPITOLO UNO

Lauren

Mi svegliai fradicia di sudore. Uno dei tanti aspetti negativi di vivere in Arizona.

Anche adesso, a metà settembre, le temperature giornaliere superavano i quaranta gradi. Non riuscivo. A dormire. Cazzo.

Cercai di togliermi le coperte di dosso, ma mi si aggrovigliavano tra le gambe, facendomi dimenare e scalciare come una sirena intrappolata in una rete. Avevo la maglietta appiccicata addosso.

Non ero l'unica ancora sveglia in questa casa. Nella stanza accanto, il mio gemello, Lincoln, suonava la sua chitarra elettrica, senza amplificazione. Lo sentivo improvvisare, mentre tentava ancora di padroneggiare la canzone di Eric Clapton, "Layla".

Dalla cucina arrivò il rumore del ghiaccio che cadeva nel bicchiere. Anche nostro padre era sveglio. Eravamo una famiglia di insonni.

Probabilmente non potevo incolpare il caldo. Questa era una settimana difficile per tutti noi.

Gli anniversari facevano schifo.

Tuttavia, le temperature più fresche presumibilmente consentivano un sonno migliore, quindi feci oscillare le gambe oltre il bordo del letto per alzarmi. Il termostato appena fuori dalla porta della mia camera segnava ventidue, che avrebbe dovuto essere abbastanza fresco, ma lo abbassai comunque di qualche altro grado.

Quando tornai in camera mia, mi tolsi la maglietta bagnata e la gettai sul pavimento. Forse dormire indossando solo le mutandine mi avrebbe aiutata.

Mi avvicinai alla fila di finestre che offrivano una vista sulle colline. La luna piena illuminava in controluce i cactus saguaro, che si ergevano come sentinelle sul ripido pendio.

Afferrai le tende per chiuderle e poi mi bloccai.

Il respiro mi si bloccò in gola.

Il lupo più grande che avessi mai visto se ne stava fuori dalla mia finestra, a soli sei metri da me.

Era color argento con macchie bianche, e brillava alla luce della luna piena. La bestia era così illuminata che potevo vederne il colore degli occhi: blu ghiaccio.

Mi sforzai di espirare.

Ora sapevo di non essere pazza. Nelle ultime settimane avevo notato dei movimenti tra i cespugli quando guardavo fuori dalla finestra. Lampi d'argento o un colpo di coda.

Probabilmente avrei dovuto esserne impressionata. Madre Natura aveva portato un animale in via di estinzione proprio fuori dalla finestra della mia camera. Per qualche motivo, però, mi fece semplicemente incazzare. Come il caldo e i bulli del mio liceo, avere animali selvatici che sbirciavano dalla mia finestra mi sembrava un'intrusione. Un altro segno che indicava che non appartenevamo a questo posto.

Che avremmo dovuto lasciare Wolf Ridge e tornare a Manhattan.

Il lupo mi fissava. Sembrava quasi ci fosse un'espressione di sfida nel suo sguardo. Come se volesse ribadire di essere un'alfa, mentre io ero solo una giovane parvenu che lui pretendeva di rimettere al suo posto.

A mia madre sarebbe piaciuto vederlo. Adorava l'Arizona. Le piaceva essere circondata dalla natura. Ma lei non era qui, il che significava che questo avvistamento era solo un dannato spreco.

Sbloccai la finestra e la spalancai.

«Cosa stai guardando?» gridai al lupo.

Arricciò il labbro superiore in un ringhio.

Avrei dovuto avere paura. Avrei dovuto sentire qualcosa, qualsiasi cosa.

Ma non era così.

In questi giorni, non succedeva mai.

«*Sciò*.» Feci un gesto sprezzante con la mano. «Vai. Vai via di qui.»

Vidi un lampo di denti bianchi e lucenti.

Sentii un ringhio feroce e poi lo schiocco di potenti mascelle.

Probabilmente riuscii a malapena a battere le palpebre prima che la mia finestra venisse cancellata dalla pelliccia argentata. La zanzariera della finestra si piegò verso l'interno e si squarciò a metà mentre il grande corpo del lupo sbatteva contro il telaio.

Urlai, paralizzata sul posto. Non riuscivo a muovermi o a distogliere lo sguardo.

Alla fine, sentii qualcosa che andava oltre l'intorpidimento extracorporeo. Il mio corpo riconosceva il pericolo reale. *Cosa che amai.*

Dopo essermi sentita morta per così tanto tempo, stavo assaporando il terrore. La sensazione di vivere. Il ritorno dell'emozione, anche se primitiva.

Incrociai lo sguardo con il lupo ringhiante, quasi sfidandolo a passare attraverso quella cornice e mangiarmi viva.

Ma poi, con la stessa rapidità con cui era arrivato, il lupo si voltò e si allontanò nel bosco, scomparendo dalla vista.

* * *

ABE

NESSUN ESSERE umano avrebbe dovuto avere delle tette così gloriose.

Anche adesso, con uno stivale premuto sul collo, pensavo a come appariva Lauren Sterling con la pallida luce della luna che le illuminava il seno nudo.

Ricordavo l'impudente inclinazione verso l'alto dei suoi capezzoli. Il dolce ventre rotondo. Pensavo a come sarebbe stato riempirmene le mani mentre respiravo quel suo profumo di mela candita.

«Vuoi spiegarmi perché ho appena ricevuto una chiamata dalla villa degli Sterling che dice che un lupo rabbioso ha cercato *di attaccare la loro figlia?*» ringhiò lo sceriffo.

Me ne stavo disteso sulla schiena e mostravo la mia pancia ad Alpha Green e allo sceriffo Gleason.

Fanculo.

Ero davvero fregato in questo momento.

Ero tornato alla forma umana per parlare, il che non aveva fatto altro che esasperare la mia posizione ignominiosa. Ora il mio pisello pendeva mentre me ne stavo sotto lo stivale dell'alfa.

«Mi dispiace, Alfa.»

«*Mi dispiace*, non basta, figliolo. Hai infranto il codice.»

Mio padre apparve accanto agli altri due uomini e una familiare sensazione di nausea mi strisciò nello stomaco.

Sarebbe andato fuori di testa se avesse pensato che io avessi una cotta per un essere umano.

Non era così. Sicuramente no.

Il mio cervello girava mentre cercavo di trovare una via d'uscita da questa situazione. La verità era che non sapevo cosa fosse successo. Non sapevo cosa continuasse ad attirarmi verso la villa degli Sterling: l'opulenta mostruosità su Moongaze Hill che confinava con la terraferma e aveva una vista sul nostro territorio. La casa dove Lauren e il suo gemello si erano trasferiti per l'ultimo anno di scuola.

Non aveva senso che il mio lupo fosse affascinato da un essere umano.

Tutto quello che sapevo era che avevo visto la principessa di ghiaccio di Manhattan, la mia ostinata compagna di laboratorio di chimica, in piedi in topless alla sua finestra.

Sì, *in topless*.

Avevo visto il suo seno meraviglioso e non ero riuscito a muovermi o a distogliere lo sguardo.

E poi me ne resi conto: era questa la risposta. La pura verità, meno la parte in cui avevo perso il controllo e il mio lupo si era lanciato verso di lei.

«Mi dispiace, signore, non so cosa sia successo. Immagino siano stati gli ormoni. L'ho vista nuda alla finestra...»

«*Nuda?*» Mio padre interruppe incredulo.

«Sì signore. Si è affacciata alla finestra nuda e non so cosa sia successo. Deve essere stata la luna piena a scatenare la mia aggressività alfa. La cosa successiva che so è che mi sono lanciato verso la finestra. Ma non la stavo attaccando. Voglio dire, non ne ho mai avuto intenzione. Non farei mai del male a un essere umano.»

Certo, magari avrei voluto tenere questa in particolare sotto controllo e farle cose sporche, ma non lo avrei detto a mio padre e agli anziani del branco.

«Capisco.» Lo stivale si spostò dalla gola al petto e

inspirai a pieni polmoni. Parte della tensione e del giudizio lasciò Alpha Green. «Gli ormoni possono fare questo a un alfa.» C'era una nota di orgoglio nel suo tono. Come se stessimo parlando, da alfa ad alfa.

All'improvviso era diventato il mio mentore invece che un punitore.

«Figliolo, devi smaltire un po' di quell'aggressività ormonale sul campo di football. Oppure, se hai bisogno di uscire con qualche ragazza umana – non quando la luna è piena, ovviamente – solo per liberare un po' della tua frustrazione repressa – allora fallo. Usando le protezioni, ovviamente. Il coach Jamison non parla con voi ragazzi di questo genere di cose?»

«Sì signore. Assolutamente. Ma non ho bisogno di sc*stare* con un'umana. Ho la situazione sotto controllo.»

Mio padre non mi avrebbe mai perdonato una scopata con un'umana. Per tutta la vita aveva ripetuto a me e a mio fratello Austin che dovevamo garantire e mantenere la posizione di alfa delle nostre classi, in modo da poterci accoppiare con una femmina alfa. Per assicurarci che il difetto di famiglia non venisse mai trasmesso.

«Davvero, figliolo? A me non sembra così.»

«Sì signore. Non so cosa sia successo stasera, ma giuro che non succederà più.»

«Assicurati che non accada» ordinò l'Alpha Green. Lo stivale si abbassò un po' di più.

«Lo farò, signore.»

Alpha Green tolse lo stivale dal mio petto. «Ora alzati e vestiti. Risolverò il tuo problema con lo sceriffo Gleason.»

«Grazie signore. Mi dispiace per il disturbo che ho causato a te e al branco.»

Mi alzai e mi scossi come un cane prima di voltarmi e uscire dall'ufficio postale.

I miei amici Asher, J.J., Markley e Sebs mi stavano aspettando nello spogliatoio. Erano già vestiti e stavano scherzando, giocando a lanciarsi un pallone più forte che potevano in faccia.

Tutti e quattro mi guardarono in attesa, ma io scossi la testa. Non potevo assolutamente dire nulla mentre mi trovavo ancora in una delle proprietà del branco. Ogni mutaforma qui aveva un udito sovrumano e nessuna conversazione passava inosservata.

Ovviamente tutti volevano sapere cosa era successo. Ero scomparso durante la corsa e quando erano tornati mi avevano ritrovato nell'ufficio dell'alfa.

Mi misi dei pantaloncini e una maglietta, infilai ai piedi un paio di infradito e mi diressi verso il parcheggio sterrato dove era parcheggiata la mia Range Rover. Ci accalcammo tutti e cinque e io misi in moto. Non appena si chiuse l'ultimo sportello, parlarono tutti insieme.

«Che succede, Abe?» cinguettò Markley dal sedile del passeggero anteriore.

«Abbiamo sentito che eri alla villa degli Sterling, presumibilmente per attaccare la principessa di ghiaccio. Cosa le hai fatto?» J.J. voleva saperlo. Era il bravo ragazzo del nostro gruppo. Il rappresentante della classe senior. Mister Sociale. Il ragazzo che mi sarebbe piaciuto essere. Il tipo di persona che sarei stato se non avessi dovuto mantenere la mia posizione di alfa, un requisito stabilito da mio padre, non da me.

«Dimmi che stava urlando perché finalmente hai preso quella stronza gelida...»

Il mio lupo ringhiò. Prima che potessi trattenermi, feci oscillare il braccio di lato per sbattere il pugno al centro del petto di Markley per averle mancato di rispetto.

Fanculo.

Perché il mio lupo avrebbe dovuto voler proteggere quest'umana? Per me non era mai stata altro che una snob.

Markley ansimò per l'impatto. «Mi dispiace, fratello.»

Nello specchietto retrovisore vidi J.J. e Sebs scambiarsi uno sguardo che mi fece venire voglia di dare un pugno alla gola a entrambi. Mi ero esposto troppo.

Pensavano che l'umana significasse qualcosa per me.

Ma non era così. Sicuramente no.

Non mi sarei mai incasinato con un'umana. Soprattutto non con Lauren. La principessa di ghiaccio poteva anche essere sexy, il suo profumo poteva anche provocarmi delle cose, ma non c'era assolutamente nulla sotto quell'aspetto da ragazza ricca e curata.

Era un giorno di scuola ed era tardi, quindi non tornai alla mesa per accendere un fuoco e fare stronzate con i ragazzi. Era una delle rare volte in cui non volevo uscire con i miei migliori amici perché sapevo che avrebbero continuato a tormentarmi per capire cosa era successo stasera e perché.

Ma dovevo raccontare loro la storia subito perché ogni mutaforma a scuola domani avrebbe voluto sapere cosa era successo, e dovevano essere i miei amici a diffondere la storia.

Doveva essere una storia in grado di farmi apparire al top. Ero l'alfa della scuola. Non potevo permettermi alcuna percezione di debolezza. Soprattutto non con il mio segreto.

Mi fermai a casa di Markley e spensi il motore, poi mi girai sul sedile per guardare i ragazzi. «Amici, era nuda. In piedi davanti alla finestra della sua camera da letto.»

Mi fece venire la nausea parlare di Lauren in questo modo. E la cosa non aveva senso. Ci odiavamo a vicenda.

«Cosaaaa? Oh dannazione!» Asher agitò la mano.

«Lo so» continuai, come facevo sempre. Ero il loro alfa, l'aggressiva super star della scuola. Il ragazzo che schiacciava chiunque non gli mostrasse totale e completo rispetto. «Tette perfette, cazzo. Ma lei mi ha visto. E sapete cosa ha avuto l'audacia di fare la regina di ghiaccio?»

«Che cosa?» Asher arricciò il labbro superiore. Era lui il selvaggio nel nostro branco scolastico. Il ragazzo che di solito rompeva il codice del branco e veniva beccato dall'alfa. Tale padre, tale figlio, immaginavo.

«Mi ha detto *sciò*.» Tralasciai il modo in cui i suoi seni avevano rimbalzato quando aveva fatto il gesto. Quello che mi aveva provocato.

«Oh merda.» J.J. fece una smorfia per l'audacia dell'umana nell'insultare un lupo alfa. «Che cosa hai fatto?»

Mi schiaffai un sorrisetto di merda in faccia. «L'ho spaventata a morte.»

Al mio lupo, però, non piacque. Sentii un'inquieta ondata di disapprovazione sotto la pelle. Ma non sapevo quale fosse il suo problema. Il mio lupo non poteva volersi accoppiare con un'umana.

E anche se lo avesse voluto, non sarebbe successo. Non poteva.

Già così, c'era una probabilità del cinquanta per cento che trasmettessi il mio difetto ai miei cuccioli. Se mi fossi accoppiato con un essere umano, le possibilità sarebbero ulteriormente scese, sempre se fossero riusciti a mutare in mutaforma. Ecco perché dovevo accoppiarmi con una femmina alfa.

Mio padre mi aveva inculcato questo fatto in testa sin dai primi mesi della mia transizione alla pubertà, quando avevamo scoperto il difetto familiare presente in me.

Voleva che mi accoppiassi con una femmina alfa con l'inganno. Avrei potuto semplicemente non accoppiarmi affatto. Evitare assolutamente di trasmettere questa merda a un cucciolo.

Ricordavo come si fosse seduto accanto a me sul letto dopo che ero svenuto, l'unica volta in cui qualcuno nella nostra famiglia aveva davvero avuto bisogno delle sue capacità di medico. *È un'anomalia genetica. L'interpretazione del tuo cervello degli input oculari si confonde. Fondamentalmente, il tuo cervello sta cercando di vedere con i tuoi occhi da lupo mentre sei in forma umana. È gestibile, ma devi nasconderlo. Stai lontano dalle luci fluorescenti, che possono scatenare gli episodi. Quando accadono, nascondili. Dovrai imparare a fingere. Non devi dirlo a nessuno. Nessuno può sapere che non sei perfetto, Abe. Dovrai sforzarti di diventare l'alfa della tua classe e mantenere la tua posizione, in modo da assicurarti la migliore compagna possibile prima che la situazione peggiori o che qualcuno lo scopra.*

Ciò significava che per me non c'era alcuna possibilità di trovare la mia compagna predestinata.

Asher ringhiò in approvazione perché avevo spaventato Lauren.

J.J. alzò gli occhi al cielo. «Sei fortunato che Alpha Green non ti abbia fatto a pezzi.»

Intendeva letteralmente. Con i denti. La disciplina del branco era quasi sempre fisica poiché guarivamo all'istante. Era una dimostrazione di dominio e una richiesta di rispetto.

«Era già vestito» spiegai.

«Sei dannatamente fortunato» disse Markley. «Nessuna conseguenza?»

«Gli ho detto che era nuda, e lui l'ha attribuito agli ormoni adolescenziali impazziti.»

«Geniale, amico.» Sebs offrì le nocche e io le colpii con il pugno.

«Aspetta, aspetta, aspetta. Torniamo alla parte in cui era nuda», disse Markley. «Era completamente nuda? O in mutandine e reggiseno?»

Gli altri ragazzi ridacchiarono e chinarono la testa, aspettando tutti la mia risposta.

Divertente, ma avrei voluto aver tenuto la bocca chiusa. Avevo confessato la situazione ad Alpha Green per togliermelo di dosso, ma ora non mi piaceva l'idea che tutti parlassero delle sue tette.

Lauren poteva anche essere una ragazza ricca e presuntuosa che non apparteneva a Wolf Ridge, ma non meritava che le mancassero di rispetto in questo modo. Nemmeno per preservare la mia reputazione di alfa.

«Lascia perdere, Markley», ringhiai.

«Quindi non era davvero nuda?» chiese lui.

«Cosa ci facevi a casa sua, comunque?» volle sapere Sebs. «Pensavo che stessi dando la caccia a Casey e River.»

Casey era la femmina alfa della classe senior. La femmina che *avrei dovuto* inseguire.

Quella per cui non avevo assolutamente alcun interesse. Un sentimento reciproco, sospettavo.

«Infatti, ma ho visto le luci accese nella villa degli Sterling, quindi sono andato a vedere.»

Non dissi loro che mi ritrovavo a correre a Moongaze Hill ogni tanto. Annusando in giro, perché il mio lupo era inspiegabilmente attratto da quella mostruosità di villa.

J.J. e Sebs si scambiarono un'altra occhiata.

«Che c'è?» Sentii dei picchi di irritazione.

Sebs alzò le spalle. «Niente. È molto bella. Andrei a dare un'occhiata anch'io.»

Il mio lupo ringhiò e io mi rivolsi a lui. «Stai lontano da lei.»

Alzò le sopracciglia.

Markley ci interruppe. «Devo andare o mia madre darà di matto.» Mi diede una pacca col pugno e aprì la portiera per uscire.

«Ci vediamo.»

Era una serata di scuola e Sebs era probabilmente l'unico che aveva dato un'occhiata ai suoi compiti. Era il tipo di persona che sembrava capace di avere fatto tutto prima ancora che io avessi aperto un libro. Non che aprissimo più i libri. Quest'anno la Wolf Ridge High aveva finalmente raggiunto il ventunesimo secolo e ci aveva fornito copie elettroniche dei libri di testo.

E questo mi rendeva le cose ancora più difficili. La luce di qualsiasi tipo di dispositivo elettronico mi disturbava la vista. Stavo imparando a leggere usando la vista periferica, ma di solito ci voleva così tanta concentrazione che non riuscivo ad assorbire ciò che leggevo.

Lasciai gli altri ragazzi ed entrai nel mio vialetto. La parte posteriore del collo mi prudeva in segno di avvertimento mentre scendevo dalla Land Rover.

Sì. Era come temevo.

Mio padre mi aveva aspettato alzato per farmi patire le pene dell'inferno.

La sua più grande paura era che mi accoppiassi con un'umana.

CAPITOLO DUE

Lauren

Ogni volta che mettevo piede nel campus della Wolf Ridge High, ero abbastanza sicura di essere sul set di un film sull'apocalisse zombie.

Ma insomma, poteva essere una mia proiezione.

Ero come morta da 51 settimane e mezzo ormai.

Non mi ero fatta un solo amico nel mese in cui ero stata qui. Non ci avevo nemmeno provato. Non mi interessava davvero, visto che non c'era nessuno con cui valesse la pena parlare.

In genere pranzavo con Lincoln alla mensa, ma oggi era con Rayne, l'unica ragazza di questa scuola che sembrava essere almeno semi-simpatica. Lincoln l'aveva aiutata con la matematica perché era un semi-genio con i numeri. Aveva preso da nostro padre in questo.

Mi unii a loro due, consapevole che stavamo attirando ancora più sguardi del solito. Per dire, Rayne che mangiava con noi meritava ancora più osservazione rispetto ai gemelli di New York. Davvero non capivo questa scuola.

Era così dannatamente strana.

Rayne aveva confermato il mio sospetto che la popolarità fosse basata interamente sulle capacità atletiche, il che spiegava perché Abe Oakley, il mio stronzo compagno di chimica, fosse in grado di governare la scuola. Non aveva l'altezza allampanata di Lincoln e Luke a diciotto anni: aveva un fisico che non avrebbe completato la sua maturazione fino al college.

Lui e i suoi compagni di football sembravano già far parte della NFL. Erano enormi e tutti muscoli.

Anche le ragazze erano fisicate qui. Non Rayne, ma lei non era un'atleta o una cheerleader come il resto di loro. Sospettavo che fosse una totale emarginata, come me e Lincoln.

Da qui, le occhiatacce.

Il mio sguardo si posò involontariamente su Abe e i suoi amici al tavolo dietro Lincoln. Stava ridendo e dicendo qualcosa ai suoi amici. Gesticolava, facendo sobbalzare e gonfiare i suoi bicipiti.

Muscoli così grandi non potevano essere naturali per un ragazzo della nostra età.

Mi chiedevo se qui ci fosse un problema con gli steroidi. Alcune scuole lottavano con l'ecstasy. Alcune con l'erba. Forse qui c'erano problemi con gli steroidi. Avrebbe spiegato il livello di aggressività e meschinità che c'era. Forse erano tutti steroido-aggressivi.

Oh dannazione.

Abe alzò lo sguardo e incrociò il mio. Strinse gli occhi. La sua antipatia per me era evidente. Non riuscivo a decidere se fosse perché non mi ero gettata ai suoi piedi come il resto delle ragazze di questa scuola o perché venivo da una famiglia ricca e questa città era abitata dalla classe operaia.

Onestamente, non ero abituata a essere trattata come merda di cane sotto la scarpa di qualcuno, ed era così che si comportava Abe, ma non mi interessava, in fondo.

Fare amicizia qui non era mai stata una priorità.

Ora che i nostri sguardi si erano incrociati, mi rifiutai di distogliere lo sguardo. Sicuramente non mi interessava ingraziarmelo, ma questo non significava nemmeno che avrei accettato tutta la merda che mi lanciava addosso.

Strinsi le labbra e lo guardai, come se avessi appena mangiato qualcosa di acido.

Abe si alzò e sembrò quasi un re che lasciava il trono dal modo in cui i suoi amici si piazzarono immediatamente al suo fianco. Si mosse spavaldo nella mia direzione.

«Oh fantastico» mormorò Rayne e abbassò la testa come se si stesse preparando per una sconfitta.

Lincoln e io non eravamo turbati. Forse ci odiavano tutti perché pensavamo di essere migliori di loro, ma in fondo, ero convinta che, quando si trattava di queste stronzate, lo eravamo.

Nessuno di noi due sarebbe mai stato intimidito dai bulli della scuola. Eravamo noi quelli popolari della Landhower Prep. Non avevamo intenzione di inginocchiarci e adorare questi perdenti.

Abe e due suoi amici si sedettero al nostro tavolo. Finse di concentrarsi su Rayne, ma sapevo che era venuto a infastidirmi. «Guarda un po'. Il cucciolo qui si è finalmente fatto un altro amico.»

Era un peccato che fosse così bello. Rendeva difficile distogliere lo sguardo.

«Due» disse il suo amico J.J., spostando lo sguardo tra me e Lincoln. «Oppure la somma di due perdenti fa solo uno?»

Abe mi scivolò addosso, invadendo il mio spazio. Gli indirizzai la peggiore occhiata possibile, ma lui si limitò a sorridere. Aveva i denti bianchi e perfetti, le labbra erano troppo sensuali per appartenere a un uomo così virile. «Non pensavo che Perle si sarebbe abbassata a fare amicizia a Wolf Ridge.»

Perle. Mi chiamava così perché eravamo ricchi. Faceva sempre commenti sulla nostra villa e sull'auto che guidavamo.

«Scommetto che andranno al ballo dell'homecoming in tre. Sarebbe carino, vero?» disse l'altro ragazzo, Markley.

Il sorriso svanì dal volto di Abe. In effetti, all'improvviso sembrò decisamente pericoloso. Sentii delle scosse di avvertimento pizzicarmi le braccia, ma non riuscivo a capire di cosa avrei dovuto aver paura.

«Così saremo tutti lì a vederti incoronato re, giusto?» ribatté Rayne.

Gli ritornò il sorriso.

Giusto. Abe sarebbe stato il re dell'homecoming. Chissà chi sarebbe stata la sua regina? Non che mi importasse, eh. Non avevo nessuna intenzione di andare al ballo.

«Passo» dissi. Trascorrere più tempo con i ragazzi di questa scuola non sarebbe stato altro che doloroso.

Quel lampo di irritazione attraversò di nuovo il viso di Abe, ma si riprese rapidamente, sparando di nuovo quel sorrisetto di merda. «Sai cosa sarebbe divertente?»

«Che cosa?» chiese J.J.

«Mettere questi tre perdenti nel ballottaggio.»

«Perché?» chiese Markley.

Non capivo. A meno che... non mi volesse *davvero* lì per vederlo incoronato.

Forse il bullo pezzo grosso era davvero interessato a me.

Ah.

Divertente.

«Fatelo» disse ai suoi amici come se fosse una star del cinema, e loro fossero tutti i suoi assistenti personali.

«Sai cosa sarebbe ancora più divertente?» Rayne gli rivolse un sorriso sdolcinato. «Guardarti perdere contro un outsider.»

Sarebbe stato divertente. Mio fratello era sicuramente il

re dell'homecoming. Non era un atleta, come gli stronzi di questa scuola, ma aveva la sua aria da ragazzo rock. Era alto, rilassato e molto bello. A Landhower, quando sorrideva, le ragazze svenivano.

«Nei tuoi sogni, cucciolo.» La spavalderia di Abe era saldamente al suo posto. Si alzò e se ne andò, seguito dal suo entourage.

«È stata letteralmente l'interazione più stupida a cui abbia mai avuto la sfortuna di assistere. Come fanno questi idioti a essere popolari?» chiesi, cercando di non fissare le spalle muscolose di Abe mentre si allontanava.

«Non ne ho idea» mormorò Rayne.

* * *

ABE

ODIAVO LA CHIMICA.

Le luci fluorescenti del laboratorio innescavano il mio difetto, quindi non riuscivo mai a leggere quello che si scriveva sulla lavagna.

E la cosa peggiore di tutte?

La regina di ghiaccio era la mia compagna di laboratorio e mi distraeva costantemente con quel suo profumo di caramelle alla mela.

Le lanciai un'occhiata. Niente in lei sembrava indicare che l'intermezzo della notte scorsa l'avesse colpita. Sembrava riposata. Sexy da morire. Piena di sicurezza.

La mia idea di inserirla nelle elezioni per l'homecoming era improbabile. Volevo davvero che fosse la mia regina? Era ridicolo.

Sapevo che avrei dovuto smettere di prendermela con Rayne la cucciola, un altro lupo difettoso. La mutaforma che non poteva mutare. Se c'era qualcuno che poteva capire che i difetti non si sceglievano, quello ero io. Avrei dovuto mollare questa merda da meschino prepotente e darle un po' di tregua, ma ogni volta che la vedevo era come se non riuscissi a controllarmi. Rappresentava tutto ciò che odiavo di me stesso. La piccola fitta di senso di colpa che avevo sempre provato nel buttare merda su Rayne divenne un'ondata di marea quando notai il disgusto sul volto di Lauren. La respinsi.

Mi rifiutavo di lasciare che questa debole umana snob mi facesse sentire in colpa. Ero io l'alfa qui. Poteva anche non capire cosa significasse, ma lo avrebbe colto. Anche se questo avesse significato doverla mettere al suo posto io stesso.

Non sarebbe stata eletta regina. Casey Muchmore avrebbe vinto il titolo. Era la donna alfa della scuola. Mio padre mi aveva già chiesto quattro volte se l'avevo invitata al ballo.

Certo, avrei dovuto.

Era strano che non fossi mai stato interessato a lei?

Quando avevo effettuato la transizione per la prima volta e avevo scoperto di avere un difetto, mio padre aveva iniziato a premere parecchio sulla questione della femmina alfa. Quindi ero uscito con cheerleader e stelle della pallavolo. Avevo scherzato con le lupe più audaci durante le corse sotto la luna piena. E poi era arrivata Lauren Sterling, e il mio stupido lupo se l'era fatto venire duro per lei.

Un'umana bella e snob.

Gettò le sue lunghe onde ramate oltre la spalla e mi lanciò un'occhiata fredda e disamorata mentre ce ne stavamo al bancone del laboratorio.

Chiunque altro, qualunque ragazzo mutaforma in questa classe, avrebbe fatto il lavoro per me. Si sarebbero umiliati e piegati e mi avrebbero dato tutte le informazioni di cui avevo bisogno per farmi ottenere in qualche modo una sufficienza in questa classe, così da farmi rimanere sul campo da football.

Dopotutto, ero l'alfa della Wolf Ridge High.

Potevo manipolare tutti con un solo sguardo. Con un cenno della fronte. Un gesto della mano.

Nessuno avrebbe mai nemmeno pensato di chiedersi perché avevo bisogno di aiuto. Presumevano che io stessi solo chiedendo la loro lealtà e il loro servizio.

Ma non Lauren.

E questa principessa viziata non era assolutamente influenzata dal mio potere e dal mio status in questa scuola.

La signora Miller distribuì i compiti di laboratorio. Lauren mi ignorò e si infilò un paio di occhiali sulla testa che ingrandirono i suoi occhi blu come l'acqua. Normalmente, gli occhi grandi facevano sembrare una donna innocente. Fragile. Dolce.

Non questa principessa.

L'alterigia che trasudava cancellava ogni dolcezza dal suo aspetto. Tuttavia, in qualche modo riusciva a sembrare una modella da passerella anche con gli occhiali di plastica.

Mi misi gli occhiali in cima alla testa come se fossi troppo figo per indossarli. Che era vero.

Nemmeno Miller mi avrebbe preso in giro. Non aveva senso che li indossassi. I mutaforma non potevano essere feriti da ustioni chimiche. Beh, temporaneamente, certo. Ma niente che non guarisse dall'oggi al domani.

Appoggiai un fianco contro il bancone del laboratorio e incrociai le braccia sul petto per guardare Lauren lavorare.

Mi lanciò un'occhiataccia. «Non farai nemmeno finta di aiutare?»

Il mio lupo fu soddisfatto del fatto che si fosse finalmente rivolta a me. Che finalmente avesse guardato dalla mia parte. «No.»

Gli studenti dall'altra parte del nostro banco di laboratorio – entrambi mutaforma – si sentirono obbligati a ridacchiare.

Ero il loro re, li stavo intrattenendo.

Lauren li ignorò. «Non pensi che la signora Miller se ne accorgerà?» chiese freddamente. Era sempre imperturbabile davanti ai miei tentativi di coinvolgerla. Mi faceva impazzire, cazzo.

O forse era il mio ego.

«La Miller non farà nulla» dissi con totale fiducia. Non ne ero così sicuro come sembravo, ma mio padre era un membro di alto rango e la Miller solo un insegnante di scuola. Nessuno di speciale. Sapeva che se avessi fallito in questo laboratorio, il mio voto sarebbe sceso sotto la sufficienza e non avrei potuto giocare questo fine settimana. E la cosa avrebbe portato molta pressione su di lei da parte di quasi tutti in città, dal coach Jamison e il preside a ogni cittadino comune che dipendeva dalla Wolf Ridge High per l'intrattenimento settimanale.

Lauren allargò le narici e abbassò le labbra in un'espressione di disgusto mentre si muoveva con sicurezza, misurando piselli secchi e sabbia in due bicchieri separati. Conoscevo bene questa espressione in particolare: era praticamente l'unica che mi dedicava.

Scosse la testa mentre lavorava. «Ho sentito che hai la possibilità di ottenere una borsa di studio per il football. Come funzionerà al college quando non avrai la minima idea di come superare un corso senza costringere qualcun altro a fare il tuo lavoro?»

Ero soddisfatto che sapesse delle cose su di me, dato che la maggior parte delle volte faceva finta che non esistessi, ma la menzione del college mi fece rivoltare lo stomaco. Soprattutto perché le sue parole erano troppo vicine alla verità. Non avrei mai potuto superare il college senza pagare o minacciare qualcuno di fare il mio lavoro.

Le destinai il mio miglior sorrisetto di merda. «Cosa ti fa pensare che non sarò in grado di fare il prepotente con qualcuno al college?»

Alzò gli occhi al cielo. «Uno di questi giorni qualcuno ti farà fuori, Oakley. E mi metterò a ridere a crepapelle.»

Cavolo, adoravo sentire il suono del mio nome sulle sue labbra. Anche se era solo il mio cognome.

«Forse dovresti provarci tu.» Non sapevo cosa mi avesse spinto a dirlo. Solo che desideravo una reazione maggiore da parte sua. Più dei movimenti indifferenti di quella criniera folta e lucente. Quella che avrei voluto usare per tirarle indietro la testa. Per farle scoprire la gola davanti a me, anche se non aveva idea di cosa significasse la parola sottomissione.

Volevo le sue mani su di me, che mi respingevano. Che lo facesse nel modo in cui desideravo farlo io.

Mi lanciò un'occhiataccia. «Forse lo farò.»

Probabilmente non stava flirtando. Considerando il suo totale disprezzo per me, sarebbe stata un'ipotesi stupida.

Ma il mio cazzo la prese come se lo stesse facendo. Si sollevò contro la cerniera e all'improvviso mi ritrovai a morire dalla voglia di sapere come sarebbe stato avere quelle labbra imbronciate avvolte attorno alla sua circonferenza.

Mi avvicinai, schiacciandomi al suo fianco. «Oh sì?» La mia voce non era minacciosa. Era un rombo profondo e suggestivo. Quasi delle fusa. La abbassai ancora di più. «E cosa faresti?»

I ragazzi dall'altra parte del bancone del laboratorio tennero la testa bassa. Erano mutaforma, il che significava che potevano sentire ogni parola, ma ci diedero un po' di privacy. Lasciando credere a Lauren che non potevano sentire le mie parole sussurrate.

Ora che era vicino, il suo profumo di mela mi salì nelle narici, facendomi ingrossare ancora di più il cazzo. Avrei voluto mordicchiare quel collo e scoprire che sapore aveva.

Anzi, avrei voluto prenderla in braccio, piazzarle il culo sul tavolo del laboratorio, allargare quelle ginocchia e assaggiarla dove contava di più.

Alzò il viso e sussultò leggermente per il fatto che mi trovavo così vicino. Le sue pupille si dilatarono: la prima indicazione che avevo visto in lei che fosse attratta da me. Che aveva qualche emozione. Il mio lupo quasi ringhiò ad alta voce in segno di vittoria.

Se avesse avuto paura in questo momento, le sue pupille si sarebbero ristrette e le avrei sentito l'odore della paura addosso. I nostri volti erano a pochi centimetri di distanza e lei non fece un passo indietro. Sentii nel suo alito la cannella della gomma che aveva buttato via quando era entrata nella stanza.

Con mio grande piacere, alzò il mento e si avvicinò, quasi come se stesse per baciarmi. O più probabilmente, mordermi. Probabilmente lo avrebbe voluto, considerando che stronzo ero stato. «Se te lo dicessi» fece le fusa con lo stesso tono suggestivo, «saresti preparato.» Si allontanò abbastanza da poter vedere tutta la mia faccia. «E voglio che faccia male.» Gli occhi le brillarono come se il pensiero di darmi dolore la eccitasse.

Prima che potesse pensare, le misi un braccio intorno alla schiena e tirai il suo corpo morbido contro il mio.

Nel momento in cui il mio cervello tornò attivo, mi aspettai che lei combattesse come un gatto selvatico. Invece no. Si irrigidì ma rimase sul posto, nascondendo velocemente l'espressione sorpresa sul suo viso fin troppo perfetto. Mi convinsi di aver sentito il profumo dell'eccitazione femminile.

Il mio lupo ruggì prendendo vita sotto la mia pelle. All'improvviso il bisogno di mutare fu travolgente, quasi come se fossi al culmine della pubertà, quando non riuscivo a controllarlo.

«Lasciami andare, stronzo» mormorò, ma il tono non corrispondeva alle parole. Era senza fiato e non c'era rabbia dietro alle sillabe sussurrate.

La signora Miller, notando l'interazione, si avvicinò alla scrivania del laboratorio e, con riluttanza, allentai la presa sulla deliziosa umana.

«C'è qualche problema qui?» Colsi l'avvertimento nello sguardo della mia insegnante: *non fare casino con gli umani.*

Fu Lauren a rispondere, però. «No» cinguettò, apparentemente ripresasi dal nostro intermezzo. «Abe mi sta solo dando supporto morale mentre faccio il laboratorio.»

Fu una sfida ovvia per la signora Miller, che non poteva non rispondere.

«Abe, aiuterai la tua compagna di laboratorio condividendo il lavoro.» Fu più una supplica che un avvertimento, quella nella voce della nostra insegnante.

Annuii e mi infilai gli occhiali da laboratorio. «Certamente, signora Miller. Sono qui per imparare.»

Sapevamo entrambi che non era vero, ma lei lo accettò. «Bene.» Si allontanò, e i ragazzi dall'altra parte del banco del laboratorio ridacchiarono sommessamente.

Li ignorai, ancora eccitato da quella piccola umana altezzosa che pensava di potermi abbattere. Lasciai che la mia mano scivolasse leggermente sulla sua parte superiore della schiena. «Cosa posso fare per aiutarti, principessa?»

* * *

LAUREN

IL CUORE mi batteva contro il petto.

Era la prima volta che sentivo qualcosa da secoli.

Il sentimento era odio.

Odiavo Abe Oakley.

Insomma, odiavo tutta questa scuola, ma Abe Oakley incarnava tutto ciò che c'era di sbagliato e arretrato in questo posto.

Sarei dovuta tornare a Manhattan con il resto delle Suntan Six, le mie amiche della Landhower Prep School. Quelle con cui andavo a Saint Barth ogni anno. Quelle che si erano completamente dimenticate di me da quando mi ero trasferita.

Invece, stavo annegando in questo strano acquario di città. La sensazione di essere sott'acqua era reale.

Ma probabilmente la provavo già prima che venissimo qui. L'avevo provata dal momento in cui a mia madre era stato diagnosticato un cancro al seno.

Ero semplicemente diventata... *insensibile*.

Non avevo nemmeno pianto al funerale. Non avevo pianto una volta.

Era incasinato e sbagliato.

C'era sicuramente qualcosa che non andava in me.

Quindi, in realtà, il fatto che Abe ispirasse qualche sentimento in me era un gradito sollievo. L'effetto che aveva sul mio corpo era inspiegabile. Avevo caldo dappertutto, con una pulsazione lenta che premeva tra le gambe.

Avevo un ragazzo a New York. Uno con cui dovevo chiudere perché non provavo assolutamente nulla per lui. Anche prima della situazione con mia madre, prima che perdessi la capacità di provare sentimenti, Luke non mi aveva mai ispirato sentimenti come questi.

«Accendi il fornello e scalda quella soluzione» ordinai.

Con mio grande stupore, l'atleta obbedì, ma con quel sorriso arrogante ancora saldamente al suo posto. Come se l'unica ragione per cui mi stava aiutando era per farmi irritare ulteriormente.

La sua pomposa arroganza riusciva in qualche modo a

perforare la bolla di plasma attorno al mio corpo e a susci-
tare una risposta. Fastidio, soprattutto.

Ma oggi, un po' di più.

Mi importava di mio padre. Lincoln e io eravamo qui per
lui. Dopo aver quasi perso anche lui, non avevamo protestato
quando aveva deciso all'improvviso che saremmo dovuti
andare a vivere tutti nella casa per le vacanze che aveva
costruito per mia madre in Arizona.

Avevamo scelto di non andare a Cave Hills, una scuola
molto migliore e più lontana, perché volevamo stargli vicini
per monitorare la sua salute mentale.

«E adesso, socia?» Abe era troppo vicino. Avrei voluto
che non fosse un perfetto esempio di virilità. Non che mi
piacessero gli atleti. Affatto.

Ma era difficile ignorare la pura virilità maschile di Abe
quando era proprio accanto a me. Era trenta centimetri più
alto di me e probabilmente pesava il doppio perché il suo
corpo era costituito da solidi muscoli.

Solidi.

Muscoli.

Lo sapevo perché avevo appena sentito quelli del suo
petto, duri come la roccia, quando avevo alzato le mani per
spingerlo indietro. Forse avevo persino memorizzato le
curve dei suoi addominali.

Mi sarebbe piaciuto dire che non avevo mai desiderato
tracciare le linee squisite delle sue braccia. Che non mi ero
chiesta se avesse una tartaruga da sei o da otto. Non era una
questione di come ti allenavi, era genetica: l'avevo imparato
l'anno scorso a biologia.

Questo fu l'unico motivo per cui ricambiai il favore di
toccargli la schiena. Lo accarezzai come un bambino e gli
rivolsi il mio più condiscendente «bel lavoro, Abe» quando
portò a ebollizione la soluzione.

Mi aspettavo un altro sorrisetto pigro, ma invece arricciò

il labbro superiore in un ringhio che mi fece tirare indietro la mano. Era stata una reazione istintiva. Non avevo paura di lui, ma qualcosa in quello sguardo mi aveva sorpresa.

Come la maggior parte dei bulli, di solito si comportava in modo offensivo. Era lui che prendeva in giro gli altri.

Sbattei le palpebre e tutto svanì. Il sorriso non ritornò, ma il volto di Abe divenne un po' inespressivo.

Non ero sicura di come interpretare quella reazione. Forse Abe era insicuro riguardo alla sua intelligenza?

Decisi di tornare a ignorarlo e a occuparmi del laboratorio da sola.

«Sei brava» disse dopo che avevo finito per prima, e la signora Miller si era avvicinata per lodarci.

Non era difficile. Non era nemmeno un corso avanzato: qui non ne avevano. Quindi alzai le spalle. «Così pare.»

«Mi aiuterai a studiare per il test» dichiarò.

Scossi la testa. «Nei tuoi sogni, giocatore. Ho di meglio da fare che insegnare chimica al tuo culo.»

Il sorriso da pirata tornò lì. Meno male che ne ero immune.

Meno male che avevo un ragazzo.

Quello con cui stavo rompendo.

«Oh, lo farai. Devo solo trovare la tua leva. Tutti ne hanno una. Allora qual è la tua?»

Ma era questo il punto: non ne avevo una. Ero un'adolescente che aveva appena perso la madre. Nient'altro avrebbe potuto far male a questo punto. Nulla riusciva nemmeno a toccarmi. Non avevo davvero niente di cui preoccuparmi se non il fatto di tenere in vita nostro padre.

Abe mi studiò. «Piacere?» I suoi occhi grigi scrutarono il mio corpo su e giù con... era apprezzamento? Calore? Era la prima volta che vedevo qualcosa di diverso dalla sfrontatezza o dal disprezzo su quel suo bellissimo viso. «O dolore?»

Non sapevo perché ma le sue parole mi avevano colpita

fisicamente. E quando dicevo fisicamente, intendevo, beh, *sessualmente.* Il mio nucleo si irrigidì e i capezzoli si tesero. Parti di me che non sapevo nemmeno esistessero nella vita.

Abe allargò le narici e si avvicinò un po' di più. «Hmm? Cosa c'è?» La sua voce era un rombo basso. Come il miele sui fondi di caffè. «O magari entrambe le cose insieme?» C'era una qualche insinuazione nel suo tono. Uno sguardo malizioso nella sua espressione.

Oh Dio. Non feci nulla per calmare il movimento tra le mie gambe.

Non ero attratta da lui. Abe era quanto di più lontano dal mio tipo. Ma per qualche ragione, il mio corpo era tutto eccitato. Mi si contorse la pancia. Il calore mi pizzicò la pelle.

Non mi ero mai sentita così per Luke, nemmeno prima di diventare insensibile.

Forse era solo che non avevo sentito nulla per così tanto tempo che provare qualcosa mi sconvolgeva, ma dovevo fare un passo indietro.

Per quanto fosse bello sapere che in realtà non ero morta, le sensazioni erano troppo travolgenti.

Abe però non mi lasciò spazio. Si avvicinò di nuovo, colmando il divario tra noi. «Proviamoli entrambi.» Mi scostò una ciocca di capelli dagli occhiali. Mi scrollai di dosso il suo tocco e sorrise.

Sorrisi. Un sorriso sdolcinato in cui cercai di trasmettere tutto l'odio che provavo per la scuola, questa città e Abe. «Toccami ancora e ti abbatterò, Abe Oakley» dissi in tono dolce e suadente.

Per un momento, mi convinsi che i suoi occhi grigi avessero assunto uno strano bagliore. Diventando più chiari, quasi blu ghiaccio.

Non avevo paura di lui, ma mi fece venire un brivido lungo la schiena.

Per nasconderlo, mi allontanai dalla scrivania del laboratorio di chimica, afferrai il pass accanto alla porta e balzai fuori dalla stanza.

Sentii quel raggio laser fissarmi sulla schiena per tutto il tempo, anche dopo che ero scomparsa dalla sua vista. Una volta che riuscii di nuovo a respirare liberamente, riflettei sul motivo per cui non avevo detto ad Abe che avevo un ragazzo. Se questo fosse stato il suo patetico tentativo di flirtare, quella consapevolezza avrebbe dovuto farlo indietreggiare.

Non avevo intenzione di tenere aperte opzioni per quando avrei rotto con Luke, cosa che avevo rimandato per settimane.

Non era a causa di quegli addominali o delle spalle larghe. Di quel sorriso da pirata.

Sicuramente non era perché mi piaceva la sua attenzione.

Probabilmente era solo che non meritava così tante informazioni personali su di me.

Sì, era per quello.

CAPITOLO TRE

Abe

L'odore dell'eccitazione umana mi aveva reso febbri-
citante.

La principessa di ghiaccio non era frigida.

Avevo annusato la sua eccitazione oggi in classe quando
le avevo suggerito di darle piacere. O era stata la promessa di
dolore?

Difficile dire cosa avesse provocato la sua reazione; tutto
quello che sapevo era che aveva soddisfatto il mio lupo e
aveva aumentato il mio bisogno di dominarla.

Ecco perché ero riuscito a malapena a contenere il mio
lupo durante gli allenamenti di football. Avevo bisogno di
mutare e scappare da questa folle energia.

«Oakley!» Coach Jamison urlò quando presi la palla e mi
aprii il campo spingendo via i miei compagni di squadra.
Quando entrai nella end zone, saltai tre metri in aria per
schiacciare la palla.

«Calmati, Abe» ringhiò il coach Jamison. Non avremmo
dovuto mostrare la nostra forza sovrumana a scuola o

durante qualsiasi partita. Ma non potevo farci niente, cazzo. Sentivo la principessa di ghiaccio sotto la mia pelle.

Il che mi faceva sentire il bisogno di entrare sotto la sua. Morivo dalla voglia di capire quali fossero i suoi punti deboli. Quelli che potevano far crollare la sua facciata altezzosa.

Volevo ferirla. Il modo in cui il suo corpo aveva risposto quando avevo menzionato la combinazione di piacere e dolore aveva spinto la mia mente a prendere una strada perversa adesso.

I miei compagni di squadra, accorgendosi del mio livello di energia e rispondendo al loro alfa, si lanciarono verso di me, tentando di placcarmi.

I corpi volarono in aria colpendomi. Li toccai e li spinsi via, ma tutta la squadra era impegnata insieme, e presto mi ritrovai sulla schiena, inchiodato da una dozzina di compagni di branco che ridevano.

Roba da ragazzi, come si soleva dire. L'aggressività del lupo maschio doveva essere sfogata in qualche modo. Soprattutto al liceo, quando gli ormoni e le donne ci facevano impazzire.

«*Oakley.*»

Era Wilde, il migliore amico di mio fratello maggiore e il nostro nuovo assistente allenatore. Aveva due anni più di me. Per qualche motivo rispondevo alla sua autorità più che a quella dell'allenatore. Forse perché mio fratello era come un dio nella nostra famiglia, quindi Wilde, per associazione, rappresentava ciò a cui avrei dovuto aspirare.

Non sarei mai stato all'altezza di Austin con i suoi voti perfetti e la borsa di studio accademica all'ASU, ma Wilde era ancora più grande. Aveva ottenuto una borsa di studio completa per il football alla Duke, ma era tornato a casa perché aveva fatto una cazzata, ed era per questo che si trovava qui ad aiutare ad allenare la squadra in questo momento.

Il Coach Jamison e l'Alpha Green pensavano tutti che fossi in grado di fare anche meglio di Wilde. Ovviamente mio padre voleva che giocassi in questo Stato, così da poter monitorare le mie condizioni nel caso in cui fossero peggiorate. Sarei tornato subito a vivere all'ombra di Austin, il fratello minore con il difetto che doveva nascondere al branco.

Ma forse la principessa di ghiaccio aveva ragione: non sarei stato in grado di fingere al college senza i membri del branco da manipolare nei paraggi. Il mio difetto sarebbe diventato la mia rovina, soprattutto se avessi frequentato un istituto accademicamente rigoroso.

Wilde mi aiutò ad alzarmi e mostrò i denti. «Smettila di fare cazzate, Oakley. Puoi fare meglio.»

Gli rivolsi un sorriso pigro, ma lui non guardò. Girò la testa di scatto e, nonostante il mio difetto, riuscii a vedere cosa stava guardando.

Rayne il cucciolo, la nuova sorellastra di Wilde, stava camminando lungo il recinto con la principessa di ghiaccio e il suo gemello.

Il mio uccello si contrasse alla vista delle gambe tornite di Lauren. Tutta quella pelle dorata in vista. Indossava una gonna corta rosa e un top che si incrociava sul seno, mostrando la pelle ai lati della vita. Anche se da qui non riuscivo a vedere chiaramente, ricordavo dalla lezione di chimica ogni dannato dettaglio di quanto fosse bella vestita così.

Un ringhio basso risuonò nella gola di Wilde e le sue narici si allargarono.

Mi costrinsi a smettere di fissare la principessa di ghiaccio. Non potevo permettere a nessuno di pensare che fossi attratto da un essere umano. Dovevo proteggere la mia posizione di alfa della mia classe.

«Quella stronza ha un debole per gli umani, vero?» Scherzai per distrarlo dal vero centro della mia attenzione.

Il corpo di Wilde si irrigidì, il suo sguardo era ancora fisso sul trio. «Stai zitto, Oakley» ringhiò.

Beh, non so perché mi ero convinto che avremmo legato. Naturalmente, non mi avrebbe confidato cosa provava all'idea che all'improvviso la cucciola difettosa del branco fosse diventata un membro della sua famiglia, per non parlare della sua attuale sospensione dalla squadra di football della Duke mentre era indagato con accuse legate alla droga.

Poteva anche essere il migliore amico di Austin – potevo anche essere cresciuto con lui che praticamente viveva a casa mia – ma questo non significava che avessimo un legame.

I tre si diressero verso la Tesla S dei gemelli fantastici e salirono a bordo.

«Non appartengono a questo posto» osservai, come se fosse questo che mi dava fastidio.

Questa cosa la potevo fare: emarginare i due ragazzi ricchi che pensavano di possedere il mondo e che si erano presentati nella nostra scuola e ignoravano completamente l'ordine sociale. Pensavano di essere speciali perché facevano musica, vivevano nella villa sulla collina e guidavano un'auto elettrica quando in realtà erano gli ultimi degli ultimi in questa città.

Umani.

Basici. Fragili. Niente.

Avrei dovuto essere preso da Casey Muchmore, la lupa alfa della classe senior. Il mio lupo avrebbe dovuto avere il desiderio di accoppiarsi con lei per preservare i geni migliori. Invece, stava cercando una ragazza che non potevo avere.

E con il mio difetto, avevo bisogno della femmina migliore del branco come compagna.

Mentre l'auto si allontanava, Perle abbassò il finestrino e i suoi capelli ramati scuri si sollevarono all'indietro. Non riuscii a vederla in faccia, ma ero convinto che stesse guardando nella mia direzione.

Forse pensando alla mia minaccia.

Immaginandosi come le avrei provocato dolore. E piacere.

Sapevo esattamente come la volevo: in ginocchio. Faccia alzata, bocca aperta per il mio cazzo.

Volevo che fosse dispiaciuta di essere venuta qui.

Dispiaciuta di non essersi inginocchiata prima per me.

La volevo... fanculo, sì. La volevo sulla schiena, con le cosce aperte, la testa all'indietro, mentre gridava il mio nome. La volevo bisognosa, bagnata e che si dimenava sotto di me per averne di più. Volevo essere io l'uomo, l'unico, a darle piacere. Volevo assicurarmi che sapesse chi padroneggiava il suo corpo e a chi doveva ingraziarsi se voleva qualcosa di più.

Wilde alla fine si girò e mi diede una spinta. «Muoviti, Oakley.»

Scossi la testa per scacciare le immagini di Lauren che mi affollavano la mente. Cosa stavo pensando?

Lei era un'umana e io l'alfa di questa scuola. Non avrei nemmeno dovuto concedere un momento del mio tempo alla principessa di ghiaccio.

Nemmeno per dimostrarle che ero io il suo re.

* * *

Lauren

«Ciao papà.»

Quando tornammo a casa da scuola, trovai mio padre,

come sempre, nel suo ufficio, con lo sguardo fisso rivolto fuori dalla finestra.

Entrai e lo baciai sulla guancia. «Com'è stata la tua giornata?»

Quando si girò, c'era così tanta sofferenza nella sua espressione che se non fossi stata così insensibile, mi avrebbe uccisa. Mio padre era invecchiato di vent'anni da quando mia madre aveva iniziato la chemio due anni fa.

Trasudava dolore e depressione.

Reagiva a malapena. Piangeva in un batter d'occhio.

«Hai mangiato il pranzo che ti ho lasciato?»

«Sì. Grazie tesoro.»

Era chiaro che stava mentendo. Di solito mangiava due bocconi e buttava via il resto. Era difficile fargli affrontare le cose basilari della vita: mangiare, fare la doccia, lavorare.

Eravamo fortunati che avesse avuto successo finanziario prima della malattia di nostra madre, altrimenti saremmo stati fottuti in questo momento. Ero convinta che non facesse nulla tutto il giorno.

Venerdì era l'anniversario della morte di mia madre. Era difficile credere che fosse passato un anno intero da quando aveva esalato il suo ultimo respiro.

Era difficile credere quanto dolore circondasse ancora la nostra famiglia. Trasferirsi in Arizona per sentirla più vicina di certo non aveva risolto nulla. Tutto ciò che aveva fatto era stato isolarci dai nostri amici. Renderci ancora più soli.

Ma capivo che mio padre avesse bisogno di un cambiamento. Credeva che qui avrebbe trovato l'energia di mia madre. Era lei ad amare Wolf Ridge. Era sempre stata attratta dalla vita all'aria aperta dell'Arizona per qualche motivo del tutto insondabile per il resto della famiglia.

«Ho comprato un fucile.»

Mi si fermò il cuore. *«Che cosa?»*

Sospettavamo che mio padre avesse tentato il suicidio

dopo la morte di nostra madre. C'era stato un "incidente" con sonniferi e scotch che gli era costato una lavanda gastrica. Quando era uscito dall'ospedale, avevamo deciso di trasferirci qui.

Mio padre indicò con la mano verso l'angolo dove vidi un fucile appoggiato all'estremità. «Per quel lupo rabbioso che ha cercato di attaccarti. La forestale non lo ha fermato. Sparerò io stesso a quella dannata cosa.»

«Papà, la forestale può gestirlo.» Non mi piaceva l'idea che mio padre avesse un fucile.

Affatto.

Mi squillò il telefono.

«Vai» disse mio padre. «Deve essere Luke.»

Luke.

Il ragazzo con cui dovevo rompere. Oggi. Oggi era il giorno.

Non aveva niente a che fare con il fatto che Abe mi aveva fatto provare qualcosa durante la lezione di chimica. Sarebbe dovuto accadere prima ancora che mi trasferissi qui.

Chiamava tutti i giorni a quest'ora, non sapevo nemmeno perché. Di certo non gli mancavo. Era chiaro guardando Instagram e ascoltando tutti i suoi monologhi riguardo alla sua vita sociale piena e ricca. Pensavo che stesse con me semplicemente perché questo aumentava la sua reputazione. Ero la reginetta di Landhower. Forse pensava che sarei tornata. Chissà.

Anche se ci parlavamo a giorni alterni, non riuscivo a ricordare se mi fosse mai importato davvero di lui. Sembrava che stessimo insieme solo perché dovevamo. Perché io ero popolare, e lo era anche lui. Eravamo entrambi belli. Frequentavamo gli stessi circoli. Era abbastanza, no?

Quando mia madre si era ammalata, avevo perso interesse per tutto, compreso lui, ma a lui non era sembrato importasse.

Feci scorrere il pollice sullo schermo per rispondere mentre mi giravo per uscire dall'ufficio di mio padre. «Ehi, Luke.» Andai in camera mia e mi sdraiai sul letto.

Le nostre conversazioni erano diventate sempre più brevi. Non avevo letteralmente niente da dire a questo ragazzo. Non riuscivo nemmeno a richiamare nella mia mente l'immagine del suo volto.

«Come va?» chiese lui.

«Un altro giorno nel deserto.» La mia voce era secca come la polvere fuori.

«Sì?» disse come se avessi detto davvero qualcosa di interessante. «Abbiamo saltato scuola oggi. Tutti sono usciti a pranzo e sono andati in centro a vedere la nuova mostra del MOMA.

Una cosa era certa, a Landhower a nessuno interessava davvero vedere la mostra del MOMA. Stavano solo facendo la cosa più trendy e costosa.

«Cos'era?»

«Cosa intendi?» Luke confermò il mio punto.

«Qual era la mostra?»

«Oh, non lo so, sono stata al bar con Breon e Tahlia. Hai parlato con Lincoln della possibilità di venire qui per il ballo di fine anno?»

Fanculo. Di nuovo questa storia.

«Luke, ti ho detto che non posso. Mio padre continua a non stare bene.»

«Lincoln sarà lì a prendersi cura di lui. Devi venire: ho un nuovo completo di Armani e sarà pazzesco con te al mio braccio.»

L'insistenza di Luke non perforò il mio spesso strato di indifferenza emotiva.

Sospettavo che fosse proprio quello a tenerlo interessato a me. Come se il fatto che non mi importasse di lui o di noi gli facesse credere che ero ancora più speciale. Che valesse ancora di più la pena di continuare.

QUANDO, in realtà, era vero il contrario.

Non provavo assolutamente niente per questo ragazzo. Ero un guscio vuoto.

«Ascolta, non vengo. E penso che dovremmo lasciarci.»

«Che cosa? Perché? Pensavo avessi detto che non c'era nessuno che valesse il tuo tempo a Scottsdale.»

«Wolf Ridge.» Questo ragazzo non riusciva nemmeno a ricordare il nome della città in cui vivevo. «Non c'è. Ma non ha senso che io e te stiamo insieme. Dovresti invitare qualcun'altra al ballo.»

«Bene, lo farò. Ma non lasciamoci ancora. Verrò là per il tuo homecoming e ne potremo parlare.»

Pensai ad Abe e alla sua insistenza nel volermi inserire nella votazione per l'homecoming. Non capivo perché tutti fossero così ossessionati da questo stupido ballo.

«Non andrò all'homecoming che si terrà qui.»

«Ho già detto a tutti che ci saremmo andati insieme. E ho comprato il vestito.»

Cristo. Davvero non riusciva a sentirmi.

«Non ci andremo. Non voglio.»

«Lauren, stiamo insieme da diciotto mesi. Il minimo che puoi fare è avere la cortesia di lasciarmi di persona.»

Uffa. Probabilmente era legittimo. Sapevo di essere diventata uno zombie in tutte le mie relazioni. Dovevo a Luke più di quello che gli avevo dato. Era su questo che aveva insistito quando avevamo iniziato a fare sesso.

Mia madre era nel bel mezzo della chemio e mio padre era un disastro. Luke aveva detto che ero uscita di testa. Aveva detto che una vera connessione umana – attraverso il sesso – avrebbe risolto il problema.

Sapevo che prima o poi avrei perso la verginità. Avevo pensato che potesse avere ragione. Avevo fatto tutto per lui, ma per me non aveva significato niente. Ora mi rendevo conto che già a quel punto stavo perdendo la mia capacità di sentire.

Questo era ciò che rendeva l'effetto che aveva avuto Abe su di me oggi ancora più insolito.

Feci un sospiro profondo. «Bene. Manca una settimana a sabato. Fammi sapere i tuoi programmi di viaggio e ti verrò a prendere all'aeroporto.»

«Perfetto.»

«Okay, devo andare in biblioteca a studiare. Allora ci sentiamo più tardi.»

«Va bene. Di' a Lincoln e a tuo padre che li saluto.»

Lo diceva ogni volta. Non mi preoccupavo mai di passare il messaggio. «Sì. Ciao, Luke.»

«Ciao amore.»

Attaccai e arricciai il naso. Odiavo tutta quella situazione. Ma non dovevo mica fare sesso con Luke quando arrivava. E certamente non volevo andare al ballo con qualcun altro.

Stava arrivando, quindi avrei potuto lasciarlo di persona. Potevo imparare cosa volesse dire avere una conclusione, qualcosa che non riuscivo a trovare con la morte di mia madre.

Andai alla finestra e guardai fuori. Il sole stava tramontando, proiettando una sfumatura rosa sul fianco roccioso della montagna. Appoggiai la fronte al vetro della finestra. Un uccello sussultò da uno degli alberi e io guardai oltre.

Lì, accovacciato al confine della nostra proprietà, c'era il lupo argentato. Lo stesso dannato lupo che mi aveva quasi squarciato la gola ieri notte.

CAPITOLO QUATTRO

Abe

Venerdì Lauren era assente, e la cosa mi diede fastidio da morire.

Era malata? Gli esseri umani erano così dannatamente fragili. Anche il suo gemello era assente. Magari erano entrambi malati. O forse erano partiti per un viaggio. Qualunque fosse il motivo, mi venne voglia di mettere a soqquadro il laboratorio di chimica.

Avrei voluto dire che era solo perché avevo bisogno che lei superasse per me questo dannato laboratorio. Se non ottenevo un voto positivo per la settimana, non avrei potuto giocare a football nella partita di domani, e Coach Jamison e mio padre mi avrebbero ucciso.

Ma la verità era che non mi interessava nemmeno il laboratorio. Il mio lupo era inquieto per il bisogno di vederla. Aveva bisogno di riempirsi le narici con il suo profumo di mela candita e cannella. Ululò al pensiero che potesse essere malata.

Come se volesse correre alla villa degli Sterling e salvarla in qualche modo.

Lo sfarfallio delle luci fluorescenti nel laboratorio di chimica mi provocò un dolore lancinante alle tempie. Scrutai il foglio del compito del laboratorio che la signora Miller aveva distribuito, sperando di metterlo a fuoco. Che improvvisamente avesse un senso. Ma la mia vista periferica non riusciva a seguire le parole. Vedevo le lettere, ma erano confuse.

Fanculo.

Pensai di nuovo a Lauren e la mia vista divenne un caos: una macchia scura ovunque tranne che ai bordi.

Scossi forte la testa.

Laboratorio di chimica.

Dovevo superarlo, altrimenti non avrei potuto giocare la partita di domani.

Lanciai un'occhiata alla coppia di studenti dall'altra parte del tavolo del laboratorio. Erano membri del branco. Mi avrebbero aiutato se glielo avessi chiesto.

Ma questo avrebbe dimostrato debolezza. Si sarebbero chiesti perché non sapevo cosa stesse succedendo.

Già in terza media avevamo deciso che non avrei mai permesso a nessuno in questo branco di scoprire la mia debolezza. Mio padre non voleva che venisse fuori alcuna macchia nella nostra linea familiare.

Quindi mi mossi meccanicamente, disponendo l'attrezzatura che i ragazzi dall'altra parte del tavolo stavano sistemando, copiandone i movimenti.

Poi capii cosa fare. Era la tattica che utilizzavo sempre quando dovevo coprire la mia debolezza.

Stronzaggine.

«Ehi, Newt.» Feci un cenno con la testa verso il ragazzo dall'altra parte del tavolo del laboratorio. «Sei il mio partner oggi. Vieni qui e fallo al posto mio.»

Il suo collo divenne rosso: non era chiaro se fosse per la rabbia o solo per l'attenzione del suo re alfa. In ogni caso, fece quello che gli era stato detto e si avvicinò al tavolo per prendere il comando.

Mi appoggiai al tavolo del laboratorio e tirai fuori il telefono, fingendo di scorrere, anche se al momento non riuscivo a vedere un cazzo.

Accidenti a Lauren Sterling.

Stava peggiorando il mio difetto. E ora non sapevo come sarei riuscito a superare le ore fino alla fine dell'allenamento, quando sarei stato finalmente in grado di mutare e perseguitarla di nuovo. Di scoprire cosa diavolo c'era di così sbagliato da farle perdere un giorno di scuola e fregarmi in questo modo.

* * *

LAUREN

Il problema di avere un gemello era che te lo ritrovavi sempre coinvolto nei tuoi affari.

Soprattutto oggi, l'anniversario della morte di nostra madre.

Ci sentivamo tutti come dei fragili fiori in casa Sterling a causa di quella ricorrenza. Lincoln ed io eravamo rimasti entrambi a casa da scuola in segno di solidarietà con nostro padre. Ora che ero stata in casa tutto il giorno a non fare assolutamente nulla, mi pentivo di quella scelta.

Non volevo dire che avevo bisogno di tempo per stare da sola, però. Sembrava egoista.

Lincoln e mio padre si sarebbero preoccupati entrambi per me se lo avessi fatto.

Quindi, dopo cena, sgusciai fuori dalla porta sul retro senza dire nulla a nessuno dei due, sperando che Lincoln impiegasse più di dieci minuti per rendersi conto che me ne ero andata.

La nostra nuova casa era gigantesca rispetto a quella che

avevamo a New York. Era una villa costruita sul fianco di una collina. Non ero ancora abituata al terreno. Ai marroni e ai bronzi. Alle rocce e alla polvere. Al caldo dell'Arizona, simile a una sauna.

Era settembre e le giornate erano ancora caldissime. Ero convinta che il surriscaldamento globale avesse colpito l'Arizona con una vendetta. Non potevo sopportare molto di più. Mi sbottonai la camicia di lino a maniche corte e legai i bordi inferiori in un nodo all'altezza della pancia.

Camminai lungo il fianco della montagna, senza seguire alcun sentiero. La yucca mi graffiava i polpacci. Sporco e ghiaia mi scivolavano nelle Vans, che purtroppo indossavo senza calzini.

Il sole stava appena iniziando a tramontare, bagnando il fianco della montagna in tonalità di arancione e giallo. Le spine bianche dei cactus assumevano un bagliore iridescente.

Quando arrivai sulla cresta della collina, guardai la casa, poi Wolf Ridge al di là di essa.

Strana, dannata città.

Ma Wolf Ridge e i suoi abitanti ostili non meritavano i miei pensieri stasera.

Camminai attraverso la mesa, così da poter continuare a salire. Non ero un'escursionista, non come nostra madre. Di solito non uscivo per comunicare con i saguari al tramonto.

Ma lei sì. Amava l'Arizona perché l'amava sua madre. Era qualcosa che aveva a che fare con un viaggio formativo al Grand Canyon dopo che mia nonna si era diplomata alla Sarah Lawrence. E così oggi avrei cercato di trovare la magia che entrambe avevano sentito qui.

Avevo un disperato bisogno di connettermi con mia madre. Per sentire qualcosa. Qualunque cosa... dolore. Lutto. Solitudine. Qualcosa oltre l'intorpidimento.

Risalii la cresta. Non c'era un tracciato da seguire. Probabilmente avrei dovuto avere paura di perdermi qui fuori, ma non era così. Probabilmente stavo sfidando il destino in questo momento.

Alla ricerca di qualcosa da temere.

Per renderlo reale.

Per dimostrarmi che ero ancora viva e che mi interessava vivere.

Certo, non avevo tendenze suicide come mio padre.

Perché altrimenti avrebbe voluto dire che mi preoccupavo davvero di questa vita. E non era così.

Non riuscivo a preoccuparmi di nulla.

Dopo mezz'ora di cammino, arrivai su una sporgenza dove la roccia precipitava per una dozzina di metri fino a un canyon sottostante.

Tra gli alberi alla mia destra, mi sembrò di notare un movimento, ma quando guardai non c'era niente. Ricordai il lupo che aveva cercato di attaccarmi attraverso la mia finestra. Per settimane avevo avuto la sensazione che ci fosse qualcosa lì. Come se fossi perseguitata.

Mio padre aveva paura che il lupo fosse rabbioso. Continuava a chiamare la forestale chiedendo se l'avevano già ucciso.

Mi attraversò un lieve senso di colpa. Non avevo paura che un lupo attaccasse, ma se mi fosse successo qualcosa qui il giorno dell'anniversario della morte di mamma, avrebbe ucciso mio padre e Lincoln.

Mi sedetti a gambe incrociate sul bordo e tirai fuori una lettera scritta a mano da mia madre. Ne aveva scritta una per ognuno di noi, per aiutarci ad affrontare la sua morte. Per ricordarci che ci amava. Rilessi le sue parole.

Piangetemi insieme. Sostenetevi a vicenda. Quando voi tre sarete pronti, vorrei che spargeste le mie ceneri ai piedi della nostra residenza in Arizona: rendetela un luogo speciale e sacro in cui potrete comunicare con me. La terra e la luce mi sono sempre sembrate magiche lì. Lasciate che sia il posto dove potete ritrovarmi quando avete bisogno di connettervi. Ma sappi che non importa dove ti trovi, sarò sempre con te. Non dubitarne mai.

NE DUBITAVO ECCOME.

Non sapevo nemmeno se credevo nell'aldilà.

E se ci avessi creduto, sarei stata degna della promessa di mia madre? Una figlia che non era riuscita nemmeno a piangere al suo funerale?

Avevo riletto la sua lettera, cercando di far emergere qualcosa.

Chiusi gli occhi. Da qualche parte, nel profondo della superficie, sentii qualcosa. Un'inquietudine.

Aggrottai il viso come se stessi piangendo, sperando di farlo emergere. Per dire, forse se avessi finto di piangere sarebbe venuto fuori.

Niente.

Fanculo.

Ero la figlia peggiore di sempre.

Fa schifo fare schifo, come avrebbe detto Lincoln.

Mi alzai e scrutai oltre il bordo del dirupo. Questo avrebbe dovuto spaventarmi.

Non esisteva una risposta biologica alla minaccia di morte. Nessun aumento della frequenza del polso o del respiro. Niente mani sudate.

Mi sporsi oltre il bordo.

Ancora niente.

Per l'amor del cielo, cosa c'era che non andava in me?

Tolsi un piede dalla sporgenza e lo tesi in avanti come se stessi per scendere da un trampolino.

Con la vista periferica, colsi un lampo d'argento. Mi girai

e trovai un enorme lupo, il lupo, che mi saltava addosso in aria.

Urlai mentre atterrava con le zampe silenziose davanti a me.

Girai le braccia, ma era troppo tardi, l'equilibrio del mio peso si stava ribaltando oltre il bordo del dirupo. Stavo cadendo.

Cadendo.

Le possenti mascelle del lupo scattarono e si incastrarono nel nodo della mia camicia.

Grande. Invece di schiantarmi giù e morire, sarei stata mangiata da un lupo.

Ma no, la mia camicia si era strappata.

Mi piegai a metà, raggiungendo il bordo del dirupo mentre il mio sedere piombava sotto di esso.

A quanto pareva, avevo scelto di essere mangiata da un lupo piuttosto che precipitare perché la mia mano agitata raggiunse la nuca del lupo, chiudendo le dita sulla pelliccia.

Le dita si chiusero su...

I miei piedi penzolavano in aria, ma non stavo cadendo.

Ero sospesa oltre il bordo del dirupo, appesa per il braccio che era tenuto in una morsa da...

Abe Oakley.

Aspetta cosa?

Un Abe Oakley *a torso nudo*.

Da dove veniva? Avevo perso conoscenza? Cosa diavolo stava succedendo?

E fu allora che tutto divenne chiaro.

Perché Abe aprì la bocca e il pezzo strappato della mia camicia svolazzò dalle sue fauci.

Abe Oakley era un lupo.

Mi trascinò oltre il bordo del dirupo, mettendomi sopra di lui e facendo rotolare entrambi i nostri corpi, così che io mi ritrovai sul fondo e lui sopra.

E fu allora che mi resi conto che...

Abe era completamente nudo.

Insomma, probabilmente aveva senso.

Il lupo non era vestito. E sicuramente era – era lui – il lupo.

Lo guardai sbattendo le palpebre.

Non avevo paura, ma non era perché ero ancora insensibile.

Al contrario, per la prima volta dopo più di un anno, sentivo tutto.

Il sussurro della brezza calda sulle guance. Il battito rapido del mio cuore contro il petto di Abe. Un senso di euforia. Anche la gloria.

Non ero morta.

Mi importava di vivere: per un momento avevo avuto davvero paura, ma ero sopravvissuta. Ed era *meraviglioso*.

Il senso di essere vivi. Di avere questa incredibile esperienza che non poteva essere spiegata. Di...

Aspetta. Forse ero morta? Ero morta, e questo era come una specie di folle sogno nell'aldilà in cui il mio subconscio aveva prodotto un lupo che si trasformava in Abe Oakley.

«Fanculo.» Gli occhi di Abe erano spalancati, il suo sguardo saettava sul mio viso con orrore nascente. Si alzò. «Cazzo, cazzo, cazzo.»

Ok, sì. Questo sembrava piuttosto reale. Abe lo avrebbe fatto. Ma, a differenza di Abe, era spaventato all'idea di ritrovarsi nudo sopra di me quanto lo ero io all'idea di avere un lupo che cercava di mordermi l'ombelico.

Ma no, non era quello che era successo.

«Mi hai salvata» realizzai. Non mi aveva morso la pelle, mi aveva afferrato la camicia. Stava cercando di impedirmi di andare oltre il limite.

Abe si alzò in piedi e mi guardò. Il suo corpo era più bello del David di Michelangelo, i suoi muscoli perfettamente levigati, l'imponente cazzo a mezz'asta. «Sì. Io... ti ho salvato dal lupo.»

Sbattei le palpebre. La sua voce aveva il timbro di chi stava provando a raccontare una storiella. Come se stesse cercando di farmi credere che non era lui il lupo. Per contribuire a modellare una situazione inspiegabile in qualcosa che si adattasse a questa realtà.

Solo che era completamente nudo. E avevo visto il nodo della mia camicia cadere dalla sua mascella. Quindi no, non me la sarei bevuta.

«No, Abe. *Tu sei* il lupo.»

* * *

ABE

«Fanculo.» Mi asciugai la bocca con il dorso della mano.

Ero davvero fottuto.

Più che fottuto.

Questa femmina umana era la rovina della mia esistenza.

La mia paura per lei – quel terrore nel vederla scendere dal cornicione – mi scorreva ancora nelle vene. L'unico modo per salvarla era stato tornare alla forma umana, e ora mi aveva visto.

Lei conosceva il mio segreto.

Avevo infranto la legge del branco.

La guardai male. «Cosa diavolo stavi facendo?» L'adrenalina rese la mia voce aspra. I miei occhi dovettero cambiare colore perché allargò le palpebre e spalancò la bocca. «Sei il lupo che ha cercato di attaccarmi attraverso la finestra l'altra notte.»

«Non ti stavo attaccando. Io...» Provai a rigirarle le domande. «Perché avresti saltato?»

Era difficile immaginare che questa ragazza ricca e altezzosa avesse tendenze suicide, ma era quello che avevo visto. Stava letteralmente scendendo dalla sporgenza.

Dovevo fare qualcosa.

Si alzò per mettersi seduta e cercò di lisciare i bordi logori della camicia abbastanza da coprire un reggiseno rosa melone. Non ebbe successo. Le avevo strappato la camicia fin quasi alle ascelle.

Cercai di non guardare la pelle nuda del suo ombelico. Ero già abbastanza fuori controllo.

«Non avevo intenzione di saltare.»

Non sentii l'odore di una bugia su lei, ma c'era una pesantezza in lei che non avevo mai notato prima. Ero troppo sorpreso dalla mia reazione al suo profumo e al suo corpo, troppo infastidito dal suo comportamento altezzoso per rendermi conto che avrebbe potuto essere infelice.

Ma così infelice da buttarsi da un dirupo? O da contemplare l'idea? Non sembrava del tutto corretto.

Tesi la mano perché lasciare una donna seduta sul sedere non era da gentiluomo. Mi aspettavo quasi che lei la schiaffeggiasse, ma mise il palmo nel mio.

Per abitudine, modulai la mia forza per far finta di non riuscire a sollevare il suo peso con totale facilità, poi ricordai che ormai era troppo tardi per quelle cose.

Era troppo tardi e dovevo risolvere rapidamente questo problema.

A metà altezza, cambiai rotta, abbassai la spalla per adattarla alla piega del suo fianco e la sollevai direttamente da terra in aria.

«Abe!» urlò mentre il suo busto oscillava lungo la mia schiena. «Che cazzo?»

Ero sicuro che non apprezzasse la vista del mio culo nudo o il fatto di essere maltrattata in questo modo. Sapevo che era una cazzata, ma che scelta avevo?

Cominciai a correre, cercando di mantenere un'andatura

regolare e fluida, per non far rimbalzare troppo la mia prigioniera a testa in giù.

Mi diede uno schiaffo sul culo nudo. «Abe! Cosa fai? Dove mi stai portando?»

Non risposi. Non si poteva spiegare cosa le sarebbe successo adesso, e farlo non avrebbe fatto altro che traumatizzarla ulteriormente. Probabilmente la soluzione migliore a questo punto era tenere la bocca chiusa finché non avessi risolto il problema.

Quello che non avevo considerato – che non avevo mai considerato – era che Lauren mi rubava la sanità mentale.

Mi diede di nuovo un colpo sul sedere, poi mi afferrò una natica e la strinse forte, affondando le unghie nella mia pelle. Avrei potuto sopportare la tortura di avere le sue mani sulla mia pelle nuda se non fosse stato per il profumo della sua eccitazione che sbocciava proprio accanto al mio naso.

Prima che potessi anche solo pensare, un ringhio da lupo lasciò le mie labbra, e girai la testa e affondai i denti nella sua coscia.

Oh cazzo!

Fortunatamente, i miei canini colpirono il tessuto dei suoi pantaloncini di jeans, non la pelle. Lasciai dei buchi nelle fibre di cotone ma mi fermai prima di bucarle la pelle.

Oh, per il destino. Quello era un *morso di accoppiamento*.

Avevo appena provato a *marchiare un essere umano*.

Una donna che non conoscevo e non mi piaceva nemmeno.

Cosa c'era di sbagliato in me? Il mio lupo era demente?

«Cosa stai facendo, Abe?» Lauren scalciò, ma l'odore della sua eccitazione divenne sempre più forte. Questa ragazza sarebbe stata la mia morte. Era come se fosse collegata al contrario, e peggio la trattavo, più si eccitava.

Forse era una di quelle donne che si eccitavano davanti al

dolore o all'umiliazione. Con il sadomaso o come lo chiamavano.

Gli esseri umani erano così maledettamente contorti.

Solo che il mio tentativo di disprezzarla durò appena due secondi prima che io mi ritrovassi pienamente d'accordo nel darle tutto ciò che voleva. Qualunque cosa la eccitasse. Nel cercare di scoprire come premere i suoi pulsanti in vari modi.

Mi sarebbe piaciuto imparare a far urlare di piacere Lauren Sterling. A farla gridare di dolore. Tremare di tentazione e di bisogno. Torturarla come aveva torturato me fin dal primo giorno di scuola.

Ovviamente non lo avrei fatto. Non prendevo le donne in modo non consensuale, nemmeno se erano eccitate. Solo perché il suo corpo voleva qualcosa da me non significava che *lo volesse anche lei.*

Lauren mi artigliò la schiena, mi morse il fianco. Continuò a prendermi a schiaffi. «Lasciami andare, Abe! Mettimi giù!»

Corsi attraverso la mesa finché non arrivai allo chalet della mia famiglia. Situato nel mezzo dei nostri terreni di caccia, era il posto in cui andavo dopo cena per spogliarmi e cambiarmi. Era anche il ritrovo che mio fratello e i suoi amici usavano al liceo per portare le donne a...

No, non ci potevo pensare.

Lauren non lo voleva da me.

«Abe!» C'era una nota di vero allarme nella sua voce che infastidiva il mio lupo.

Lo disturbava abbastanza da aver bisogno di calmarla. «Stai tranquilla, principessa.» La feci scendere per metterla in piedi sulla veranda mentre prendevo la chiave sopra lo stipite della porta. «Non ti farò del male.»

Non scappò. Forse era troppo scioccata dal mio comportamento. Dubitavo che fosse perché si fidava di me o di quello che le avevo appena promesso. Mi fissò mentre aprivo la porta dello chalet ed entravo per prendere i miei vestiti.

«Perché mi hai portata qui?» Mi seguì fino alla porta, rimanendo nel mezzo, né dentro né fuori. Il rosa e il viola del tramonto sbiadito facevano risplendere il cielo dietro di lei, retroilluminandola con l'aura di una dea.

Non risposi, ma mi infilai un paio di boxer e i pantaloncini. Ringraziai la dolce luna che non si era già messa a correre.

Non era perché era eccitata da me. Non poteva essere.

Probabilmente bramava risposte su quello che era appena successo. Ero mutato proprio davanti ai suoi occhi. *Fanculo!*

Ero stato costretto a farlo altrimenti sarebbe precipitata verso la morte, nel baratro. Il pensiero mi faceva ancora venire la nausea.

Ma ora dovevo fare l'impensabile. Dovevo cancellarle la mente.

Mi infilai una maglietta mentre andavo velocemente in cucina per prendere il nastro adesivo dal cassetto. «Mi dispiace davvero per questo.» Avanzai verso di lei, allungando un pezzo di nastro adesivo dal rotolo.

Lei capì in fretta, era intelligente da morire, lo sapevo già dal corso di chimica. In un secondo corse fuori dalla porta, ma non poteva competere con me.

La raggiunsi con pochi lunghi passi e le avvolsi un braccio intorno alla vita per farla alzare da terra. «Non spaventarti, principessa.»

Era difficile descrivere quanto fosse soddisfacente avere la mia bocca premuta contro il suo collo, la seta dei suoi capelli scuri e ramati che cadevano sulla mia mascella. Il suo profumo di caramelle alla mela mi fece venire una nuova erezione. «Non ti farò del male.»

Lei si agitò e oppose resistenza, affondandomi le unghie nell'avambraccio. «Mi stai facendo del male» mentì.

«So che non è così. Se smettessi di combattermi, potrei metterti giù.»

Si abbandonò subito. Nel momento in cui le abbassai i piedi a terra, tentò di nuovo di scappare.

Le diedi uno schiaffo sul culo. «Non voglio farti questo.»

Era vero solo in parte. La soddisfazione di prenderla in braccio, portarla sul divano e mettermi a cavalcioni dei suoi fianchi per tenerla ferma era troppo deliziosa per essere negata. Le afferrai i polsi e li tenni uniti per avvolgergli attorno il nastro adesivo.

«C-cosa stai facendo?»

* * *

Abe

Adesso iniziai a sentire l'odore della vera paura in Lauren, e la cosa quasi mi fece ricadere sul culo. Il mio lupo stava impazzendo: voleva che la calmassi.

Io invece avrei voluto allargarle le gambe e prendermi cura dei suoi altri bisogni. Quel tipo di bisogni che l'avrebbero portata a soffocare il mio nome in un urlo di piacere.

Ma nessuna di queste cose poteva accadere in questo momento.

Avvolsi il nastro nel modo più rapido ed efficiente possibile. «Non spaventarti, Lauren. Insomma, ovviamente, darai di matto perché ti legherò i polsi e le caviglie, ma giuro sul destino, non ti farò del male. Semplicemente non ricorderai cosa è successo stasera.»

Fu la cosa peggiore che potessi dire, a quanto pareva.

Lauren perse le staffe e mi diede una testata. Non mi fece male, ma i suoi occhi lacrimarono, cosa che sventrò il mio lupo. La feci sedere e mi accovacciai ai suoi piedi per avvolgerle le caviglie con il nastro mentre lei mi colpiva sulla testa e sulle spalle con le mani legate.

Finii di legarla e le afferrai i polsi. «Ehi» dissi piano, come se stessi calmando un cavallo spaventato. «Non mi fai male. Stai solo facendo del male a te stessa.»

Le premetti le mani in grembo. «Starai bene, Perle. Promesso.»

Non ero nemmeno sicuro che la mia promessa fosse vera. Insomma, cosa ne sapevo io di come cancellare la mente di un essere umano? Non avevo mai nemmeno incontrato un vampiro, tanto meno ne avevo assunto uno perché si occupasse di un pasticcio che avevo combinato.

Se non avessi già fatto una cazzata e non mi avessero detto di stare lontano da Lauren Sterling, avrei potuto rischiare una punizione e portarla all'alfa proprio adesso. Per chiedergli di sistemare il mio pasticcio e confidare che lo avrebbe fatto bene.

Ma questa non era un'opzione. Farlo, avrebbe potuto farmi bandire dal branco. E l'esilio per una specie come la nostra sarebbe stata la condanna a una vita non degna di essere vissuta. Bastava chiedere ad Asher, il cui padre era stato bandito quando aveva dieci anni.

Sentii un suono provenire dalla tasca posteriore dei pantaloncini di jeans di Lauren e tirai fuori il suo telefono. Era un messaggio di Lincoln:

Dove sei? Stai bene?

Mi attraversò un'altra punta di apprensione. Perché lo aveva chiesto? Era depressa? Suicida? Cosa stava succedendo a questa donna enigmatica?

Lauren mi guardò, poi spalancò gli occhi e sussultò. «La lettera!» Sentii del vero panico nella sua voce. *«Dov'è la lettera?»*

«Quale lettera?»

Alzò la voce fino a gridare: «Dov'è la lettera di mia madre?»

Cercai di capire a cosa stesse pensando. «Il foglio? Il

foglio che avevi in mano quando hai provato a saltare dal dirupo?»

«Non sono *saltata* dal dirupo! Questo enorme fottuto lupo ha cercato di attaccarmi e sono caduta.» Cercò di alzarsi, vacillò e io la afferrai prima che cadesse. «Ho bisogno di quella lettera!»

«Non ti ho attaccata, ho cercato di impedirti di saltare.» Le frugai nelle tasche, ignorando l'ondata di lussuria che mi travolse per il fatto di avere le mani sui suoi fianchi, ma non c'era niente. «Devi averla lasciata cadere.»

«No.» Scosse la testa vigorosamente. La sua voce sembrava strozzata «Non può essere andata. Te lo dico, Abe, ho bisogno di quella lettera! Lasciami andare, devo trovarla!»

La fissai. Questa notte non avrebbe potuto essere più fottuta.

Se il suo profumo non fosse diventato così metallico, se non avessi potuto sentire il timbro delle lacrime nella sua voce, forse avrei potuto ignorare le sue suppliche. Ma era chiaramente disperata.

«Cosa c'è nella lettera, Perle? Di chi è?» Mi attraversò un'ondata di gelosia perché pensai che fosse stata inviata da un ragazzo che aveva a casa.

«È l'ultima lettera che mia madre mi ha scritto prima di morire.»

Mi gelai.

Oh dannazione. Non avevo idea che sua madre fosse morta. Era pesante da morire. Ero stato un vero stronzo con questa ragazza, pensando che fosse così privilegiata, e aveva subito un'enorme perdita. Forse di recente. Una molto più grande di quanto io avessi mai conosciuto. Una che nessun adolescente avrebbe dovuto provare.

Contro il mio miglior giudizio, presi la mia decisione. «Va bene, andrò a cercarla. Ma devo assicurarmi che tu non possa scappare.»

«Cosa intendi?»

La presi in braccio e la portai sulla sedia della cucina. «Siediti qui.»

«Non sono sicura di avere scelta» brontolò.

La legai allo schienale della sedia con diversi pezzi di nastro adesivo attorno alla vita.

Lei mi guardò con gli occhi socchiusi. Erano verde acqua, il colore dell'oceano che si infrange contro le rocce. «Ti odio, Abe Oakley.»

«Nemmeno io sono il tuo più grande fan, Perle», dissi. «Ma è irrilevante.» Lasciai il suo telefono vicino alla porta dove mi spogliai di nuovo, il mio lupo si pavoneggiò quando sentii lo sguardo di Lauren sul mio corpo. Mi girai per guardarmi alle spalle e trovai la sua attenzione puntata sul mio sedere. Deglutì e sentii di nuovo il profumo inebriante della sua eccitazione.

Quel particolare profumo sarebbe stato la mia rovina. Allontanai i fianchi da lei, così che non potesse vedere la reazione entusiasta del mio uccello.

«Non muoverti da lì» la avvertii, sapendo benissimo che probabilmente avrebbe fatto tutto il possibile per liberarsi nel momento in cui me ne fossi andato.

«Vai a farti fottere.»

L'alfa esperto che era in me non poté fare a meno di fissarla. «Vuoi che vada a cercare la lettera o no?»

Sulle sue guance si diffuse un bel rossore. «Sì» brontolò.

Inclinai la testa. «Sì cosa?»

Allargò le narici e strinse la mascella. «Sì, grazie.» Le parole uscirono a denti stretti.

Le rivolsi un sorriso tirato. «Così va meglio. Ora fai la brava, Perle, o ci saranno delle conseguenze.»

Ancora quel profumo femminile.

Mi stava uccidendo.

Mi chiusi la porta alle spalle e mutai. Potevo viaggiare più velocemente a quattro zampe e avrei annusare quel pezzo di carta se era volato via.

Mentre correvo verso il dirupo, la mia mente si chiese cosa fare. Come gestire questa situazione.

Dovevo chiamare mio fratello Austin. Avrebbe potuto sapere chi avrei dovuto vedere, quanto costava e come funzionava. Da quello che avevo sentito, prima si interveniva e si cancellava la memoria, meno danni si infliggevano. Lauren avrebbe solo avuto bisogno che si cancellassero un paio d'ore dalla sua mente. La cosa non avrebbe dovuto influenzare il suo cervello intelligente.

Quando arrivai alla sporgenza, abbassai il muso a terra e annusai. L'odore di Lauren era ovunque, ma non sentivo l'odore della carta. Sbirciai oltre la sporgenza e scrutai il terreno. Vidi qualcosa di bianco sotto. Avrebbe potuto essere una roccia di colore chiaro, ma anche la lettera.

Dato che non c'era nessuno in giro e avevo fretta, saltai semplicemente dalla sporgenza, piegandomi per rotolare quando atterrai. Mi tolse un po' il fiato, ma mi alzai e mi scrollai la sensazione di dosso. Trottai verso il luogo di quella che speravo fosse la lettera.

Non era carta. Era il pezzo di tessuto della camicia di Lauren. Lo presi in bocca, non perché ne avrebbe avuto bisogno, ma perché il mio lupo desiderava ardentemente avere il profumo della sua essenza in bocca.

Scrutai di nuovo il terreno, ma i miei occhi non collaboravano. Sbattei le palpebre mentre la mia vista si offuscava e il dolore mi attraversava le tempie, paralizzandomi il collo alla base del cranio. Restai immobile per non crollare e respirai profondamente.

Il mio lupo gemette dal dolore.

Fanculo.

Non era il momento per una crisi.

La mia vista divenne completamente nera.

Aspettai, facendo respiri profondi per calmare il mio sistema nervoso.

Schiarisciti, schiarisciti, schiarisciti.

La mia vista si sarebbe schiarita.

Mio padre diceva che quando questo accadeva, non era dovuto ai miei occhi, ma all'interpretazione del mio cervello dei segnali provenienti dai miei occhi. Era perché cercavo di vedere come un essere umano quando ero in forma di lupo o viceversa. Era stato l'odore di Lauren a causarlo? Rilasciai il tessuto dalle mascelle e mi abbandonai sulla pancia, toccandomi il viso per cercare di massaggiarmi le tempie, pregando il Fato che questa merda si risolvesse velocemente.

E fu allora che il vento cambiò. Un profumo inaspettato raggiunse le mie narici e mi rialzai a quattro zampe.

Dove diavolo era?

Oscillai la testa da un lato all'altro, cercando disperatamente di vedere, di cambiare il segnale cerebrale che aveva bloccato il mio input visivo.

Una forte scossa della testa, o forse la massiccia dose di adrenalina, mi riportò alla vista e vidi ciò che il mio naso aveva già scoperto.

Là, a dieci metri davanti a me, c'era un gigantesco orso grizzly.

Non un normale orso: un mutaforma. Uno chiaramente fuori dal suo territorio, non che io potessi difendere il nostro senza il mio branco.

Come se ciò non fosse già abbastanza grave, alzò il muso verso il cielo ed emise un ruggito gorgheggiante: un avvertimento per me.

E fu allora che la vidi, stretta nella zampa massiccia e oscillante della bestia.

La lettera di Lauren.

CAPITOLO CINQUE

Abe

Non c'era alcuna possibilità che io vincessi una battaglia contro un orso. Potevo anche essere quasi a grandezza naturale. Potevo anche essere l'alfa della scuola, ma un lupo solitario non poteva competere con un grizzly.

Fanculo.

Chi era e cosa stava facendo nella nostra zona?

Era diventato selvaggio? Notai il bianco intorno al muso. Era un vecchio orso. Forse i mutaforma-orso diventavano senili?

I suoi artigli tranciarono l'aria in un chiaro segno di avvertimento, ma non potevo tirarmi indietro.

Non quando aveva in mano la lettera di Lauren.

C'era solo una cosa da fare: provare ad attirare questo tizio in forma umana. Mutai e mi alzai con i palmi rivolti verso l'esterno.

«Wow. Calmati. Sei nel mio territorio, non il contrario. Ti sei perso?»

L'orso non mutò e la domanda non gli piacque. Emise un

grido selvaggio. Un tipo di verso che quasi mi fece tornare alla forma di lupo per difendermi. Resistetti alla tentazione.

«Ok, non importa. Non mi interessa. Il fatto è che hai in mano la lettera della mia ragazza.» Non ero sicuro di cosa mi spingesse a chiamare Lauren *la mia ragazza*. Mi dissi che era solo per semplicità, ma il mio dannato lupo lo aveva adorato.

«È di sua madre, che è morta. Significa tutto per lei. Mi ha rimandato indietro a prenderla.»

L'orso sembrò ascoltare. Non credevo che fosse un animale selvatico, ma non aveva nemmeno assunto la forma umana. Il suo labbro superiore era ancora tirato indietro e mi mostrava i denti. Girò la testa come se stesse cercando Lauren.

«È tornata allo chalet. Le ho promesso che avrei recuperato la lettera. Posso averla? Per favore?»

Non mi aspettavo che mi assecondasse. L'orso chiaramente non era amichevole e non gli importava di aver vagato nel territorio dei lupi senza permesso. Fece oscillare la sua enorme zampa descrivendo un arco. Pensai che fosse un'altra minaccia finché non mi resi conto che aveva rilasciato la lettera come se mi stesse lanciando una palla da baseball.

Mutai e corsi, dimenticando di essere cauto, ma lui non caricò. Se ne stava su due gambe e mi osservò finché non afferrai il pezzo di carta che rotolava. Lo presi con attenzione tra le labbra, non tra i denti, per non danneggiarlo.

L'orso girò su sé stesso e saltò a una velocità sorprendente per un animale così grande e apparentemente goffo.

Abbassai la testa e corsi verso lo chalet.

Avevo già perso troppo tempo con questa cosa. Dovevo portare Lauren da un vampiro e cancellarle i ricordi prima che questo intervallo di tempo nel suo cervello diventasse troppo lungo da spiegare o troppo denso di connessioni neurali per non causare danni permanenti.

* * *

LAUREN

LA PORTA dello chalet si spalancò e Abe entrò di corsa.

Ero sdraiata su un fianco, ancora legata alla sedia, anch'essa su un fianco. L'avevo ribaltata nel tentativo di raggiungere il mio telefono.

Inutile dire che non ero riuscita a fare più di qualche metro. Era stato duro avanzare, strisciare lungo il pavimento. Ero riuscita a fare solo circa un metro da quando lui se n'era andato.

Ma... wow. Eccolo. Ancora una volta, fui scioccata dalla sua nudità. Ancora più scioccata dalla sua reazione.

Perché all'improvviso non capivo come avevo fatto a trovare Luke attraente.

Era come un ragazzino rispetto ad Abe.

Come sarebbe stare sotto tutti quei muscoli duri? O cavalcarli? Una pulsazione costante iniziò a battermi tra le gambe.

Ma poi intravidi ciò che aveva in mano, e dimenticai i pensieri lussuriosi che mi frullavano per la testa.

«L'hai trovata.»

Attraversò lo chalet e sbatté la lettera su un tavolino. Aveva una smorfia cupa e quelle spalle massicce sembravano tese. «L'ho trovata.»

Si girò e osservò la mia situazione. Cercai di non guardare sotto la sua vita, ma era impossibile. E lui stava... *okay*... wow. Sembrava maturo e pronto. Trascinai il labbro inferiore tra i denti.

«Vedo che hai disobbedito agli ordini.»

Avevo dimenticato come dovevo apparire in questa posizione ridicola. Tutto il mio peso gravava su una spalla, che ormai si era addormentata.

«Disobbedito...» balbettai. «Cosa siamo nell'esercito?» Non riuscii a tenere gli occhi fissi sul suo viso. Il mio sguardo vagava lungo quel suo corpo perfettamente plasmato, tracciando i bordi cesellati di ogni splendido muscolo. Ritornavo sempre a *quel* particolare muscolo che sembrava... ehm... *felice di vedermi.*

Abe questa volta si mise i boxer e un paio di jeans scoloriti e si avvicinò a grandi passi verso di me. «Sembra che tu abbia dimenticato chi controlla completamente il tuo destino in questo momento.» Prese la sedia - con me sopra - e la rimise in posizione verticale come se pesasse due chili, non più di cinquantacinque. Ero certa che i suoi muscoli non si fossero nemmeno tesi quando lo aveva fatto.

Questo ragazzo era bionico. Era ancora a torso nudo, il che significava che vedevo ogni increspatura dei suoi enormi muscoli quando si muoveva. Era bello. Ma che stronzo.

«Sì, possiamo ripassare quel pezzo?» Gli rivolsi uno sguardo minaccioso. «Cosa ci faccio esattamente qui?»

«Hai visto qualcosa che non avresti dovuto vedere. E questo è un problema per il mio branco.»

«*Il tuo branco...*» Probabilmente ero sotto shock prima, oppure la surrealtà della notte teneva a bada i pensieri razionali. Ma all'improvviso colsi il quadro generale.

Perché la cittadina di Wolf Ridge era così strana.

Erano tutti lupi mannari.

Rimasi a bocca aperta.

Abe strizzò gli occhi e fece una smorfia. «Fanculo!» Si allontanò da me, tirò fuori il telefono dalla tasca e compose il numero.

Sentii una voce maschile rispondere ad alta voce, come se stesse parlando durante una specie di riunione o una festa. «Ehi fratello! Che cosa succede?»

«Ho un problema. Uno grosso. Ho bisogno di aiuto.»

Non sentii la risposta, ma il rumore si calmò, come se il ragazzo dall'altra parte – non sapevo se fosse un vero fratello o solo un amico che chiamava fratello – fosse andato in un posto privato.

«Una ragazza di scuola mi ha visto mutare. Un'umana.» Adesso non riuscivo a sentire le risposte dell'altra persona, soprattutto quando Abe si voltò e si allontanò, verso quella che doveva essere una camera da letto. «Lo so, ma non posso... Alpha Green mi ha già detto di starle lontano. Mi ha visto durante l'ultima corsa con la luna piena... Sì, ho fatto una cazzata... No! Lei non è niente per me.» Lanciò uno sguardo cupo alle sue spalle.

Le sue parole non avrebbero dovuto disturbarmi. Insomma, ovviamente, non ero niente per lui. Nemmeno lui era niente per me. Ma qualcosa mi si piazzò sul petto. Uno squarcio dovuto al senso di abbandono che si apriva sempre come un crepaccio delle dimensioni del Grand Canyon ogni volta che pensavo a mia madre.

Forse era per questo che non potevo piangerla. Ero troppo occupata a sentirmi ferita perché mi aveva lasciata. Avrebbe dovuto vedermi crescere. Guardami mentre mi diplomavo. Venire al mio matrimonio. Esplorare lei stessa questo fianco della montagna al tramonto.

Le lacrime che mi erano sfuggite mi salirono in gola, soffocandomi. C'era una pressione nel mio petto così forte che ero convinta sarebbe scoppiato. Mi tremò il labbro inferiore.

E poi...niente.

Lo ingoiai di nuovo.

Ci ero quasi.

Ma quanto era patetico che fosse stato causato dall'auto-commiserazione piuttosto che da qualcosa di più altruistico.

Facevo schifo.

Riportai la mia attenzione su Abe, che emise un «Uh-huh» e altri suoni affermativi.

«Sei serio?» chiese. «Conosci la combinazione?» Ritornò in soggiorno e spostò il divano come se non fosse un mobile enorme e pesante. Arrotolò il tappeto. «Sì, la vedo.»

Allungai il collo per vedere cosa stesse guardando. Sollevò una botola ed entrò, ruotando il polso. Il leggero ronzio di un quadrante arrivò alle mie orecchie.

Doveva essere una cassaforte. Come previsto, si sentì un clic e aprì una pesante porta di metallo.

«Fatto.» Abe tirò fuori una pila di biglietti da venti ben incartati e la sfogliò. «Fammi sapere. Grazie. Non dirlo a papà, ok?» Quindi era il suo vero fratello. «Promesso? Grazie.»

Abe attaccò ed estrasse una pistola dalla cassaforte. Sembrava vecchio stile, come nei film del selvaggio West. Una sei colpi, o qualcosa del genere.

I campanelli d'allarme risuonarono nella mia testa. Mi avrebbe uccisa per poi seppellire il mio corpo qui da qualche parte?

«A cosa serve?»

Abe aprì il tamburo e guardò dentro, poi tese la mano per recuperare sei proiettili. Quando alzò la testa, i suoi occhi sembrarono brillare.

CAPITOLO SEI

Lauren

La mia mente pensò irrazionalmente che Abe Oakley *mi avrebbe uccisa.*

Il mio corpo rispose con un'altra massiccia dose di adrenalina, facendomi battere forte il cuore e contrarre le gambe e sforzarle contro il nastro attorno alle caviglie.

Abe provocava continuamente sensazioni reali nel mio corpo.

Vidi una traccia di divertimento sul suo viso arrogante. «Rilassati, Perle. Non è per te.»

«Per chi è?» Alzai la voce. «Qual è il tuo piano, Abe?»

Ricaricò la pistola e la infilò nella cintura nella parte posteriore dei jeans. Si alzò e si mise una maglietta, poi contò i soldi.

Gli squillò il telefono e lui rispose. Doveva essere suo fratello che richiamava. Dopo qualche breve «*Okay*» e «*Capito*» Abe ringraziò chiunque fosse e terminò la chiamata.

Il mio iPhone emise un segnale acustico indicando l'arrivo di un messaggio. Guardammo entrambi il tavolino dove si trovava la custodia turchese glitterata.

«Deve essere Lincoln» gli dissi in fretta. «Andrà fuori di testa se non torno a casa presto. Probabilmente sta già dando di matto perché non ho risposto al suo ultimo messaggio.»

Abe mise i proiettili in tasca e si passò una mano tra i capelli. Sembrava diverso da come era a scuola. Meno sicuro di sé. Ancora uno stronzo, ma senza la solita punta di scherno. Questo era lui senza tanta spavalderia.

«Sì, questo è il punto.» Mi guardò. I suoi occhi erano grigio-blu, una versione più scura di quelli del suo lupo. «Ci vorranno un paio d'ore, forse tre. Quindi cosa puoi dirgli? Qualcosa a cui crederebbe?»

Fissai Abe. Pensava davvero che lo avrei aiutato? Perché avrei dovuto? Ero letteralmente la prigioniera.

Sembrò leggere i miei pensieri perché prese la lettera di mia madre e si avvicinò a grandi passi. «La rivuoi?» Alzò le sopracciglia.

«Dammela» sbottai, inclinando la sedia in avanti come se potessi lanciarmi contro di lui.

«Pensa a una scusa. Una buona.»

La mia mente girò. I gemelli erano bravissimi a leggersi a vicenda senza parlare. «Lasciami parlare con lui.»

Abe si avvicinò ai fornelli. Accese uno dei fornelli a gas, che fece clic alcune volte e poi si accese.

Mi stavo ancora preoccupando di come far arrivare un messaggio a Lincoln, ma tutti i pensieri si fermarono quando mostrò la lettera di mia madre. «Ci stai pensando, Lauren?»

Mi affondai contro il nastro adesivo mentre il panico mi inondava le vene. «No!»

«Pensa velocemente, Lauren. Fallo bene. Oppure la lettera va in fiamme.»

«Digli che sono in biblioteca!» urlai. Le lacrime mi bruciarono gli occhi. «Per favore. Non bruciarla.»

Non allontanò il foglio dal pericolo. «Se la berrà?»

«Sì! Adoro la biblioteca. È il mio posto felice.»

Abe continuava a non muoversi. Mi valutò, con gli occhi socchiusi.

«Ti aiuterò, non proverò a fare nulla. Promesso!» Stavo parlando velocemente adesso, nel disperato bisogno che allontanasse il foglio dalla fiamma.

Lo fece.

Spense il fornello e prese il telefono. Me lo girò verso il viso per sbloccarlo, poi strizzò gli occhi verso lo schermo.

«C'è qualcosa che non va nei tuoi occhi?»

Notai un tic di irritazione attorno alla sua bocca prima che alzasse il labbro superiore in segno di disprezzo. «Sono un lupo alfa. Abbiamo una vista perfetta.»

«*Lupo alfa.*» Rigirai l'informazione nella mia mente, mentre altri pezzi del puzzle si incastravano insieme. Il modo in cui i ragazzi a scuola lo adoravano. Il modo in cui si comportava in modo prepotente e aggressivo. Diverso da come era adesso.

Era una questione di status alfa. Una facciata.

Una cosa da lupo.

Abe emise un verso frustrato di disgusto per sé stesso, come se fosse incazzato per avermi mostrato ancora una volta più di quanto intendesse.

Il fatto era che più sapevo di lui, più capivo il senso di questa città strana e incasinata, meno lo odiavo.

Era uguale a qualsiasi studente della Landhower Prep: cercava di restare calmo davanti agli altri ragazzi, tentando di tenersi lontano dai guai con i suoi genitori e gli altri adulti.

Ma sapevo di aver ragione riguardo ai suoi occhi perché la sua mascella si flesse e sbatté le palpebre più volte davanti allo schermo prima ancora di riuscire a vedere quello che stava guardando. Alla fine, riuscì ad aprire la chat e rispose a Lincoln.

«Perché è così preoccupato per te?»

Rivolsi ad Abe un'occhiata ostinata. «Non sono affari tuoi.»

«Perché non eri a scuola oggi?» Aprì la lettera e lesse la data. «Giugno dello scorso anno. Quando è morta?»

Un'ondata di dolore mi si sollevò nel petto, così tanto che sentii che la testa stava per esplodermi.

«Era oggi?» chiese Abe. Per qualche motivo sembrava incazzato, ma non riuscivo a capire quale fosse il suo problema.

Abbandonai la testa e fissai il soffitto senza guardare nulla.

Mamma... ho bisogno di te adesso.

Mi si offuscò la vista. Le lacrime scesero dagli angoli dei miei occhi.

Finalmente stava iniziando. Avevo paura di dire o fare qualsiasi cosa per timore che si spegnesse di nuovo come sempre.

Mi uscì un singhiozzo dalla gola.

Chiusi gli occhi, appoggiandomi al senso di liberazione, di sollievo, che stava arrivando nel lasciare uscire tutto.

Per favore, non fermarti. Per favore continua a fluire.

Quasi non notai il violento strappo del nastro adesivo dal mio torso.

Stavo piangendo. Un altro singhiozzo mi riempì la mascella inferiore.

Abe mi sollevò dalla sedia e mi tirò contro il suo corpo. Premetti il viso contro la sua maglietta di cotone. Le mie mani legate erano intrappolate tra i nostri corpi.

Ero terrorizzata che questa vicinanza, questa interazione avrebbe bloccato le lacrime.

Abe Oakley era l'ultima persona con cui mi sentivo sicura di esprimere le mie emozioni. Solo che sembrava essere una bugia perché con la mia faccia nascosta nella sua maglietta divenne facile lasciare andare tutto. Presto, la mia schiena tremò per i singhiozzi e gli inzuppai la maglietta con le lacrime.

Abe non disse una parola. Non mi diede una pacca sulla schiena né emise versi rilassanti, ma mi tenne stretta. C'era una tale ferocia in quell'abbraccio che corrispondeva all'intensità dell'emozione intrappolata dentro di me. In qualche modo mi diede il permesso di far uscire tutto.

Non sapevo per quanto tempo fossi rimasta lì a piangere. Sembrò un'eternità e un lasso senza tempo. Tutto quello che sapevo era che una volta finito, quando i singhiozzi si fermarono e le lacrime si asciugarono, il vuoto rimasto lo percepii come pace.

«Non ho pianto.» Alzai il viso dalla maglietta sporca di mascara di Abe e lo guardai sbattendo le palpebre.

Usò i pollici per pulire le macchie sotto i miei occhi e li asciugò sul lembo della sua maglietta.

«Non piango da prima che morisse. Neanche una volta. Non sono riuscita a tirarlo fuori. Non ho sentito... niente. Ecco perché mi stavo sporgendo dal bordo di un dirupo. Non perché volessi morire, ma perché mi chiedevo se fossi capace di provare paura.»

«Ne hai avuta?»

Scossi la testa. «No, ma poi questo lupo mi è corso incontro e... non lo so, ho sentito qualcosa.»

Abe mi lanciò uno sguardo imperscrutabile. «Mi dispiace, Lauren. La tua giornata schifosa continuerà a peggiorare. Ma giuro sul destino che domani ti sveglierai e non ricorderai niente di tutto ciò. E mi assicurerò, *ne sarò dannatamente sicuro,* che tu ti senta bene.»

Corrugai la fronte mentre cercavo di decodificare ciò che stava dicendo. «Come?»

Abe non rispose e un po' della mia pace svanì, sostituita da un sordo senso di terrore. C'era qualcosa che non andava qui. Non avevo paura di Abe, nonostante mi avesse legata a una sedia e mi tenesse prigioniera. Ma il suo piano, qualunque fosse, sembrava sbagliato. Molto sbagliato.

«Con la droga?» chiesi. «Mi drogherai?»

Chiuse le labbra in una linea decisa. Invece di rispondere, mi prese sotto le ginocchia e mi sollevò trasportandomi come se fossimo in luna di miele. Mi lasciò cadere il telefono in grembo insieme alla pila di contanti.

«Certo, te li tengo io», ironizzai seccamente.

Alzò leggermente gli angoli delle labbra mentre usciva dallo chalet sulle lunghe gambe. La sua prestanza fisica era davvero strabiliante. Doveva essere tre volte più forte di un normale essere umano. Il mio peso sembrava non essere niente per lui.

E per quanto tutto questo fosse pazzesco, ero grata per la distrazione. Il fatto che Abe fosse un lupo e mi rapisse era una potente interruzione dell'intorpidimento che avevo provato. Era meglio del vuoto che mi aveva inghiottita ultimamente.

Mi portò al suo veicolo e riuscì a tenermi in equilibrio con un braccio mentre apriva la portiera del passeggero. Mi fece sedere con cautela sul sedile anteriore e mi allacciò la cintura di sicurezza.

«Ti ho già visto» mi resi conto. Anche prima della notte di luna piena, quando era fuori dalla mia finestra, avevo visto scorci di movimento dal bosco come era successo oggi prima che mi caricasse.

Abe chiuse la portiera del passeggero senza rispondere, ma sapevo di avere ragione.

Scendemmo giù dalla collina verso Scottsdale in silenzio per venti minuti, e poi cominciai a ridere istericamente.

«Che c'è?» chiese.

Non riuscivo a smettere di ridere: ero in quella sorta di stato vertiginoso, incontrollabile e felice. Non divertita, ma comunque isterica. Prima le lacrime e ora le risate. Abe sembrava accendere tutte le mie emozioni perdute.

«Cosa c'è di così divertente?»

«Ho appena realizzato.» Stavo ancora ridendo di gusto. «Il mio *compagno di chimica* è un lupo mannaro.»

«Mutaforma... non lupo mannaro.»

Usai la spalla per cercare di asciugarmi le lacrime delle risate dal viso. «Qual è la differenza?»

«I lupi mannari non esistono. Solo nei film. Ma non capisco. Che cosa è divertente?»

«È come *Twilight*.»

Abe mi lanciò un'occhiata inespressiva.

«Il libro? Il film? Sai, il compagno di laboratorio della nuova ragazza finisce per essere un vampiro attratto da lei. Il mio compagno di laboratorio invece è un lupo.» Sbattei le palpebre mentre mi veniva in mente un nuovo pensiero. «Sei attratto da me? È per questo che ti aggiri per casa mia?»

«Non sono *attratto* dagli esseri umani» disse in tono burbero. C'era un atteggiamento difensivo nel suo tono che mi diede la certezza di avere ragione.

Abe si fermò davanti a un'enorme villa con cancelli di ferro. Abbassò il finestrino per parlare con la telecamera, ma i cancelli si aprirono prima che riuscisse.

Il mio senso di apprensione si amplificò cento volte. «Dove siamo? È lo spacciatore? Abe, cosa sta succedendo?»

Fuori era buio pesto quando Abe si fermò sulla rotonda e parcheggiò l'auto. La sua espressione era cupa e aveva le spalle tese, come se si stesse preparando a qualcosa. Anche lui era preoccupato. Oppure provava disgusto per qualunque cosa stesse per fare.

Andai nel panico. «Abe, non farlo. Non svelerò il tuo segreto, lo giuro. Portami a casa e basta. Questo non mi sembra giusto.»

Abe prese un paio di occhiali da sole a specchio dal

cruscotto e, anche se fuori era buio, li indossò. «Non sembra giusto neanche a me, a dire il vero. E sì, credo di potertelo dire adesso, visto che non te lo ricorderai, che sono decisamente attratto da te.»

Spalancò la portiera e scese.

Il momentaneo barlume di trionfo per la sua ammissione di attrazione morì immediatamente quando metabolizzai l'altra parte. Non lo avrei ricordato? Non avrei ricordato di aver saputo cosa c'era sotto l'atteggiamento da stronzo del bullo della scuola.

Di come era andato a cercare la lettera di mia madre. O di come mi aveva tenuta mentre piangevo. Non avrei ricordato che Abe non era così cazzone come fingeva di essere.

O che quello che dicevano dei ragazzi che se la prendevano con le ragazze era vero: gli piacevo.

Aprì la mia portiera.

«Non mi piace.» Avevo la gola secca. «Cosa sta succedendo?»

Mi strappò il nastro adesivo dalle caviglie e mi prese per la vita per prelevarmi dal suv e mettermi in piedi. «Sta per diventare molto più simile a *Twilight*.»

«Cosa intendi?»

«I lupi mannari non esistono, ma i vampiri sì.»

CAPITOLO SETTE

Abe

Mi venne la nausea mentre prendevo il gomito di Lauren.

Lei resistette, strattonando la mia presa.

«No. Non mi porterai lì. Assolutamente no.»

Una cosa, sulla principessa di ghiaccio era certa: aveva un buon istinto. Aveva ragione a esitare su questo. Ero distrutto per questa storia.

«Mi dispiace, Perle.» La sollevai tra le mie braccia. Lei scalciò e mi colpì con le mani legate, ma non poteva competere con me.

«Abe, no! Mettimi giù! Portami a casa!» Tentò di girare il corpo e di torcersi dalle mie braccia. L'odore della sua paura fece ringhiare il mio lupo per il bisogno di difenderla.

«Tu non sei...» Si bloccò quando si aprì la porta e comparve un ragazzino snello con una giacca da camera di velluto blu degli anni '20.

Non sembrava più vecchio di me e Lauren, ma non poteva ingannarmi. A giudicare dalle sue scelte in fatto di moda probabilmente aveva più di 100 anni.

«Thomas?» chiesi. L'odore dei non morti mi fece accapponare la pelle. Non avevo mai visto una sanguisuga di persona prima.

Era spaventoso da morire.

Il vampiro mi degnò a malapena di uno sguardo, ma esaminò con lentezza e lascivia il corpo di Lauren, soffermandosi sulla morbida pelle esposta sotto i suoi seni. Non potevo credere di non averle dato una maglietta diversa da indossare. Cosa diavolo c'era che non andava in me?

La misi a terra, mi tolsi la maglietta e gliela infilai sopra la testa e le spalle. Con i polsi legati davanti a sé, le maniche pendevano vuote come se fosse un manichino senza braccia. Mantenni il corpo in una posizione tale che la sanguisuga non potesse vedere la pistola nella cintura dei miei jeans. I proiettili al suo interno erano fatti d'argento.

«Un cucciolo di lupo e un adolescente mortale alla mia porta. Che noia.» Il suo sguardo mi colpì come un'arma. Certo, *era* un'arma. «Togliti gli occhiali da sole, figlio di lupo.»

«*No.*» Lo dissi con fermezza. Indossavo occhiali da sole a specchio. Con questi non avrebbe dovuto essere in grado di catturare il mio sguardo e convincermi a fare ciò che voleva.

Non dissi *no, signore,* come avrei fatto se mi fossi trovato di fronte a un lupo anziano. Ero qui solo per una transazione. Non potevo fidarmi di questa sanguisuga. Ma non volevo inimicarmelo: era pericoloso e interessato solo a sé stesso e ai suoi simili. Prima concludevo l'affare e me ne andavo di qui, meglio era.

La mano mi prudeva dal desiderio di prendere la mia arma, ma non lo feci. Dovevo restare calmo.

Il vampiro mi rivolse un sorriso agghiacciante. «Dove sono i soldi?»

Sborsai i duemila dollari che avevo preso dalla cassaforte di mio padre. Era quanto aveva detto il contatto di Austin.

Avrei dovuto trovare un modo per rimpiazzarli prima che mio padre lo scoprisse.

Lauren dovette ricordare che stava cercando di scappare perché si girò per fuggire. La afferrai per la vita e la feci girare per guardare Thomas.

Nel momento in cui incrociò il suo sguardo, lei si afflosciò tra le mie braccia. Non la lasciai. Il cuore mi batteva forte contro la sua schiena.

Thomas le afferrò il mento e glielo sollevò. «Hai visto un mutaforma, amore?»

Lauren ansimò, le sue costole si allargavano contro il mio petto a ogni inspiro. Il suo corpo sembrava essere immobile, come se stesse giocando a un, due, tre, stella e fingendo di essere una statua.

Cercai di calmarla accarezzandole lentamente con il pollice la pelle nuda all'altezza della vita. Prima di venire, avevo avuto questa fantasia in cui avrei chiesto al vampiro di seminare pensieri felici in lei, per aiutarla a sentirsi meglio riguardo a sua madre, ma ora mi rendevo conto che era un'idiozia. Non mi fidavo del fatto che questo tizio facesse qualcosa in più. Non appena avesse cancellato il ricordo del lupo, ci saremmo fiondati fuori di qui.

«Capisco... eri su un dirupo. Il cucciolo di lupo ti ha salvato.»

Mi venne la pelle d'oca sulle braccia ascoltandolo radicarsi nella sua mente. Era davvero una schifezza. Mi schiarii la gola. «Sì. Dille che sono stato l'umano che l'ha salvata, e poi siamo andati in biblioteca a studiare. E poi a fare un giro.»

La sanguisuga mi ignorò. «il ragazzetto innamorato qui ti ha osservato. Comprensibile.» Si sporse in avanti per annusarle il collo. Adesso ansimai anch'io per l'adrenalina. Questo tizio mi dava i brividi, cazzo.

«Hai un profumo unico per un essere umano. C'è qualcosa... di diverso in te.»

Colsi il luccichio delle sue zanne allungate e la tirai all'indietro, fuori dalla sua portata.

Fanculo! L'avrebbe morsa? Dovevo andarmene da qui non appena tutto si fosse risolto.

«Dammela» sbottò, come se fosse incazzato perché gli avevo appena portato via la cena.

Alzai il labbro superiore in un ringhio. *Anche i miei canini si allungano, stronzo.* «No.» Mi sforzai di rendere la sillaba dura e ostile quanto potevo, gettandovi ogni grammo di comando alfa che riuscii a raccogliere.

Ancora una volta, sembrò divertito dalla mia sfida. Come se fossi un bambino di due anni che aveva appena imparato a dire di no.

Prima che io capissi cosa stava succedendo, mi strappò gli occhiali da sole dalla faccia alla velocità della luce, lanciandoli nel cespuglio di leucophyllum che fiancheggiava la porta.

Inavvertitamente avevo lasciato andare Lauren per difendermi, e in un attimo se ne erano andati entrambi: scomparsi in casa sua dopo avermi sbattuto la porta in faccia.

Dalla mia gola uscì un vero ringhio da lupo. L'unica cosa che mi impedì di trasformarmi spontaneamente in lupo fu il fatto di essermi ricordato di avere dei proiettili d'argento.

Estrassi la pistola e contemporaneamente abbattei la porta con un potente calcio.

Non li vidi da nessuna parte. Maledizione, quello stronzo si muoveva velocemente.

Sentii un lamento in fondo al corridoio, mi precipitai giù e sfondai un'altra porta.

Trovai Lauren piegata all'indietro tra le braccia di

Thomas, con la fottuta sanguisuga che si nutriva dalla sua gola.

Mi avvicinai per non mancarlo e non colpire Lauren, poi mirai e premetti il grilletto. Il proiettile gli squarciò la spalla. Thomas urlò e cadde a terra, stringendosi la ferita senza sangue.

Un proiettile d'argento non avrebbe ucciso un vampiro, ma avrebbe indebolito il suo potere e gli avrebbe fatto un male infernale. Avevo mirato all'osso, desiderando che il proiettile rimanesse lì abbastanza a lungo da permetterci di scappare.

Lauren stava già correndo fuori dalla porta. Avevo sentito dire che la saliva di un vampiro drogava la sua vittima, ma sembrava più che capace di fuggire.

Non aspettai di vedere se Thomas si sarebbe ripreso: mi girai per seguirla lungo il corridoio e fuori dalla porta principale. Il mio corpo sembrò festeggiare il momento in cui varcai la soglia del vampiro per raggiungere l'aria aperta. Lauren era già sul sedile del passeggero e chiuse la portiera.

«Sai cosa succede quando incroci un lupo con un orso?»

La voce di Thomas mi fece rabbrividire.

Mi girai per puntargli di nuovo la pistola mentre camminavo rapidamente all'indietro per il resto della strada fino al posto di guida. Se ne stava stravaccato da un lato, appoggiato allo stipite della porta come se non riuscisse a reggersi.

«Dicono che può uccidere la madre, ed è vero. Ma non è per questo che è vietato.»

Non avevo la minima idea del perché questo stronzo stesse parlando di orsi in questo momento. Doveva essere un pazzo. Avevo sentito che poteva succedere a vampiri estremamente anziani. Questo tizio non sembrava poi così vecchio, ma cosa ne sapevo io?

Mi sedetti e cercai le chiavi in tasca. «Vuoi sapere il vero motivo?» chiese mentre afferravo la maniglia della portiera.

La chiusi di colpo, ma con il mio udito da mutaforma sentii comunque le parole d'addio del vampiro.

«È vietato perché l'animale risultante è troppo potente.»

Premetti l'acceleratore e mi lanciai sul vialetto di mattoni, sfondando il cancello anche se si stava lentamente spalancando.

Si trascinò accanto all'auto per qualche istante prima di cadere e ruzzolare lungo la strada.

Pensavo che fossimo al sicuro finché l'estremità fredda della pistola non mi trafisse le costole.

«Ecco, Abe. Ce l'ho io.» Lauren era riuscita a prendere la pistola nella fessura tra le sue mani legate. «Accosta o giuro che sparo.»

CAPITOLO OTTO

Lauren

Durante il mio ultimo anno a Landhower, Luke aveva procurato ecstasy per tutti i Suntan Six per una festa. Il modo in cui mi sentivo adesso era abbastanza simile. Nonostante la mia consapevolezza di quello che era appena successo, ero estasiata, leggermente innamorata di Abe e nauseata. Ecco perché stavo facendo tutto il possibile per raccogliere la rabbia.

Abe mi aveva quasi fatta uccidere! O violentare. O tenere permanentemente come schiava del sangue. Non sapevo quali fossero i piani di quel vampiro per me, ma non potevano essere buoni.

Ma qualcosa che aveva fatto aveva avuto l'effetto che nulla mi disturbasse davvero. Non avevo sentito alcun trauma o paura quando mi aveva morsa. Solo una piacevole dissociazione da tutto.

Grande. Come se avessi bisogno di sentirmi più insensibile riguardo alla mia cosiddetta vita.

L'importante, però, era che ricordavo tutto. Il ricordo di Abe che si trasformava da lupo a essere umano tornò nel momento in cui aveva sfondato la porta della camera da letto. Così come la capacità di muovermi.

Qualunque fosse il motivo, Abe sembrava essere la cura per tutto ciò che mi affliggeva. Forse era la svolta del suo drammatico salvataggio. O semplicemente il fatto che mi faceva incazzare continuamente. Mi stavo appoggiando a quella giusta rabbia proprio ora mentre gli puntavo la pistola contro.

Il mio momento fortunato durò circa 2,5 secondi.

A quanto pareva Abe non aveva paura di essere colpito da me perché mi strappò la pistola dalle mani e si svuotò il caricatore in grembo mentre guidava.

«Non puntarmi quella cosa. Se scattasse, potrei morire.»

«Sì, era proprio questo il punto.»

Guardò prima me, poi la strada. «Mi dispiace, Lauren. Davvero. Non doveva succedere.»

Gli diedi un pugno come meglio potevo con l'uso limitato delle mani. «Niente merda. Beh, non ho acconsentito a quello che sarebbe dovuto succedere, quindi immagino che farmi prosciugare la vena da un vampiro sia stata la conclusione perfetta di una giornata di merda.»

Lo sguardo di Abe si posò sui fori sul mio collo e deviò bruscamente verso il lato della strada.

Con mio grande stupore, mi afferrò la nuca e mi attirò verso la sua bocca.

«Cosa fai? Allontanati da me, pervertito!» Gli diedi un pugno sul mento mentre si avvicinava. Sapevo di non averlo colpito forte, ma era come se non se ne fosse nemmeno accorto.

Aprì le labbra e le premette contro la pelle del mio collo. Poi trascinò la lingua sul punto in cui il vampiro mi aveva morsa.

Oh.

Oh, wow. Cosa stava facendo?

La mia figa si bagnò, *fradicia.*

Ero già eccitata per averlo visto sfondare quella porta e sparare con una pistola. Non capitava tutti i giorni che un ragazzino delle superiori si trasformasse improvvisamente nell'eroe tosto di un film d'azione. Ma questo era il livello successivo.

Non mi ero mai sentita così innervosita, così lussuriosa in tutta la mia vita.

«Non illuderti, Perle.» La voce di Abe fu un rimbombo profondo contro la mia pelle. «Se usassi la lingua per piacere, mi pregheresti di averne ancora.» Mi mormorò le parole all'orecchio, poi fece roteare la punta della lingua attorno a ciascuno dei due segni.

La lenta pulsazione tra le mie gambe si fece più insistente. «C-cosa stai facendo allora, *mister inquietante?*» Ero troppo agitata perché il mio epiteto potesse sembrare anche lontanamente genuino. Troppo eccitata da questo maschio grosso e virile che mi teneva prigioniera per leccarmi il collo. Mi resi conto della sua altra mano, che mi stringeva il ginocchio. Il suo pollice sfiorò leggermente la pelle sensibile del mio interno coscia.

«La mia saliva ha proprietà antibiotiche e curative.» Un'altra leccata.

Adesso non riuscivo a smettere di pensare alla sua lingua tra le mie gambe. Come mi sarei sentita se avesse fatto rotolare lentamente quella lingua sul mio clitoride come la stava muovendo adesso. *Mi pregheresti di averne ancora, Perle.*

Sembrava decisamente che Abe Oakley sapesse cosa stava facendo.

Ero stata con un solo ragazzo, Luke, e non avevo mai implorato di averne di più. Ieri sarei stata pronta a giurare che Abe sarebbe stato l'ultimo ragazzo di cui avrei potuto innamorarmi, ma in questo momento avrei voluto essere già single. Perché avrei potuto chiedere ad Abe di mostrarmi come avrebbe usato la lingua per divertirsi.

«La mia saliva non è potente come quella di un vampiro, ma aiuterà a guarire le ferite.»

«O-oh.»

Ops. Sembrava sessuale. Più un gemito che un riconoscimento. Avevo appena ondulato i fianchi sul sedile?

Non avrei ammesso che non volevo che si fermasse. Che il battito tra le mie gambe era diventato sempre più forte, e ora tutto quello che potevo fare era non leccarlo a mia volta.

«Immagino che anche tu sia attratta da me.»

Bastardo compiaciuto.

Lo respinsi. «Ora chi si sta lusingando?»

Abe fece un sorriso arrogante, ma il tocco del suo pollice sulla ferita era quasi tenero. «Conosco l'odore della tua eccitazione, Perle.» Si toccò il naso. «Ho un eccellente senso dell'olfatto.»

Sentii le guance accaldarsi. Poteva essere vero? Beh, doveva esserlo se l'aveva detto.

Senza staccare lo sguardo dal mio, mi strappò il nastro adesivo che avevo ai polsi – lo stesso nastro che avevo girato e tirato inutilmente nelle ultime due ore – a mani nude. Raccolse i resti e li infilò sotto il sedile, poi mi tolse la maglietta dalla testa. Il suo sguardo cadde avidamente sul reggiseno scoperto e sulla mia pancia nuda.

Cercai di non esserne lusingata, ma il mio corpo non ricevette quel promemoria. I capezzoli si irrigidirono e spuntarono sotto il reggiseno. Ogni parte di me sembrava amare dannatamente l'attenzione di Abe. E ora che aveva ammesso il suo interesse per me, era molto, molto più difficile odiarlo.

Era come se noi due avessimo lo stesso segreto. Insomma, certo che era così. Tutto quello che era successo stasera era un segreto condiviso. Ma il fatto che avesse detto di essere attratto da me era stato come girare una chiave nella serratura.

L'attivazione di un "noi". Qualcosa da cui non potevamo tornare indietro.

La sua mano tornò alla mia gola e, ancora una volta, accarezzò leggermente il punto del collo dove il vampiro mi aveva morsa. Nel momento in cui quella creatura mi aveva guardato negli occhi, avevo potuto sentire i suoi comandi in testa.

Non muoverti. Il mio corpo si era immobilizzato.

Poi *stasera non hai visto un lupo.* Avevo provato a pensare ai lupi, ma non ero riuscita nemmeno a immaginarne uno.

Mi ero "ricordata" di Abe, nella sua forma umana, che mi aveva sorpresa mentre cadevo dal dirupo, ma dopo niente altro.

E poi all'improvviso mi ero ritrovata nella camera da letto del vampiro e mi stava prosciugando la vena. Ma ero certa che Abe lo avrebbe fermato. Non avevo creduto nemmeno per un secondo che mi avrebbe lasciata in balia del succhiasangue.

E non avevo mai visto niente di così tosto come quella porta che volava via dai cardini e un Abe furioso che entrava. Sapere che probabilmente era spaventato aveva reso il tutto ancora più eroico. Sapere che aveva avuto paura per me mi faceva quasi mancare il fiato.

«Fa ancora male, Lauren?» Era il vero Abe, non lo stronzo arrogante della scuola. Questo era un ragazzo di cui avrei potuto davvero innamorarmi. E la cosa mi spaventava.

«Certo, fa dannatamente male.» Tremai, ricordando come mi ero sentita ad essere ammaliata dal vampiro.

Stavo mentendo. Non faceva affatto male. Ero ancora in fermento: sentivo che gli ormoni buoni scorrevano attraverso il mio corpo come se avessi appena raggiunto l'orgasmo o fatto un ottimo allenamento. La pesantezza che mi aveva circondata, la nebbia in cui avevo vissuto nell'ultimo anno, sembrava essersi diradata per il momento.

Quindi c'era un dono in questa serata incasinata.

Inoltre, avevo pianto. Questo avrebbe potuto essere il regalo più grande di tutti.

«Portami a casa, Abe» dissi perché era tutto troppo da assorbire. Non il fatto che Abe fosse un lupo mannaro o che io fossi stata morsa da un vampiro. No, la parte che mi scuoteva davvero riguardava i miei sentimenti per Abe.

Dovevo scendere dalla sua macchina. Tornare a casa, salire sul mio letto e sognare tutta la notte. Forse domani le cose avrebbero avuto un senso.

Mise in moto l'auto. Nessuno dei due parlò più finché non si fermò davanti a casa mia.

Aprii lo sportello per uscire, ma lui mi afferrò il polso. «Aspetta.»

Cercai invano di scrollarmelo di dosso.

«Di' una parola a chiunque riguardo a questa...»

«Vai a farti fottere, Abe» gli dissi.

«No, Perle.» Si trasformò di nuovo nel suo alter ego stronzo arrogante proprio davanti ai miei occhi. Sbuffò. Sollevò e spinse il mento. Una sorta di espressione beffarda sulla bocca.

Avrei voluto schiaffeggiargli via quell'espressione dalla faccia. Mi preparai a qualunque stronzata sarebbe uscita dalla sua bocca.

«Ecco come andrà, principessa. Terrò la lettera di tua madre come assicurazione. Se parli, se dici una parola a qualcuno su ciò che è accaduto stasera, ti farò guardare mentre la riduco in cenere.»

CAPITOLO NOVE

Abe

Mi avvicinai furtivamente alla villa degli Sterling. Era mezzanotte, ma non riuscivo a dormire. Avevo aperto la finestra ed ero strisciato fuori, rimanendo questa volta in forma umana mentre inseguivo la mia preda.

Avrei dovuto essere felice di aver fatto in modo che Lauren Sterling mi odiasse di nuovo.

Mi aveva dato un pugno sulla mascella quando l'avevo minacciata, cosa che non mi aveva fatto male, ma probabilmente aveva fatto male a lei, alle sue nocche.

Ma era quello che doveva accadere. Provare qualcosa per lei sarebbe stato ancora più disastroso del fatto che avesse scoperto che ero un mutaforma.

O essere morsa da un vampiro.

No, col cavolo, niente avrebbe potuto essere peggio di quella sanguisuga che la toccava. Volevo ancora prendermi a pugni per averla messa in quella situazione. Mi pentivo di averla portata da quel demone. Avevo ancora voglia di tornare indietro con un fottuto paletto e conficcarglielo dritto nel cuore senza battito.

Ma avrei dovuto lasciare le cose come stavano con Lauren. Con lei che mi disprezzava e io che avevo un vantaggio su di lei. Non sarei dovuto tornare alla sua finestra con la lettera nella tasca posteriore dei pantaloni.

La zanzariera era ancora strappata nel punto in cui era passata la mia zampa durante l'ultima luna piena. Ero sorpreso che il suo ricco papà non avesse ancora risolto il problema.

Ma, in effetti, era in lutto.

Era più difficile disprezzare questi ricchi umani ora che sapevo che stavano tutti soffrendo. Non si erano chiusi perché pensavano di essere migliori rispetto a noi – erano chiusi per il dolore.

O forse per entrambe le cose.

Probabilmente entrambe. Sicuramente aveva ancora il dente avvelenato, a prescindere.

Sentii il suo odore dietro la finestra e il mio lupo guaì.

Non ero sicuro di cosa avrei fatto. Dovevo lasciare la lettera sul davanzale della finestra? Metterla nella sua cassetta della posta? Tutto quello che sapevo era che la mia coscienza non avrebbe avuto pace finché non avessi portato qui la lettera.

Guardai nella finestra. Il mio punto di vista era diverso rispetto a quando ero in forma di lupo. Su due gambe vedevo il suo letto sotto la finestra. La distesa dei suoi folti capelli ramati sui cuscini.

Staccai delicatamente la zanzariera e la appoggiai alla casa. Poi provai la finestra.

Era aperta.

Lauren spalancò gli occhi a quel rumore leggero. Stavo per aprire la finestra e lanciarmi dentro per tapparle la bocca con una mano, ma mi accorsi che non si era mossa.

Non aveva aperto quelle labbra carnose per urlare.

Mi stava semplicemente guardando.

Aprii la finestra il più silenziosamente possibile e mi sollevai per oltrepassarla.

Lauren era bellissima, le sue gambe pallide erano tutte intrappolate nelle lenzuola e nel piumone. Indossava un paio di minuscoli pantaloncini del pigiama e una canotta con spalline fatte con i lacci più piccoli che avessi mai visto. Un colpo dei miei denti e avrei potuto strapparle. Far cadere quel tessuto dal suo seno maturo.

Il cazzo divenne duro come la roccia.

Non si era ancora mossa, anche se mi trovavo nella sua camera da letto e la stalkeravo nel suo letto.

«Cosa stai facendo qui?» Fu giusto un sussurro.

Così dannatamente dolce. Come se avessi il diritto di essere qui. Come se non fossi solo il bullo che la molestava fin dal primo giorno di scuola.

Solo perché non sembrava spaventata, perché non mi sentivo sgradito, le salii sopra sul letto.

Anche adesso non urlò. Non mi colpì. Non mi allontanò.

Il profumo della sua eccitazione mi fece quasi gemere ad alta voce.

Dolce, dolce essere umano. Volevo leccare quei succhi dalla fonte. Separare le sue labbra inferiori con la punta della lingua e prendermi il tempo di imparare come le piaceva.

Mi misi a cavalcioni sui suoi fianchi e le incorniciai la testa con i pugni. «Promettimi che non lo dirai.»

Adesso era arrabbiata, proprio come lo era nella mia macchina. Era come se fosse offesa dalla mia mancanza di fiducia. Come se dovessi credere nella sua fedeltà a me e al mio segreto.

Mosse i fianchi sotto di me, cosa che ebbe lo sfortunato effetto di spingere contro il mio pacco già gonfio.

Repressi un gemito.

Le bloccai la gola con la mano per tenerla ferma, facendo

attenzione a non stringere. «Attenta, Perle. Mi stai eccitando.»

Lei restò immobile, il suo petto si alzava e si abbassava. Per una volta, il mio difetto giocò a mio favore perché i miei occhi da lupo riuscivano a vederla perfettamente nell'oscurità, percependo persino il colore che le saliva alle guance.

Restò bloccata per diversi istanti, come se stesse aspettando di vedere se avrei fatto qualcosa.

Poi sussurrò: «Lo prometto.»

«Nemmeno a Lincoln.»

Non sapevo quanto fossero legati i gemelli, ma mi sembrava di capire che se ci fosse qualcuno a cui avrebbe potuto dirlo, quello era lui.

«Non glielo dirò.»

Mi spostai, così la mia presa sul suo collo divenne una carezza, il mio pollice trovò le ferite della sanguisuga.

Stavano già meglio di qualche ora fa, ma mi facevano ancora venir voglia di ululare e mutare per fare a pezzi quel vampiro.

Abbassai la testa – lentamente, così che lei potesse spingermi via se voleva – sulla pelle rovinata e passai di nuovo la lingua sulle ferite.

Il mio uccello si sollevò contro la cerniera dei jeans. Avere il suo profumo nelle narici mandava il mio lupo in delirio, nel disperato tentativo di marchiarla con il mio profumo. Sembrava come l'eccitazione di una droga potente. Una che mi faceva sentire come se in qualche modo fossi arrivato. Come se tutti gli sforzi per nascondere il mio difetto, per mantenere la mia posizione dominante, fossero finiti.

Non erano più necessari.

Ma questo sarebbe stato vero solo se non fossi stato un lupo.

Quando alzai la testa per guardare in faccia Lauren, anche

lei sembrava drogata. «Come sembra?» Il suo mormorio roco mi fece impazzire.

Abbastanza da voler strappare le coperte che ci separavano e infilare la testa tra le sue cosce.

«Meglio.» La mia voce suonò profonda e ruvida alle mie orecchie.

«Domani indosserò un colletto.»

Oh destino. Ora la immaginavo con un collare da cane. O un collare da schiava. Di quelli fatti di morbida pelle con un anello alla gola, così da poterci attaccare un guinzaglio e trascinarla in giro. Ordinarle di mettersi in ginocchio per succhiarmi...

Il dolore mi trafisse la tempia e la mia vista andò fuori di testa. Feci un respiro profondo per schiarirmi le idee. Non potevo perdere il controllo.

Perché quest'umana peggiorava così tanto la mia condizione?

Le lasciai la gola e infilai la mano nella tasca posteriore. «Ecco.» Aprii la lettera e gliela appoggiai sul petto.

«Sono stato uno stronzo. Mi dispiace.»

Prese la lettera tra le dita come se fosse più preziosa di un sacro testo religioso consegnato direttamente dalla mano di Dio.

Avevo capito.

«*Sei* uno stronzo.»

Ecco la mia principessa. Rispondeva sempre a tono.

Ma poi disse: «Grazie» e tutto dentro di me si riorganizzò. Il desiderio di guadagnare quelle due parole da lei un milione di volte di più quasi mi travolse.

Volevo baciarla.

Disperatamente.

Assaporare quella bocca intelligente e premere la lingua tra le sue labbra.

Mi accontentai di leccarle ancora il collo, anche se sapevamo entrambi che non era necessario. Ma con il viso premuto contro la sua pelle, con i suoi capelli che mi sfioravano l'orecchio, trovai la mia casa. Il posto in cui dovevo essere.

Feci oscillare il bacino contro il suo, il rigonfiamento del cazzo si inserì nella culla delle sue gambe. Il suo respiro tremante mi sfiorava la spalla.

Il rumore di una porta che si apriva in fondo al corridoio mi fece balzare in piedi. Qualcun altro in casa era sveglio. Saltai silenziosamente attraverso la finestra.

Lauren si sedette sul letto, la lettera stretta al petto, le labbra socchiuse.

Rimisi a posto con attenzione la zanzariera e i nostri occhi si incrociarono. La mia visione si mise a fuoco perfettamente e tutto ciò che vedevo era lei. L'umana era così bella che mi faceva male il petto.

La porta della sua camera da letto si aprì e io mi nascosi, aspettando con la schiena appoggiata alla casa finché non si chiuse di nuovo. Solo allora corsi nel bosco con l'odore di Lauren che mi ricopriva la parte anteriore della maglietta e il mio lupo incazzato da morire perché non ero rimasto.

CAPITOLO DIECI

Lauren

Dovevo essere pazza perché avevo deciso di andare alla partita di football del sabato sera. Lincoln sarebbe andato con Rayne e, per qualche motivo, avevo accettato l'invito ad unirmi a loro.

Mi ero detta che era perché avevo bisogno di uscire. Era necessario fare uno sforzo per avere una vita sociale qui. Ma la verità era che avevo questo bisogno quasi ossessivo di rivedere Abe.

La sua visita ieri sera mi aveva incasinato la testa. L'avevo odiato con ogni fibra del mio essere dopo che mi aveva detto che avrebbe tenuto la lettera di mia madre, ma poi aveva sentito il bisogno di riportarla indietro e scusarsi. Di strisciare su di me e ricordarmi quanto fosse duro e sodo il suo corpo... ovunque.

Dopo che se n'era andato, non ero riuscita a smettere di toccarmi, immaginando come sarebbe stato soccombere alla tentazione di scoparmi il capitano della squadra di football.

Che cliché.

Ma eccomi qui alla sua partita, con la necessità di sapere se vederlo avrebbe risolto di nuovo il torpore.

Mi squillò il telefono e guardai lo schermo. Luke. Lasciai andare la segreteria telefonica. Ora che avevo deciso che lo avrei lasciato una volta arrivato qui, non potevo più sopportare nemmeno di fingere. Ancora una settimana e sarebbe stato qui per l'homecoming. Mi sarei occupata di lui allora.

«Lo senti?» chiese una ragazza dietro di me nella fila per lo stadio.

«Uh-huh» rispose la compagna. «Profuma di soldi.»

Mi girai, con gli occhi socchiusi perché sapevo che stavano parlando di me. Solo che ora capivo un po' meglio il loro problema con me e mio fratello. Non erano solo i nostri soldi o il fatto che fossimo nuovi che rifiutavano. *Era la nostra specie.* Non eravamo come loro.

«Ignorale.» Rayne mi tirò per il gomito.

Anche lei doveva essere umana. Ecco perché era un'emarginata alla Wolf Ridge High. Era una delle poche persone del posto che ci parlava.

Peccato perché *avrei ucciso* pur di parlare con qualcuno di quello che era successo ieri.

Ovviamente avevo promesso ad Abe che non l'avrei fatto. Inoltre, anche se Rayne fosse stata un lupo, non avrei potuto dire nulla. Chissà quali erano i suoi doveri nei confronti del suo branco. Avrebbe potuto denunciarmi o qualcosa del genere. Non volevo essere trascinata via da un altro membro della città per farmi cancellare la mente da un vampiro.

Tremai al ricordo.

«Hai freddo?» chiese Rayne.

«No.» Presi i nachos e le bibite che avevo ordinato per condividerle con tutti, e ci dirigemmo verso i posti che Lincoln stava tenendo in fondo alle tribune. Certo, non ce n'era bisogno. La maggior parte della folla era stipata davanti. Nessuno avrebbe fatto a botte per quelli. Questa città andava pazza per il football.

In disparte, le cheerleader costruirono una complessa piramide che prevedeva che i corpi venissero lanciati in alto e poi ribaltati verso il basso.

Era quasi una cosa da circo, ma non c'era rete sotto di loro. «Che succede con le cheerleader?» Il mio tono conteneva un misto di stupore e disgusto.

«Lo so» dice Rayne cupamente. «Pazzesco, vero?»

«Non posso credere che permettano questo tipo di esercizi anche in una scuola superiore. Penso che sia un grosso rischio, una responsabilità.»

«Non lo so. Sono tutte ginnaste. Nessuna cade mai.»

Oh. Giusto! Perché erano tutte sovrumane. Mi ci sarebbe voluto un minuto o due per adattarmi a questa nuova prospettiva. All'improvviso avevo così tante domande. Tipo: potevano farsi male? Quanto era facile il football per Abe? Solo la nostra squadra era composta da giocatori di lupi? Tutta la nostra squadra?

Inoltre, non potevo credere di aver pensato a qualcosa legato a questa scuola o città come *"nostro"*.

Iniziò la partita e guardai i giocatori in campo.

Ok, va bene, guardai Abe, il nostro quarterback di punta. Era bello. Aveva il corpo di un purosangue e la grazia e la ferocia di un leone. Faceva in modo che le azioni sembrassero senza sforzo. Come se lanciare la palla per gran parte del campo con un semplice movimento del polso non richiedesse nulla.

Peccato che il suo compagno di squadra, J.J., aveva perso la palla quando aveva cercato di prendere il tiro.

Ma... l'aveva persa davvero?

Abe non sembrava così turbato per questo. E nemmeno i loro allenatori. La gente sugli spalti esultava come se non fosse stato un errore.

Mi venne un pensiero. Per loro questa partita era un *gioco da ragazzi*? Dovevano fingere di aver commesso un errore perché stavano giocando contro squadre umane?

«Quindi Wolf Ridge vince *ogni* partita?» chiesi.

Rayne teneva lo sguardo a bordocampo dove il suo fratellastro idiota se ne stava ad abbaiare ordini alla squadra. C'era stata un po' di agitazione per il fatto che la squadra della Duke lo avesse messo in panchina, quindi era tornato ad aiutare la Wolf Ridge High. Inoltre, c'era del dramma tra lui e Rayne. Si comportava in modo estremamente possessivo nei suoi confronti, il che era strano.

Non ne ero sicura, forse provavano qualcosa l'uno per l'altra.

«No» disse, continuando a guardare il fratellastro. «La squadra è buona, ma non sono imbattuti. Comunque, arrivano sempre ai campionati statali.»

Abe lanciò un altro passaggio brillante prima di essere placcato a terra. *Aveva fatto in modo di lasciarsi placcare.* Perché si era mosso a malapena quando il ragazzo lo aveva colpito per la prima volta, poi era caduto con un volo aggraziato.

Ricordavo come ci si sentisse a dargli un pugno. Era come colpire una pietra: le nocche mi facevano ancora male. Ma non aveva nemmeno battuto ciglio.

L'amico di Abe, Markley, prese la palla e anche lui venne placcato dolcemente a terra.

Ancora una volta applausi sugli spalti.

«Perché tutti applaudono?» chiesi.

Rayne mi lanciò un'occhiata. «Oh... ehm, solo per l'aspetto atletico.» Alzò le spalle. «Sai... solo perché Abe ha lanciato un passaggio lungo. Questa città lo adora sul campo.»

«Giusto.» Lo amavo a malincuore anche sul campo. Una parte di me voleva ancora odiarlo, ma stava diventando sempre più difficile mantenere la posizione. Era davvero una cosa meravigliosa. E ora sapevo che non era un coglione così grosso come mi era sembrato inizialmente.

«Ho sentito che per poco non ha saltato la partita perché non eri lì per fargli passare il laboratorio di chimica venerdì.»

Alzai le sopracciglia. «Cosa intendi?»

«Devi mantenere una media della sufficienza per giocare. Abe pensa di essere al di sopra dei compiti scolastici, quindi per lui si decide di settimana in settimana. La mantiene a malapena. Penso che sia stato messo in panchina alcune volte l'anno scorso per brutti voti.»

«Questo lo ha turbato?»

«C'è qualcosa che lo turba?» Rayne lo sbeffeggiò.

«Ha sconvolto il resto della città, questo è certo. Sono sicura che a suo padre è venuto un attacco. Abe non sarà mai all'altezza dell'immagine del ragazzo d'oro che aveva suo fratello. Una parte di me pensa che questo sia il motivo per cui è diventato un tale stronzo negli ultimi anni.»

«Non era uno stronzo in passato?»

Rayne scosse la testa. «No. Ti sembrerà pazzesco, ma pensavo che fosse dolce.»

Lincoln, che fino ad ora aveva ignorato la conversazione, sbuffò. «Dolce non è una parola che sceglierei per descriverlo.»

«Neanch'io» mormorai, ma la mia coscienza si ribellò. Abe aveva mostrato alcuni segni di dolcezza. Era tornato sulla scogliera per recuperare la lettera di mia madre. Aveva anche sparato a un vampiro per me e mi aveva restituito la lettera nel cuore della notte. Certo, gli ultimi due episodi dovevano rimediare alla sua stronzaggine, quindi non contavano. Ma sì, capivo cosa intendesse Rayne.

C'era un po' di dolcezza mescolata a tutta quella sfrontatezza.

Una folata di vento soffiò alle nostre spalle, donandoci

sollievo dal caldo. In campo, Abe cercò un giocatore libero per lanciare il passaggio. Poi, all'improvviso, la sua testa scattò verso la tribuna.

Per qualche ragione inspiegabile, il cuore iniziò a battermi forte. Pensai scioccamente che stesse cercando me.

Abe non vide il giocatore dell'altra squadra che si lanciò verso di lui.

Fui scioccata dal fatto che il mio istinto mi diceva di alzarmi e indicare, ma ovviamente non lo feci. Restai ferma e guardai mentre veniva placcato a terra.

Questa volta non fu armonioso.

Sicuramente prima aveva recitato. La folla volubile lo urlò e lo fischiò.

Abe si alzò, poi cadde in ginocchio, stringendosi i lati del casco alle tempie.

Ora sì, saltai in piedi. «State zitti» gridai alla gente che fischiava. «Si è fatto male!»

* * *

ABE

Il dolore alle tempie mi accecava. No, era il contrario: erano i miei occhi a causare il dolore. Avrei giurato di aver sentito l'odore di Lauren nel vento e il mio lupo era andato in tilt. Avevo perso la concentrazione sul gioco.

Era la prima volta che venivo affrontato veramente, senza che fossi io a lasciare che accadesse. Cercai di alzarmi in piedi, ma barcollai all'indietro e poi caddi in ginocchio.

I miei compagni di squadra non prestavano attenzione. Sperai che pensassero che stavo fingendo. Naturalmente, per quanto riguardava le apparenze, avrebbero dovuto anche fingere preoccupazione. Invece fu un giocatore della squadra di Cave Hills che mi mise una mano sulla schiena e si sporse. «Stai bene, amico?»

«Sì» mentii. «Ho solo bisogno di un minuto.»

Non riuscivo ancora a vedere un cazzo. Feci un respiro profondo, cercando di mettere a fuoco con gli occhi. E poi mio padre uscì improvvisamente in campo, tenendomi i lati del casco e facendomi alzare in piedi. «Ci penso io. Sono un medico» disse al giocatore di Cave Hills. A me mormorò: «Va tutto bene, figliolo.» Appoggiò la fronte contro il mio casco. «Respiri profondi.» La sua voce era così bassa che quasi non riuscivo a sentirla. Ovviamente la paura più grande di mio padre era che lo sporco segreto della nostra famiglia venisse scoperto. Che il nostro DNA contaminato venisse alla luce e lui rischiasse di perdere la sua posizione nel consiglio.

«Ci sto provando!» ringhiai di rimando.

«Va tutto bene» mi calmò. «Ora, passa alla forma umana.» Usò il comando alfa nella sua voce per costringere il mio corpo a conformarsi. Ero già in forma umana, ovviamente, ma i miei occhi non sembravano saperlo.

Funzionò, almeno in parte. Parte della mia visione ritornò alla modalità periferica. Fino a quando non sentii un'altra nota dolce del profumo di Lauren, e il mio lupo impazzì.

Soffocai a malapena il grido di agonia che mi uscì dalla bocca.

«*Modalità. Umana.*» Ancora una volta, il comando alfa brillò intorno al mio corpo, mandandomi brividi lungo la schiena, rimbalzando dagli arti fino alle dita delle mani e dei piedi. Le mie articolazioni si spezzarono e la mia vista si resettò.

«Sto bene.» Abbassai la testa per mostrare a mio padre che ero tornato in me.

«Eh sì, ragazzo. Ci sei, Abe. Scrollatelo di dosso e spacca il culo a qualcuno lì fuori.»

«Non dovremmo spaccare il culo oggi» mormorai.

Coach Jamison e Wilde avevano deciso che avremmo dovuto perdere questa partita. La Wolf Ridge High non poteva restare sempre imbattuta, altrimenti avrebbe attirato troppa attenzione sulla nostra cittadina. Gli allenatori ci facevano sapere subito prima della partita come volevano che giocassimo. Il risultato rimaneva un segreto per la comunità, quindi continuavano a presentarsi per guardare le partite.

«Bene, allora fallo con stile. E poi ti voglio alla mia clinica dopo la partita. Ho bisogno di farti dei test.» Mio padre diede un colpetto al lato del mio casco e se ne andò.

Fanculo. Altri test. Questo era il massimo della relazione che avevo con mio padre in questi giorni.

Tuttavia, per renderlo felice, mi girai verso gli spalti e alzai il pugno in aria. Dovevo dimostrare alla scuola che stavo bene. Gli applausi furono tiepidi. La Wolf Ridge High e il resto della comunità dovevano aver capito che ero stato colpito davvero perché non stavo prestando attenzione. Volevano vedere uno spettacolo sia in caso di vittoria che di sconfitta. Ero qui per intrattenerli e li avevo delusi.

Mi sarei fatto perdonare più tardi. In questo momento stavo esaminando gli spalti.

Eccola. Nella parte posteriore.

Vidi Lauren con il suo gemello, Lincoln, insieme a Rayne il cucciolo. Solo che non avrei più dovuto chiamarla così. Wilde era diventato super protettivo nei confronti della sua nuova sorellastra. Mi aveva messo alle strette nello spogliatoio e mi aveva detto che dovevo assicurarmi che tutti la votassero come reginetta del ballo di fine anno.

Come se non avessi già le mie di stronzate da spargere e diffondere a scuola. Ora dovevo capire anche come gestire le sue cose.

Anche Lauren stava guardando dalla mia parte. Nel momento in cui incrociammo gli sguardi, fu come se un fulmine avesse colpito il mio corpo. Il mio occhio iniziò a contrarsi.

Fanculo.

Distolsi rapidamente lo sguardo. Non potevo avere un'altra crisi. Non qui. Non davanti a tutti, così.

«Abe, che succede?» mi ritrovai Wilde davanti agli occhi.

Scossi la testa, cercando di scrollarmi di dosso i cambiamenti che Lauren mi aveva provocato.

Alzai le spalle, anche se non avrebbe notato il movimento sotto le mie spalline. «Sto solo cazzeggiando.» Gli rivolsi il sorriso più arrogante che potevo.

Mi affrontò a brutto muso. «Beh, sembri uno stronzo. Mostra un po' più di grazia se stai per farti prendere a calci in culo, per l'amor del cielo.»

«Andiamo» aggiunsi una massiccia dose di spavalderia alla mia voce. «È stato realistico in modo assurdo, no?»

J.J. sbuffò.

«Certo che sì.» Markley mi diede un pugno mentre correvamo verso le nostre posizioni sul campo.

Feci del mio meglio per amplificare l'intrattenimento per il resto della partita, lanciando passaggi che costrinsero i miei compagni di squadra a compiere mosse semi-miracolose per riceverli e facendo capriole all'indietro quando effettuavamo un touchdown.

Dopo la partita, gli studenti si riunirono fuori dagli spalti, facendo programmi. Io ero impegnato a mettermi in posa davanti a tutti, assicurandomi che nessuno pensasse che ci fosse qualcosa che non andava, ma nel frattempo scrutavo la folla alla ricerca di Lauren.

Niente da fare.

Lei e il suo gemello sembravano essere scomparsi.

Vidi Casey Muchmore presiedere un folto gruppo di giocatrici di pallavolo e cheerleader. Mi lanciò un'occhiata. Sarei dovuto andare da lei e invitarla al ballo di fine anno.

A dirla tutta: eravamo andati a letto insieme alcune volte durante le corse sotto la luna piena. Suo fratello maggiore Cole mi avrebbe mandato a calci in Kansas se lo avesse saputo, e loro padre probabilmente mi avrebbe ucciso. Quel tizio beveva troppo e diventava violento.

Il fatto era che non mi sentivo male al riguardo perché non pensavo che significasse per lei più di quanto significava per me. Pensavo che fosse curiosa riguardo al sesso. Così come lo ero io.

Era stata piuttosto audace nel dirmi come lo voleva e cosa le piaceva. Era andata bene, ma non potevo dire che avesse scosso nessuno dei nostri mondi. Lo attribuivo alla normale sperimentazione adolescenziale. Non avevo mai avuto l'impressione che lei avesse un attaccamento emotivo nei miei confronti o che si aspettasse che fossimo qualcosa l'uno per l'altra a scuola o altrove.

Quindi il suo sguardo adesso era quasi fuori dal personaggio. Casey era abbastanza alfa, mi sarei quasi aspettato che si avvicinasse e mi chiedesse quando glielo avrei chiesto.

Ma non lo fece. Per qualche ragione, avevo la sensazione che lei sperasse che non lo facessi.

Non aveva senso, però. Ci si aspettava che andassimo insieme dato che saremmo stati il re e la regina dell'homecoming.

Lo sarebbe stata se ora non avessi dovuto capire come far sì che Rayne venisse eletta regina senza perdere la faccia letteralmente con tutti.

Anche River, una delle cheerleader, si girò a guardarmi. Casey toccò immediatamente la vita di River in quello che sembrava essere un tocco rassicurante e possessivo allo stesso tempo.

Oh. Non sapevo perché non l'avevo capito prima. Forse aveva già un appuntamento importante per il ballo di fine anno.

«Ehi Abe, vieni alla mesa?» chiese J.J.

I ragazzi popolari si recavano lì dopo la partita per uscire con le lupe attorno a un fuoco per flirtare e scherzare.

«Non posso, sono in punizione» mentii. «Sono di nuovo in libertà vigilata per via dei voti.» Quella parte era vera.

«Che peccato. Ok, ci vediamo dopo, amico.» Ci scambiammo un pugnetto e io mi incamminai verso la mia Land Rover, cercando nel parcheggio una Tesla, anche se sapevo che i gemelli dovevano essere andati via da tempo.

Mio padre mi scrisse: *ti sto aspettando.*

Ok, bene. Dovevo fermare questa ossessione per Lauren Sterling. Era lei il motivo per cui dovevo trascorrere il dopo partita nella clinica di mio padre invece di uscire con i miei amici.

Era lei la ragione per cui le mie condizioni stavano peggiorando.

Se fossi stato intelligente, avrei costretto qualche altro ragazzo di chimica a scambiare compagno con me e sarei stato il più lontano possibile da lei.

No, se fossi stato davvero intelligente, avrei trovato un altro vampiro per pulirle la mente e convincerlo a dirle di cambiare scuola o di lasciare la città.

Un dolore acuto mi colpì le tempie e involontariamente gemetti per il dolore improvviso.

Fanculo. Adesso anche solo pensare a lei faceva sorgere una crisi. Stavo davvero peggiorando.

Questa ragazza avrebbe distrutto tutto: avrebbe messo a nudo la mia debolezza, mi avrebbe fatto perdere la mia posizione di alfa, avrebbe distrutto mio padre.

E non volevo comunque che finisse.

Non riuscivo a mettere nemmeno una minima distanza tra noi per impedire la mia completa distruzione.

CAPITOLO UNDICI

Abe

Lunedì era il giorno delle elezioni per re e reginette dell'-homecoming. J.J. fece il giro come presidente di classe, distribuendo le schede. Avevo già detto a tutti i giocatori di assicurarsi che Rayne vincesse come regina e avevo detto loro di spargere la voce.

Finora nessuno lo aveva messo in dubbio.

Questo era il bello di avere uno status alfa. Quando davo un ordine, veniva eseguito ciecamente.

Ecco perché mantenere il mio status era fondamentale. Impediva a chiunque di mettere in dubbio il mio comportamento quando non riuscivo a leggere la lavagna o un foglio di istruzioni. Quando non riuscivo a muovermi bene in classe o sul campo.

Anche se dopo gli esami di ieri sera nella clinica di mio padre avevo deciso di evitare Lauren il più possibile, per me era come una dipendenza.

La cercavo nei corridoi mentre li percorrevo impettito con J. J. e Markley. Nel disperato tentativo di catturare il suo odore. Per guardare quelle gambe tornite che si pavoneggiano nei pantaloncini corti e sui tacchi con plateau. Per cogliere ogni volta che lancia quella sua folta criniera ramata.

L'odore di suo fratello mi raggiunse da dietro l'angolo. Non aveva alcun effetto su di me, non come quello di Lauren, ma non lo trovavo un odore sgradevole come succedeva con il resto della popolazione umana.

Era in piedi vicino a Rayne. «Come ti ho detto, intendo come amici. Non sto cercando un appuntamento, se è questo che ti preoccupa.»

«Mi piacerebbe» disse Rayne.

Mi fermai. «Che succede qui?» Feci la parte dello stronzo, così che nessuno sapesse che ero alla disperata ricerca di informazioni su Lauren. «Il cucciolo e il ragazzo nuovo vanno al ballo insieme?»

J.J. mi mise una mano sulla spalla. «Abe.» Mi avvertì, ricordandomi che Wilde aveva minacciato di prendermi a calci in culo se avessi molestato la sua nuova sorellastra.

Quindi rivolsi la mia attenzione a Lincoln. «È un doppio appuntamento?»

Lincoln e Rayne mi fissarono.

Fanculo. Stavo cercando di non essere troppo ovvio, ma ora dovevo spiegarlo chiaramente.

«Chi porta tua sorella?»

Lincoln arricciò il labbro superiore. Come sua sorella, non aveva paura di me o del potere che esercitavo in questa scuola. «Il suo *fidanzato*.»

Fidanzato.

Il fidanzato.

Aveva appena detto *fidanzato*, cazzo?

Il mio lupo andò su tutte le furie, pronto a fare un buco in ogni armadietto del corridoio. «Oh sì?» Mi sforzai per mantenere il controllo della mia voce. La vista mi stava già andando in tilt, il dolore si era diffuso in entrambe le tempie e correva lungo la parte posteriore del collo fino alle spalle. «*Chi è?*»

Avrei trovato lo stronzo che aveva invitato Lauren al ballo e gli avrei strappato entrambe le orecchie. Gli avr…

«Non sono affari tuoi, Abe.» Rayne sbatté il suo armadietto e afferrò il braccio di Lincoln per trascinarlo via con sé.

«Attenta, cu… Rayne.» Non riuscivo a vederli. L'intero corridoio si era tinto di un nero fumoso e riuscivo a vedere solo ai margini della mia vista periferica.

In questa scuola c'erano dei ragazzi abituati a lasciare il passo quando arrivavo, e ora la cosa funzionò a mio favore perché anche il piccolo fruscio di qualcuno che saltava via dalla mia strada mi diceva che avevo quasi sbattuto contro un muro.

Usai l'udito e l'olfatto per orientarmi verso la lezione successiva. Per sbaglio mi sedetti sulla sedia accanto al posto assegnatomi, ma il ragazzo che occupava quel posto disse: «Sì, prendi pure la mia sedia, fratello.»

Mi piazzai un sorriso arrogante sulla faccia mentre saltavo in piedi. «Sto solo scherzando, amico.» Mi spostai al posto giusto.

Mi sarei sforzato di non pensare a Lauren.

Al fottuto *fidanzato* che l'avrebbe portata al ballo.

A quello che il mio lupo voleva fare a quel tizio.

Dovevo superare questa settimana, così avrei potuto giocare giovedì sera, altrimenti mio padre non mi avrebbe mai perdonato. E questo significava che non potevo guardare, parlare o persino respirare attorno alla principessa di ghiaccio.

Se lo avessi fatto, non sapevo cosa avrebbe combinato il mio lupo.

* * *

Lauren

Il leggero brivido di interesse che avevo avuto all'idea di vedere Abe a scuola si esaurì rapidamente lunedì pomeriggio. Aveva un'espressione scontrosa e stronza a chimica e, per la prima volta, mi aveva ignorata.

Ero abituata al suo bullismo. All'attenzione che mi rivolgeva, anche se si trattava di colpi e sogghigni. Non ero abituata a lui che fingeva che non esistessi.

Non ero ferita. Ero troppo disamorata per provare qualcosa che somigliasse a preoccupazione per la situazione. Ma la piccola scintilla di vita che Abe aveva portato nel mio sistema questo fine settimana si era spenta. Ero tornata al completo intorpidimento.

Ero tornata a chiedermi se si sarebbe mai ridotto o risolto. Se sarei stata mai di nuovo umana.

E dovevo affrontare l'homecoming e la rottura con Luke nel prossimo fine settimana.

Evviva.

L'incoerenza di Abe continuò per tutta la settimana. Cercai di riconciliare questa nuova versione di lui, non con il vecchio personaggio di scuola ma con il ragazzo sul cui petto avevo pianto. Il ragazzo che aveva ammesso di essere attratto da me. Il ragazzo che era entrato dalla mia finestra e mi aveva inchiodata nel letto. Che mi aveva fatta bagnare semplicemente sentendo i suoi muscoli duri e immaginando come sarebbe stato averlo dentro di me.

Ora, quasi mi chiedevo se avessi immaginato tutta quella dannata cosa.

Forse stavo impazzendo. Avevo così tanto bisogno di provare qualcosa che mi ero inventata un lupo mannaro, un vampiro e un violento rapimento da parte di un atleta a scuola. Cercai prove dell'esistenza di lupi mannari in ogni classe, ma non vidi nulla che confermasse o smentisse la mia esperienza.

Giovedì ci trovammo in laboratorio insieme con un nuovo compito. Abe stava a una certa distanza da me, il corpo teso e rigido, le narici dilatate. Cercai di cancellare il ricordo di come apparivano quei muscoli gloriosi sotto la maglietta casual e i pantaloni color cachi.

«Farai la tua parte oggi?» ringhiai.

Si limitò ad alzare le spalle.

Accidenti a lui.

In realtà mi mancavano le nostre solite battute, noi due che ci prendevamo in giro e ci atteggiavamo, ma Abe sembrava ancora avvelenato. Come se fossi io quella che gli aveva fatto del male invece del contrario.

Mentre io lo avevo perdonato per avermi rapita e aver lasciato che un vampiro mi succhiasse il sangue. Per aver cercato di cancellare i miei ricordi di lui.

Se mai fosse veramente successo qualcosa del genere...

Adesso ero incazzata da morire.

Non avevo intenzione di fare questo laboratorio da sola e di lasciare che fosse lui a prendersi di nuovo il merito. Avevo sentito quello che aveva detto Rayne: quasi non aveva potuto giocare all'ultima partita perché non ero in classe per aiutarlo con il laboratorio. Bene, stasera c'era la partita dell'-homecoming, quindi se voleva giocare, doveva superare questo laboratorio.

Mi misi gli occhiali protettivi. Di solito ero io quella che per lo più lo ignorava mentre lui cercava di provocare una reazione. Ora passai all'offensiva. «Andiamo, pezzo grosso.» Spinsi il foglio con le istruzioni verso di lui attraverso il tavolo del laboratorio.

Vidi un tic muscolare sulla sua guancia, ma poi alzò il mento per guardarmi dall'alto in basso. Era ritornata la spavalderia. Ora sapevo per certo che era qualcosa che sapeva accendere e spegnere. Qualcosa che indossava, come una giacca del college.

«Non sono il tizio che ti cura la piscina, Perle.»

Eccolo, che tornava a parlare dei miei soldi. Ribaltando la situazione quando era stato lui a trattare *me* come una galoppina.

Alzai le spalle e gli diressi un sorrisetto alla *cosa hai intenzione di fare?* «Non farò più il lavoro per te, quarterback. Quindi, se vuoi giocare alla partita di stasera, faresti meglio a capire come portare a termine il compito di questo laboratorio.»

Notai il disagio sul suo volto prima che lo nascondesse. Avevo ragione. Aveva bisogno di me molto più di quanto avesse lasciato intendere.

«Ma davvero?» esasperò il tono di dubbio nella sua voce. «Prenderai un'insufficienza nel laboratorio di oggi, signorina Rigore?»

«Posso fingere i crampi mestruali, andarmene e rimediare più tardi, come ho fatto con il laboratorio di venerdì. Ma tu non hai questo lusso, vero?»

Si premette la lingua sulla guancia, stringendo gli occhi.

Allargai le mani. «Quindi vai avanti, pezzo grosso. Mostrami come si fa.» Presi il foglio con le istruzioni e glielo sventolai in faccia.

Mi afferrò il polso, attirandomi contro il suo corpo. L'altra mano mi sfiorò il fianco, illuminando ogni terminazione nervosa nelle sue vicinanze. Eravamo abbastanza vicini da permettermi di sentire il calore del suo corpo attraverso i vestiti.

«Attenta, Perle» sibilò in parte mormorando e in parte ringhiando. «Non sai mai cosa potrebbe succedere se ti avvicini così tanto a me.» Gli occhi gli brillarono di un azzurro ghiaccio. Il suo lupo si stava mostrando. Quante volte non ero riuscita a vedere la verità prima?

Almeno sapevo per certo che non stavo impazzendo.

«Non vogliamo mica che accada qualcosa che possa sconvolgere il tuo *fidanzato* a casa, vero?» Sputò la parola *fidanzato* come se gli avesse avvelenato la lingua.

Rimasi a bocca aperta per la sorpresa.

Ebbene, ma guarda un po'? Abe era geloso. Ora la sua rabbia aveva un senso.

Qualcuno doveva avergli detto che avevo un appuntamento per il ballo. Lincoln o Rayne, visto che non parlavo con nessun altro in questa scuola.

Questo spiegava perché era stato così incazzato con me tutta la settimana.

Se non fosse stato così stronzo, avrei potuto tirarlo fuori dai guai e dirgli la verità sulla visita di Luke. Ma non glielo dovevo. Non gli dovevo nulla.

Quindi mi alzai, gli spostai gli occhiali dalla fronte e li mollai, così gli si abbassarono sul naso. «Esatto, non lo faremo.»

Gli occhi gli lampeggiarono di nuovo di azzurro ghiaccio. Strinse la presa sul mio fianco, attorcigliò le dita nel tessuto dei miei pantaloncini di jeans.

Con un ruggito, il mio corpo riprese vita. Il laboratorio in bianco e nero riprese colore. La sensazione prese il via. I capezzoli mi formicolarono, e un lento, caldo battito mi risuonò tra le gambe.

Mi si bloccò il respiro.

Nemmeno lui respirava.

Era come se noi due fossimo sospesi nel tempo, con i nostri sguardi arrabbiati fissi l'uno sull'altra. Mi teneva ancora ancora il polso e il suo pollice iniziò a muoversi su di esso. Lentamente avvicinò la mia mano alla sua bocca. Aprì le labbra.

Erano labbra sensuali per un ragazzo, piene ed elastiche. Mi chiesi come sarebbe stato essere baciata da lui.

Mi morse la nocca. Non forte, ma non ci andò neanche morbido.

Dalla bocca mi uscì uno strano verso gorgogliante. Qualcosa del tipo: Ahh…oh.

Non avevo idea di cosa volesse intendere con quel morso. Era una punizione? Seduzione? Un avvertimento?

Tutto quello che sapevo era che era come se un fulmine mi avesse colpito alla schiena. Il formicolio si accese ovunque. Ero arrossata, accaldata, e bramavo qualcosa di più.

Finalmente era riuscito a fare quello che aveva tentato fin dal primo giorno di scuola: scombussolarmi.

Strappai la mano dalla sua presa e gli scrutai il viso.

Comparve un sorriso lento e arrogante.

Accidenti a lui.

Sarei dovuta andare via. Lasciarlo qui a occuparsi di questo laboratorio da solo. Ma qualcosa non mi permetteva di muovermi.

Abe mi lasciò il polso e la vita lentamente, così mi accorsi a malapena di quando fui libera.

Spinse il foglio con le istruzioni attraverso il bancone verso di me. Per qualche ragione, pensava di aver vinto. Perché mi era entrato nella pelle. Mi aveva dominata.

Dato che i miei piedi si rifiutavano di andarsene, rivolsi la mia attenzione al laboratorio, dove avrebbe dovuto essere rivolta per tutto questo tempo, comunque. Tirai giù i bicchierini e le provette.

«Di quanta soluzione abbiamo bisogno?» chiesi.

Abe abbassò lo sguardo sul foglio, strizzò gli occhi e rialzò lo sguardo. Poi mi prese la soluzione, non in modo da gentiluomo, più in modo subdolo, il *mio* modo. «Dimmelo tu» mi sfidò.

Lo fissai, cercando di capire questo ragazzo dannatamente confuso. E fu allora che realizzai quello che avrei dovuto capire settimane fa, quando aveva iniziato tutto questo giochetto di farmi fare tutto il lavoro per lui.

Abe poteva *effettivamente* avere difficoltà con i compiti. E se non fosse stata solo pigrizia? Avrebbe potuto essere come gli atleti universitari di cui si sentiva parlare che non avevano mai imparato a leggere oltre il livello di terza elementare e in qualche modo fingevano di farlo o superavano la cosa grazie alla loro abilità fisica. O forse non sapeva leggere affatto.

Ricordai che aveva guardato il messaggio sul mio telefono allo stesso modo.

Poteva essere dislessico? O neurodiverso in qualche altro modo non ancora diagnosticato?

O forse gli era stato diagnosticato, ma non voleva che nessuno lo sapesse. Poteva essere il classico bullo che usava la facciata e l'intimidazione per nascondere la propria debolezza.

Eh.

Era un pensiero interessante. Se avessi avuto ragione, lo avrebbe reso meno detestabile.

Abbandonai la condiscendenza e finsi semplicemente che fosse un normale compagno di laboratorio disposto a condividere il lavoro. Gli diedi istruzioni e dissi ad alta voce quello che stavo facendo.

E... lui lo seguì.

In effetti, sembrò anche un po' sollevato.

Bene.

Avevo scoperto qualcosa di nuovo.

Finimmo il laboratorio con risultati perfetti e la signora Miller si avvicinò per elogiarci.

Quando si allontanò, Abe si tolse gli occhiali e incrociò le braccia sul petto nel suo modo palesemente arrogante. «Sei brava, Perle.»

Tu no. Ma non lo dissi ad alta voce.

All'improvviso provai molta più compassione per lui. Anche se per la maggior parte del tempo era un vero coglione, almeno adesso lo capivo di più.

«Immagino che stasera potrai giocare, dopotutto.» Suonò la campanella e presi lo zaino.

«Ci vediamo lì.» Mi fece un sorrisetto da divo di Hollywood seguito da un occhiolino.

Rimasi affascinata dal brivido di interesse che provai in risposta. Da questi segni di vita che faceva emergere in me. «Non vengo» dissi rivolgendomi alla sua schiena.

Si girò, allargando il sorriso. «Oh, ci sarai.»

CAPITOLO DODICI

Abe

«*Muta.*»

Me ne stavo nudo sul pavimento della clinica di mio padre con gli elettrodi attaccati alla testa.

Ancora.

La luna era quasi piena e avevo avuto un'altra crisi durante la partita dell'Homecoming dopo essere stato incoronato re con Rayne il cucciolo come regina.

Mi trasformai in forma di lupo su comando di mio padre. Non mi stava guardando, stava osservando i tracciati sul suo schermo.

«Ora torna indietro.»

Di nuovo nudo. Non mi presi la briga di alzarmi.

«A cosa stavi pensando quando hai avuto la crisi?»

Cercai di non pensare al profumo di mela candita di Lauren. O a cosa mi aveva provocato vederla in fondo agli spalti.

Un dolore accecante mi colpì la tempia destra e gemetti.

«Eccolo. Ecco qui. A cosa stai pensando adesso?»

«A niente» grugnii. «Solo alla partita.»

Rayne non era nemmeno scesa a prendere la corona. Avrebbe potuto esserci Lauren, cazzo, come mia regina.

Questo avrebbe potuto calmare un po' il mio lupo. Sapendo che avrei potuto portarla via dal ragazzo che dovevo uccidere e averla tra le mie braccia per un ballo. Il mio lupo era stato fuori di testa tutta la settimana. Le mie crisi stavano diventando più frequenti. Adesso riuscivo a malapena a vedere a scuola, sapevo solo che era nell'edificio.

Avevo dovuto correre nei boschi ogni notte, grattando alberi e massi per liberare la mia aggressività repressa. Vagando per il perimetro della villa degli Sterling. Nessuno era stato lì. Non avevo colto nessun profumo nuovo.

Forse Lincoln aveva detto che c'era un ragazzo solo per farmi incazzare?

Ma questo avrebbe significato che sapeva che tenevo a Lauren, il che sarebbe stato un altro grosso problema.

Stasera mi ero trattenuto a malapena dall'essere violento contro l'altra squadra pensando che potesse essere uno di loro. Improbabile, ma non si poteva mai dire.

Non era nessuno di Wolf Ridge, altrimenti lo avrei saputo.

L'unica cosa che mi aveva dato sollievo era stato metterle le mani addosso oggi a chimica. Quel verso lamentoso e bisognoso che era uscito dalle sue labbra quando le avevo morso le nocche.

Il suo profumo mi aveva detto che non importava chi fosse questo pagliaccio che lei chiamava fidanzato, ero io il ragazzo che la eccitava. Quello a cui pensava quando si toccava di notte.

Se si toccava di notte.

Oh, destino... Ruotai i fianchi verso il pavimento per nascondere la mia improvvisa erezione.

«Ecco! L'hai fatto di nuovo.» Per fortuna mio padre stava ancora guardando il suo schermo. «A cosa stai pensando in questo momento?» Era emozionato, come se fosse sul punto di risolvere il mio difetto genetico.

«Niente» ansimai. Il dolore colpì la parte posteriore di entrambi gli occhi e la base del cranio. Mi si strinse lo stomaco più forte di un pugno.

Mio padre si allontanò dallo schermo, la sua sedia con le rotelle scricchiolò al movimento. «Stai mentendo.»

C'era pericolo nel suo tono. Mio padre era rilassato rispetto ad altri mutaforma maschi. Esercitava un'autorità silenziosa senza bisogno di sostenerla con l'aggressione fisica. L'avevo sempre attribuito al fatto che aveva frequentato il college e la scuola di medicina con gli umani. E, naturalmente, il suo studio di famiglia curava solo gli esseri umani, poiché i mutaforma raramente si ammalavano o si facevano male. Aveva dovuto mischiarsi con gli umani e mostrare un lato più gentile.

Ma questo mio difetto era l'unica cosa che lo mandava oltre il limite. E aveva fiutato la bugia.

Chiusi gli occhi, cercando di scacciare il dolore. Non avevo intenzione di dirgli di Lauren. Il nostro alfa mi aveva già avvertito di starle lontano.

E mio padre non voleva nemmeno che pensassi a una femmina umana.

Nel momento in cui avevamo scoperto che avevo il difetto di famiglia, aveva iniziato a insinuarmi nella testa il bisogno che mi accoppiassi con una lupa alfa.

Dimenticatevi di trovare la vostra compagna predestinata. Prendete la femmina più alfa che riuscite a trovare il prima possibile e iniziate ad accoppiarvi con lei. Dobbiamo liberare la nostra linea da questo difetto, diceva sempre sia a me che ad Austin.

Naturalmente, avevo sostenuto che sarebbe stato più logico per me non avere cuccioli, ma lui non era stato d'accordo. Voleva vincere questa cosa tirandola fuori dalla nostra stirpe.

Era strano e incasinato ma, fondamentalmente, era l'intero scopo della sua vita. Sua madre ce l'aveva, ed era per questo che era diventato medico.

«È solo la luna piena» grugnii.

Mio padre tacque. Sapeva che stavo ancora mentendo. Mi aspettavo che si alzasse e mi venisse addosso. Che usasse il comando alfa per farmi parlare.

I secondi passarono. Padroneggiai il mio respiro. La vista iniziò a schiarirsi. Aprii gli occhi.

Mio padre aveva la testa tra le mani in segno di sconfitta.

La sua delusione era molto peggio della rabbia.

«Lo terrò sotto controllo» promisi senza alcuna speranza che fosse vero.

«Devi, figliolo.»

«Lo farò.»

«Sto cercando di aiutarti, ma se vuoi che mi tiri indietro, lo farò.»

Mi bruciarono gli occhi. «No.» Sembrai soffocato. «Lo apprezzo, papà. È solo che... penso di dover scappare adesso.»

«Scappare *dove*?» La sua voce era tagliente, come se sapesse cosa stavo pianificando.

Sospettava dove fossi andato ogni notte quando sgusciavo fuori dalla finestra. Sapeva che dovevo avvicinarmi abbastanza a Lauren per sentire di nuovo il suo odore.

Mi trascinai in piedi. Riuscivo a vedere solo con la vista periferica, ma stavo diventando sempre più bravo a nasconderlo. «Solo fuori.» Saltai sulle punte dei piedi. «Ho bisogno di scaricare la mia aggressività dalla partita.»

«Vai allora.» Sembrava stanco. Come se si fosse pentito di avermi avuto e di aver trasmesso questa deficienza genetica.

Mi infilai i vestiti.

Fanculo. Se mio padre era così deluso da me per qualcosa che non potevo controllare, come si sarebbe sentito se avesse scoperto che lo stavo sfidando? Che il mio lupo bramava un essere umano?

Un'umana che aveva visto il mio lupo.

Peggio ancora, non ero riuscito a cancellare i suoi ricordi e non avevo alcuna influenza su questa ragazza. Non mi amava e nemmeno le importava. Aveva un *ragazzo*, per il destino. Qualcuno che avrei potuto *davvero* uccidere se non fossi riuscito a tenere sotto controllo il mio lupo.

* * *

LAUREN

Luke abbassò il finestrino, lasciando entrare l'aria calda nella Tesla che io e Lincoln condividevamo. «Fermiamoci alla confraternita di mio cugino lungo la strada. Ha detto che stasera avrebbero organizzato una festa tranquilla.»

Stavo vivendo la peggiore esperienza da quando era morta mia madre.

Lincoln e io eravamo andati a prendere Luke all'aeroporto di Sky Harbor dopo la partita dell'Homecoming, ed era ormai quasi mezzanotte. Avevo portato Lincoln e l'avevo fatto guidare perché non ero pronta a vedere Luke da sola e nemmeno a sedermi sul sedile anteriore con lui. L'intera faccenda era così dannatamente imbarazzante. Avevo rimandato la rottura per troppo tempo e non importava quando lo avrei fatto adesso, mi sarebbe comunque sembrato il momento sbagliato.

Andava bene perché loro due erano buoni amici. O lo erano stati quando vivevamo a Manhattan.

«No, amico. Per noi è una serata di scuola.» Lincoln evitò di rispondere. «Inoltre, Tempe è nella direzione opposta rispetto a Wolf Ridge.»

«Quanto è lontano?» chiese, tirando fuori dalla tasca un vaporizzatore e aspirandolo.

Lincoln premette l'acceleratore e la nostra auto elettrica fece un balzo in avanti, riducendo istantaneamente la distanza tra noi e l'auto che ci precedeva in autostrada. «Non lo so, almeno quarantacinque minuti, forse un'ora. Potresti cercarlo su Google Maps.»

«Ragazzi, dovreste saltare la scuola domani. Cosa dovrei fare io tutto il giorno?» si lamentò Luke.

«Ti avevo detto quando hai prenotato il volo di non venire prima di venerdì» gli ricordai dal sedile posteriore. «Hai detto che potevi divertirti da solo. Potresti uscire con nostro padre.»

«Che bello, Joe mi ama. Può mostrarmi le attrazioni dell'Arizona.»

Riuscii a malapena a trattenermi dal roteare gli occhi. Ma Luke aveva ragione. Nostro padre lo amava perché era il figlio del suo avvocato di Wall Street e compagno di golf.

«Oppure potrei prendere un Uber verso l'ASU per vedere Eric.» Luke si stava messaggiando con suo cugino, uno studente dell'ASU specializzato in feste. Ero convinta che parte del motivo per cui aveva insistito per volare qui per l'homecoming fosse l'opportunità di partecipare alle feste del college con suo cugino. Non ero sicura di cosa pensasse di trovare lì. Cosa poteva esserci di meglio delle feste a cui andava già?

«Dice che sabato sera daranno una grande festa. Potremmo rinunciare al ballo e andarci.»

Lincoln emise un grugnito vago.

Avrei dovuto cogliere l'occasione per non andare a un evento della Wolf Ridge High. Non mi interessava affatto vestirmi ed essere vista da qualcuno lì.

La torsione nel mio plesso solare, però, diceva il contrario.

Ricordai la gelosia di Abe per il mio appuntamento dell'homecoming. Il pensiero mi riempì di un calore diffuso, come quando si beveva un bicchierino di whisky e ci si sentiva soffocare dalle fiamme.

E anche se non gli dovevo nulla, mi sentivo in colpa per il fatto di stare con Luke in questo momento. Come se stessi tradendo Abe, un ragazzo che non avevo mai nemmeno baciato. Un ragazzo che si comportava come se mi odiasse a scuola a causa della mia specie.

Che cazzone.

Solo che ora non riuscivo a smettere di pensare ad Abe. Occupò i miei pensieri per l'intero viaggio verso casa mentre Luke parlava dei nostri vecchi amici a casa, aggiornando Lincoln sui pettegolezzi che aveva già condiviso con me almeno tre volte. Più parlava, più mi sentivo disconnessa dalla mia vecchia vita. I nomi erano familiari. La voce e le storie di Luke mi erano familiari, ma ero una persona diversa quando facevo parte di quella vita. Potevo odiare tutto dell'Arizona, ma niente della mia vecchia vita mi calzava più.

Salimmo verso Wolf Ridge fino alla cima di Moongaze Hill. Non potei fare a meno di scrutare l'oscurità che circondava il nostro vialetto alla ricerca di uno scorcio di pelliccia.

Mi si rizzarono i peli sulla nuca, ma non vidi nulla. Tuttavia, Ero certa che Abe fosse là fuori a guardare. L'avevo visto tutte le sere questa settimana.

Era quello che mi faceva perdonare ad Abe il fatto di essere un tale stronzo a scuola. Adoravo sapere che era così ossessionato da me da aggirarsi per casa mia ogni notte dopo che ero andata a dormire.

Lincoln parcheggiò nell'ampio garage che si trovava sotto casa, e noi tre salimmo le scale.

«Ehi, Joe. È tanto che non ci si vede.» Luke usò un tono scherzoso e stupido mentre stringeva la mano a mio padre.

Rabbrividii all'idea di quello che stava vedendo. Mio padre, un tempo potente gestore di fondi, ora sembrava un uomo vecchio e sottoccupato. Non si era fatto la barba e salutava un ospite in pigiama e accappatoio, qualcosa che non avrebbe mai fatto prima della morte della mamma. Le sue spalle, un tempo orgogliose, ora erano curve e arrotondate, e i suoi capelli erano diventati sale e pepe. Aveva un'aria sconfitta e depressa.

Luke sapeva che nostro padre aveva tentato il suicidio dopo la morte di nostra madre, e il trasferimento in Arizona era stato il nostro tentativo di tenerlo in vita. Non avrei dovuto essere imbarazzata.

Era solo che lo immaginavo già a riferire la notizia a tutti a Landhower. Quanto era triste che nostro padre fosse a malapena attivo adesso. Quanto erano patetiche le nostre vite nella calda e polverosa Wolf Ridge.

Per sfuggire a quella scena, mi avvicinai a una delle gigantesche finestre panoramiche che circondavano il piano principale della casa e guardai verso la linea degli alberi. Ero di nuovo insensibile, come se fossi intrappolata in una palla di neve e non potessi uscire.

Abe era l'unico che riusciva ad aprirla per me.

Eccolo.

Colsi il riflesso di un paio di occhi azzurro ghiaccio. La mia frequenza cardiaca accelerò. La sfera di neve si ruppe e il plasma fuoriuscì. Ero di nuovo sveglia.

Viva.

Gli angoli della mia bocca si alzarono.

«Cosa c'è, Lauren?» La voce di mio padre era tesa. «Vedi di nuovo quel lupo?» era ossessionato dalla situazione del lupo, il che era un problema ora che sapevo che si trattava di Abe.

«Quale lupo?» chiese Luke. «Quello che ha cercato di entrare dalla tua finestra?»

Dannazione. Ora avrei voluto non averlo mai detto a nessuno. Avrei voluto non aver urlato e svegliato tutta la casa quando era successo.

Lincoln venne a stare accanto a me alla finestra.

«No, non c'è niente qui.» Presi il telecomando che controllava tutte le tende del soggiorno.

«Sì, c'è... ho visto qualcosa muoversi!» disse Lincoln. «È grigio?»

Fanculo.

«Porta il fucile che sta dietro la porta!» mio padre diede istruzioni e Luke si lanciò al suo fianco. «La forestale non ha fatto assolutamente niente per abbattere quella bestia rabbiosa. Lo ucciderò io stesso.»

A quanto pareva, però, Luke voleva essere l'eroe. Spalancò la porta, con il fucile in mano. Non sapevo nemmeno se sapesse come sparare con quella cosa.

«No aspetta!» Cercai di uscire per prima dalla porta, ma restammo intrappolati insieme nello stipite, con il lungo fucile in mezzo a noi.

Dall'ombra si sentì un ringhio.

«Aspetta!» gridai di nuovo, correndo giù per i gradini e fuori sul sentiero paesaggistico.

«Stai indietro, Lauren.» Luke stava vivendo una sorta di fantasia da eroe in questo momento.

Alle mie spalle lo vidi correre dietro di me, puntando selvaggiamente il fucile nella mia direzione.

Questa volta il ringhio risuonò dritto nelle mie orecchie. No, sopra la mia testa. Perché il lupo, Abe, volò in aria e atterrò Luke con due enormi zampe sulle spalle.

Il fucile gli sfuggì di mano e sparò.

Urlai, guardandomi intorno freneticamente per assicurarmi che nessuno fosse stato colpito.

Mio padre corse a prendere il fucile.

Il mio urlo fece girare la testa di Abe, e lui e io restammo immobili, con gli sguardi incrociati. «Vai» dissi.

Mio padre prese il fucile e mirò.

«No!» urlai.

E poi Abe si mosse, più velocemente di quanto avrei immaginato possibile, tornando al riparo nell'oscurità, tra i massi e la boscaglia.

Emisi un lento singhiozzo di sollievo.

Mentre il mio respiro rallentava, assaporai la sensazione del cuore che batteva contro lo sterno. Di sapere che *mi importava* di qualcosa in questo mondo.

Se non della mia vita, della sua.

Non era il ragazzo di cui avrei dovuto preoccuparmi. Il ragazzo che avevo chiamato fidanzato nell'ultimo anno e mezzo. Quello che si stava alzando in piedi ripulendosi i jeans firmati.

No, non ero stata preoccupata per Luke neanche per un momento.

Tutta la mia paura era per Abe.

Era ancora l'unico che mi ricordava che ero viva.

Forse funzionavo a malapena, era solo un barlume della vecchia me, ma la visita di Luke mi aveva mostrato che non era la vecchia me che stavo cercando. C'era qualcuno di nuovo che stava emergendo da questo guscio di vita. Qualcuno a cui solo Abe poteva dare vita.

Qualcuno che solo Abe poteva far crescere.

Che mi piacesse o no, il mio destino era in qualche modo intrecciato con il suo.

Perché per la prima volta da quando mi ero trasferita in questa città calda e desolata, mi rendevo conto di volere di più.

Di più del lupo argentato dagli occhi azzurro ghiaccio che mi perseguitava di notte.

Di più del ragazzo che era strisciato attraverso la mia finestra per restituirmi la lettera di mia madre.

Di più di qualunque cosa volesse fare con me.

CAPITOLO TREDICI

Abe

Fanculo!

Fanculo, fanculo, fanculo!

Corsi attraverso i cespugli a quattro zampe, con l'odore acre della paura di quell'umano ancora nel naso.

Avevo fatto un gran casino. Avevo attaccato un essere umano! Ancora peggio, un essere umano alla Sterling Mansion. Il posto dove il mio alfa mi aveva proibito di tornare.

Non avevo intenzione di rivelarmi, ma quando avevo visto quell'idiota puntare il fucile contro Lauren, il mio lupo aveva perso la testa. Quell'umano era fortunato che non gli avevo squarciato la gola. Era stato solo l'urlo di Lauren a riportarmi indietro e a mantenermi sano di mente. Mi ero voltato per assicurarmi che fosse al sicuro e i nostri sguardi si erano incrociati.

Per il mio lupo, quel riconoscimento aveva colpito nel profondo. Mi aveva visto. Mi conosceva come un lupo. Aveva avuto paura... *per me?*

Era ironico che fosse stata lei a calmarmi quando faceva perdere la ragione al mio lupo ogni giorno.

Nonostante il mondo di guai in cui mi sarei trovato con mio padre e Alpha Green, non mi dispiaceva di aver dato una bella botta a quello stronzo. Doveva essere lui il fottuto fidanzato.

Puzzava di acqua di colonia costosa e di stronzaggine della East Coast. Doveva essere lo stronzo che pensava di essere abbastanza bravo da portare Lauren al ballo. Volevo ancora cavargli gli occhi e infilarglieli in gola.

Corsi sul retro di casa mia e attraversai lo sportellino del cane. Come tutte le proprietà dei vertici del branco, la nostra casa confinava con il terreno del branco, quindi potevamo mutare e scappare direttamente da casa.

Le luci erano accese e sentii i miei genitori che parlavano in cucina. Possibile che gli fosse già arrivata la notizia del mio attacco? Mi si contorse lo stomaco come se mi avessero dato un pugno sotto la gabbia toracica.

Presi la forma umana e mi infilai un paio di pantaloni della tuta.

«Abe?» gridò mia madre.

«Ciao mamma.» Entrai in cucina, costringendo le mie membra tese ad assumere una postura rilassata.

«Figliolo.» La voce di mio padre era cupa.

Mia madre disse: «Abe, la piccola Rayne Lansing è scomparsa durante la partita stasera. Hai visto o sentito qualcosa su di lei?»

«C-cosa?» Ero talmente pronto ad affrontare i guai che mi ero creato, che questa fu una sorpresa.

«Hai visto che non è venuta a ritirare la corona durante l'intervallo?» Mi ricordò mia mamma. «È corsa fuori dallo stadio quando è stato annunciato, e da allora nessuno l'ha più vista.»

«Oh, wow.» Stavo ancora elaborando a malapena quello

che stava dicendo. Mi stavo ancora riprendendo dopo aver quasi ucciso un tizio dieci minuti prima. Mi spostai verso il frigorifero e tirai fuori gli avanzi di pollo. La cena ormai era stata così tanto tempo fa che adesso avrei potuto mangiare cinque polli.

«A proposito... come è successo che Rayne sia stata eletta regina?» Mia madre mi lanciò un'occhiata tesa. «Ho sentito che potresti aver avuto qualcosa a che fare con tutto ciò. Stavi cercando di farle del male?»

Presi il pollo con le dita e lo mangiai freddo. «Che cosa? No.» Ora mi trovavo nei guai per qualcosa che non avevo fatto. Il che, francamente, era un sollievo. «Mamma, Wilde mi ha detto di farlo, quindi ho fatto in modo che accadesse. Credo che stia prendendo sul serio il suo ruolo di nuovo fratello maggiore.»

«Non sono sicuro che sia così» borbottò mio padre.

«Cosa intendi?» Mia madre lo guardò con gli occhi spalancati.

«Insomma, Wilde ha quasi fatto a pezzi l'ufficio dello sceriffo quando ha denunciato la sua scomparsa.»

Piegai la testa, senza capire.

Mia madre sussultò. «Vuoi dire...»

Mio padre annuì. «Compagni. Ci giocherei i miei soldi.»

Mi venne la pelle d'oca sulle braccia anche se non sapevo bene il perché. Assistere al destino all'opera, forse. Il destino che abbinava un'alfa come Wilde con la più piccola del branco, una ragazza che era più difettosa di me. Non riusciva nemmeno a mutare.

Il destino che aveva unito dei fratellastri come compagni. Era pazzesco e sbagliato e tuttavia anche in un certo senso perfetto. Insomma, eccoli lì, sotto lo stesso tetto. Sarebbe stato impossibile resistere alla loro natura animale. Altrimenti Wilde si sarebbe mai avvicinato a una ragazzina come Rayne? Diavolo, avrebbe dovuto essere al college in questo momento, ma era stato sospeso. Il destino aveva orchestrato il suo ritorno a Wolf Ridge perché rimanesse nella casa dove ora viveva Rayne.

«Figliolo.» Il tono di mio padre era serio. «Pensiamo che Rayne sia stata rapita.»

Alzai le sopracciglia. «Rapita? Perché?»

«Il suo odore è scomparso sul marciapiede all'uscita dallo stadio. Come se qualcuno l'avesse presa in braccio.»

«Wow.»

«Siediti. Te lo riscaldo» disse mia madre.

«No, va bene così.» Le feci cenno di tornare a sedersi.

«C'è di più» disse mio padre. «Si è sparsa la voce su questo gruppo clandestino chiamato Venators.»

Un'altra ondata di pelle d'oca mi strisciò sulle braccia, anche se questa volta fu un brivido gelido di presentimento. Come se il mio lupo conoscesse il pericolo che stavo per sentire.

«Sono una società segreta di esseri umani potenti che conoscono il nostro segreto. Danno la caccia ai mutaforma.»

Smisi di masticare, una rabbia oscura mi crebbe nello stomaco. «È una cosa incasinata.»

«Vanno dietro agli adolescenti che non sono ancora mutati. Tengono i giovani prigionieri finché non raggiungono la pubertà e la mutazione. Poi li cacciano prima che possano controllarsi o riconoscere i propri animali.»

Gli occhi di mia madre si riempirono di lacrime. «È orribile. Voglio dare la caccia a ognuno di loro.»

«Anch'io» ringhiò mio padre.

«Ma perché pensi che abbiano preso Rayne? Sanno che non può mutare?»

«Forse. Ma spesso c'è qualcuno all'interno che vende questi ragazzi. Quindi è possibile che sappiano e sperino che sia solo una fioritura tardiva.»

Un ringhio basso mi rimbombò nel petto. «È malato.»

Non riuscivo a immaginare nessuno che tradisse la propria specie. Scossi la testa. «Nessun lupo di Wolf Ridge tradirebbe Rayne Lansing. Non esiste.»

«Forse non un lupo» disse mia madre minacciosamente.

«Qualcuno ha fiutato un orso mutaforma nel nostro territorio questa settimana.» Mio padre sembrò triste.

L'orso. L'orso che aveva la lettera di Lauren.

Oh, destino. Deglutii.

Non avevo detto a nessuno di averlo visto perché poi avrei dovuto spiegare la situazione, cosa che non potevo fare. Ma cosa sarebbe successo se avessi detto qualcosa e questo poi avesse impedito che Rayne venisse presa?

Il senso di colpa si accumulò nella bocca del mio stomaco come l'olio in una buca.

Se le fosse successo qualcosa, non me lo sarei mai perdonato. Poteva anche essere la più piccola, ma era comunque parte del branco.

«Sì, anch'io ho sentito quell'odore. Mi dispiace di non aver detto nulla. Avrei dovuto.» Scoprii la gola in segno di sottomissione per mostrare il mio rimorso.

«Va tutto bene, figliolo. Non potevi sapere che sarebbe successo qualcosa del genere. Ma sì, dovresti informare un anziano del branco ogni volta che senti qualcosa che non appartiene alla nostra terra.»

«Sì signore.»

«Non l'hai sentito stasera?» chiese mia madre.

Scossi la testa. «Non è un odore fresco.»

Mio padre annuì. «Domani usciremo tutti a setacciare il bosco. Puoi saltare la scuola. Se non troviamo presto quella ragazza, potrebbe essere morta.»

«Pensi che l'abbia presa l'orso?» Non mi sembrava possibile.

Quel mutaforma aveva avuto un'occasione perfetta per rapirmi, se avesse voluto, e non l'aveva fatto. In effetti, mi aveva consegnato la lettera di Lauren dopo che mi ero rivolto a lui. Ma forse non corrispondevo al profilo del tipo di giovane mutaforma che i Venator desideravano. Erano passati troppi anni dal mio risveglio.

Ma non potevo dire niente di tutto ciò ai miei genitori adesso, no? Non senza che il resto della storia venisse fuori. E non c'era nessuna possibilità che io dicessi a qualcuno che Lauren lo sapeva. Non c'era alcuna possibilità che permettessi a qualcuno di portarla da un altro vampiro. Non meritava quella merda. Non mi sarei mai perdonato di averla fatta passare attraverso tutto questo.

Mio padre aggrottò la fronte. «Potrebbe averla presa o potrebbe essere un informatore dei Venator. In ogni caso, voglio rintracciare quello stronzo, e quando lo farò, sarà un orso morto.

«Sì» concordai, mentre il peso di tutte le mie recenti cazzate gravava sulle mie spalle come due tonnellate di cemento.

CAPITOLO QUATTORDICI

Lauren

«Fa tanto ghetto.» Luke si guardò intorno con disgusto al ballo dell'homecoming.

L'homecoming della Wolf Ridge High non si teneva nella sala da ballo di un hotel di lusso come quello di Landhower, ma, che caso eh, *nel birrificio della città*, dove lavoravano i genitori di tutti.

Sì. Proprio così. Un altro segno della strana incestuosità di questa città. Il che, immaginavo, aveva senso se erano tutti lupi mannari. Ma quale *se. Lo erano.*

Guardai la folla, cercando di trovare prove della loro natura animale. Supponevo che dall'esterno assomigliasse a qualsiasi ballo del liceo, tranne per il fatto che era molto meno formale di quelli a cui ero abituata da me. Alcune persone erano vestite di tutto punto, alcuni studenti indossavano le infradito.

Io avevo un vestito verde acqua aderente che si abbinava ai miei occhi e un paio di décolleté *da scopata*, non che qualcuno mi avrebbe scopata stasera. Non avevo ancora rotto con Luke, ma ero riuscita a evitare i momenti di intimità. Probabilmente sapeva che sarebbe arrivata.

«Almeno non è nella palestra della scuola» mormorai. Anche se condividevo completamente la bassa opinione di Luke sull'evento, sentii un minimo di difensiva stringermi un punto sopra l'ombelico.

«C'è da sperare che ci sia birra da bere visto che siamo nel loro birrificio.» Luke esaminò le uscite e gli ingressi. «Pensi che potremmo entrare nella fabbrica da qui?»

«Abbiamo già l'alcol» dissi in tono annoiato. «A proposito, ho bisogno di un sorso.» Ero più che insensibile dopo un fine settimana in cui avevo sopportato Luke e ogni ricordo che mi aveva portato su chi ero stata.

Lincoln aveva saltato la scuola venerdì e, per fortuna, aveva intrattenuto Luke. Ero seriamente in debito. Di brutto. Ieri sera erano andati a una festa all'ASU e oggi eravamo andati tutti a fare shopping a Scottsdale; quindi, fino ad ora ero riuscita ad evitare l'intimità con Luke. Ma era ora.

Non dell'intimità. Ma del discorso di rottura.

Dubitavo che l'alcol potesse aiutarmi, ma avevo bisogno di qualcosa che mi facesse uscire da questo stato di intorpidimento. Tesi la mano per prendere la fiaschetta d'argento incisa di Luke che aveva riempito con la Grey Goose di mio padre prima di partire per il ballo.

La tirò fuori dalla tasca della giacca del completo Armani e me la porse. Posò leggermente l'altra mano sul mio fianco.

Mi svincolai dalla sua presa, inclinando il corpo verso il muro per nascondere l'evidente consumo di alcol agli insegnanti e agli accompagnatori. L'alcol bruciò mentre mi scendeva in gola, facendomi lacrimare gli occhi.

Ecco. L'avevo sentito. Solo che era più come se osservassi me stessa dal di fuori mentre lo sentivo, piuttosto che sperimentare effettivamente la sensazione nel mio corpo. Significava che ero fuori dal mio corpo? Dissociata da esso?

Probabilmente avevo bisogno di un terapista. Lincoln e io avevamo cercato con tutte le nostre forze di convincere nostro padre a parlare con qualcuno. Forse avrei dovuto dare l'esempio.

Il mio cervello andò immediatamente ad Abe. *Lui sì* mi faceva sentire. Avevo assaporato la scarica di adrenalina che avevo avuto dopo che Abe aveva placcato Luke a terra fuori dalla mia porta giovedì sera. Le cellule che si erano riscaldate. La scintilla della mia libido.

Naturalmente era tutto sbagliato, ma qualcosa in me lo aveva trovato delizioso.

Non intendevo farlo, ma mi ritrovai a cercarlo di nuovo nella stanza. L'avevo visto quando eravamo entrati, avevo visto le occhiate assassine che ci aveva lanciato.

Sarei stata una bugiarda se avessi detto che non mi erano piaciute.

Sarei stata una bugiarda anche a dire che non mi era piaciuto il modo in cui le sue spalle larghe riempivano la giacca. O come appariva il suo culo muscoloso mentre si pavoneggiava con quei pantaloni. Era peccaminoso. Ed era venuto al ballo da solo. Questa era stata la prima cosa che avevo notato quando eravamo arrivati. Almeno, non avevo visto una ragazza al suo braccio.

«Spero seriamente che non abbiano pagato per questo DJ» si lamentò Luke. «Mio fratello di dodici anni avrebbe potuto mettere insieme una playlist migliore.»

«È spaventoso.» Lincoln mi prese la fiaschetta dalle mani e bevve un sorso abbondante. «Quanto tempo volete restare?»

Lui e Rayne sarebbero dovuti venire all'homecoming come amici, ma era uscito fuori che lei e il suo fratellastro erano una coppia e avevano fatto coming out con i loro genitori. Inoltre, in un dramma ancora più folle questo fine settimana, avevamo scoperto che era scomparsa dopo la partita di giovedì sera, ma il suo fratellastro l'aveva ritrovata. Non ero certa di quale fosse la situazione.

Iniziavo a pensare di essermi sbagliata, e che anche Rayne fosse un lupo, perché tutti avevano tenuto la bocca chiusa al riguardo. Metà della popolazione studentesca, incluso Abe, era scomparsa da scuola venerdì, forse perché la stavano cercando.

Un gruppo di ragazze si avvicinò e circondò Lincoln. Probabilmente il suo status di essere umano non era offensivo quanto il mio.

«Quindi questo è quello che dovete sopportare ogni giorno stando da queste parti.» Luke guardò dall'alto in basso le ragazze che parlavano con Lincoln. Non erano meno belle delle ragazze di Landhower, semplicemente non indossavano Gucci e Prada e non cercavano di superarsi a vicenda con i soldi.

Qualche settimana fa lo avrei assecondato nell'attaccare Wolf Ridge. Ora mi sentivo stranamente protettiva nei confronti di tutti qui.

Ci fu un annuncio sui reali dell'homecoming che stavano per raggiungere la sala. Luke iniziò automaticamente a condurmi lì e dovetti tirargli il braccio per fermarlo. «Non siamo noi.»

L'espressione di disgusto sul suo volto divenne più forte.

Rayne e il fratellastro presero la parola, creando un selvaggio brusio di mormorii scandalizzati. I miei occhi erano puntati su Abe, però.

Aveva la mano di una qualche cheerleader nella sua, e il modo in cui lei lo fissava con totale adorazione mi fece venire voglia di vomitare. Lui non la stava guardando, però. Stava guardando...

I nostri sguardi si incrociarono. Sguardo era la parola sbagliata, però. Era più simile a un'occhiataccia.

Iniziai a sentirmi annebbiata. Si innescò del calore nel

mio nucleo e si accumulò tutto lì. Sentii dei formicolii corrermi lungo le braccia.

«Andiamocene da qui.» Luke mi mise un braccio intorno alla schiena e mi condusse verso la porta.

Dovetti resistere all'istinto di guardare Abe alle mie spalle. Sapevo già che stava guardando.

Nessuna parte di me voleva abbandonare il ballo. Era patetico, terribile e pieno di estranei e di persone che odiavo, ma uscire con Luke avrebbe comportato fare una scelta.

Rifiutando questa città e la mia nuova vita in favore di quella vecchia.

Quella che non esisteva e non funzionava più.

«Luke...» eravamo alla porta. Rallentai, facendolo girare.

Un'espressione impaziente gli balenò sul suo volto. «Lauren, sul serio. Perché siamo qui?»

Feci un passo indietro, fuori dalla sua presa. Stavamo bloccando la porta, ma ignorai le persone che cercavano di passare. «Io non ci volevo venire a questo ballo... l'hai voluto tu, Luke.»

«Beh, non sapevo che sarebbe stato così *noioso*.» Mi scrutò il viso con esasperazione. «Cosa ti è successo?»

Il senso di colpa mi gravò sul petto come un peso. Abbassai le spalle. Non potevo più rimandare. Camminai attraverso la porta.

Luke mi seguì. «Cosa ti succede, *tesoro*?»

Il *tesoro* mi irritò a morte. Continuai a camminare finché non arrivammo alla Tesla, poi mi fermai e mi girai. Non avrebbe dovuto essere così difficile.

Non eravamo nemmeno più vicini.

Era solo che Luke c'era stato per me quando mia madre era morta. Certo, in un certo senso si era nutrito della drammaticità della cosa. Ero convinta che lui mi considerasse più la principessa della società che una persona reale. Con un po' di tempo e di distanza, ora riuscivo a vedere che il mio dolore era stato la valuta che aveva usato per sostenere la propria importanza. Si era vantato molto con gli altri ragazzi di essere stato all'ospedale con noi quando lei era morta, e di essere stato uno dei portatori della bara al funerale.

«Volevi che ci lasciassimo di persona» dissi. «Credo sia arrivato il momento.»

«Non volevo assolutamente che ci lasciassimo.» Si passò una mano tra i capelli biondi con le mèches. «Non capisco cosa ti è successo.»

«Mi dispiace, Luke. Sono solo in uno strano...»

«Non so nemmeno chi sei in questo momento» mi interruppe. «Indossi lo stesso vestito che indossavi all'homecoming dell'anno scorso. Mi hai portato a un ballo in un maledetto *birrificio*. Non ti sei nemmeno fatta truccare e pettinare da un professionista. Cosa ti è successo?»

Sbattei le palpebre. Erano questi i suoi punti? Non che ci fossimo allontanati. Non che sembrassi senza vita e piatta. Non che io fossi stata una fidanzata pessima – cosa che era vera – ma che non avevo comprato un vestito nuovo e non ero andata in un salone per prepararmi per il ballo?

«Mi spiace, non ho dato il massimo per *l'appuntamento della nostra rottura*» sbottai con sarcasmo e iniziai ad allontanarmi.

«Dove diavolo stai andando?» Mi afferrò il braccio, trascinandomi indietro.

Inciampai nei miei tacchi Jimmy Choo, cadendo su Luke con le mani tese, pronta a spingerlo via.

A quanto pareva, non fu necessario.

Un braccio forte mi circondò la vita e mi sentii sollevata da terra. «Lasciala andare.»

* * *

ABE

Ci vollero tutte le risorse che avevo per non mutare e affondare i denti nella pelle di questo stronzo.

Invece di lasciare andare Lauren, il tizio strinse la presa. «Ahi.» Lei cercò di allontanare il braccio.

Il suono della sua angoscia mandò in delirio il mio lupo. Non riuscii a fermare il ringhio ultraterreno che avevo in gola. Quando parlai, la mia voce suonò mortale. «Non costringermi a ucciderti, fratello.»

L'attuale ex fidanzato di Lauren dovette sentire la spinta assassina nella mia voce perché la lasciò andare.

La spinsi via, mettendo la mia mole tra lei e la minaccia.

«Whoa, okay» gridò Lincoln, correndo verso di noi. «Sembra che sia ora di lasciare la festa.»

«Chi cazzo è questo?» chiese il ragazzo, abbassando lo sguardo e facendolo scorrere su e giù. Sembrava che il ragazzo ricco passasse le sue giornate a chiamare il maggiordomo anche per dargli le pacchette sul culo.

Sono il suo cazzo di compagno. Il mio lupo si dibatteva sotto la superficie, furioso di non poter avanzare pretese su di lei proprio qui, proprio ora. Furioso, perché un tizio qualsiasi era qui e stava mettendo in dubbio il mio diritto di proteggerla. Non lo toccai – maltrattare gli umani era proibito – ma spinsi il mio petto direttamente nel suo spazio personale, avvicinandomi così tanto da costringerlo a guardare nelle mie narici.

«Nessuno.» Lauren cercò di inserirsi tra noi.

Allungai un braccio per metterla al sicuro dietro di me.

«Lascia stare, Oakley.» Lincoln racchiuse nel suo tono più autorità di quanta avrei ritenuto possibile per un essere umano. Il mio corpo non rispose come avrebbe fatto davanti a un vero comando alfa, ma si guadagnò un riluttante rispetto da parte mia. Soprattutto considerando che superavo di almeno una trentina di chili la su figura alta ma

allampanata. «Mia sorella non ha bisogno che tu le faccia da guardia del corpo.»

Le dita di Lauren mi avvolsero i bicipiti, regalandomi quel dolce tocco di mela candita e cannella. «Non mi serve.»

Non mi mossi. Ero un alfa. Non c'era alcuna possibilità che io mi ritirassi davanti a un umano, soprattutto non a un umano che pretendeva di avere qualche diritto su Lauren.

«Sali in macchina, Luke» Lincoln si fece strada tra noi due e spinse il suo amico verso la parte anteriore della macchina. Aprì la portiera del conducente e salì.

Il bel ragazzo – Luke, immaginavo si chiamasse – camminò all'indietro, indirizzandomi un'occhiata torva. Quando cercò di guardare oltre me per vedere Lauren, mi spostai per nasconderla dalla sua vista.

«Lauren, è una cazzata» sbottò dall'altra parte della macchina mentre spalancava la portiera del passeggero.

«Io... non so perché sei venuto.» La pesantezza – il vuoto – nella voce di Lauren abbassò il mio livello di aggressività. Mi balenò in mente la visione di lei in piedi su quella scogliera con un piede oltre il bordo.

Mi girai verso di lei. Lei lasciò la presa sul mio braccio e mi guardò sbattendo le palpebre.

Non le avevo mai visto questo sguardo prima. Era quasi come se... avesse bisogno di qualcosa da me. No, non era questo. Perché sembrava non sapere cosa volesse. Era più come se si fosse persa, ma sperava che io potessi avere qualcosa di cui aveva bisogno, qualunque cosa fosse.

Mi rese *dannatamente determinato* a capire di cosa si trattasse per darglielo.

«Lascia che ti accompagni a casa» dissi in tono burbero. «O ovunque tu voglia andare.» Poiché sapevo che avrei potuto essere l'ultima persona con cui avrebbe voluto stare, aggiunsi: «Conosco un grande dirupo da cui potresti buttarmi.»

Miracolosamente, sembrò che avessi detto la cosa giusta.

Le sue spalle nude – le sue perfette, gloriose spalle nude – si rilassarono allontanandosi dalle sue orecchie. Un sorriso riluttante le incurvò le labbra. «Ah sì?»

La Tesla si allontanò senza che nessuno di noi la guardasse. I suoi grandi occhi verde acqua erano fissi sui miei.

«Sì. Ottima idea.»

Sorrisi, assaporando una scintilla di leggerezza che non sentivo da anni danzare nel mio petto. «Quale parte? Gettarmi da un dirupo?»

Il suo sorriso si allargò. Era carina da far male. Volevo mangiarmela. Divorarla. Demolire tutti i confini tra noi e rivendicala per sempre come mia.

Naturalmente questo non poteva accadere.

Ma potevo prendermi cura di lei stasera.

«È una vera opzione?» Si lasciò toccare e posai la mano con leggerezza sulla parte bassa della sua schiena per guidarla verso la mia Range Rover blu notte.

Alzai le spalle. «Sicuro. Facciamolo.» Le aprii la portiera, dando una rapida occhiata intorno per assicurarmi che nessuno ci vedesse, ma fortunatamente, per una grazia del destino, non c'era nessun altro nel parcheggio del birrificio. C'era una guardia di sicurezza all'uscita, ma avrebbe guardato le persone in entrata, non in uscita.

Mi tolsi la giacca e la gettai sul sedile posteriore mentre mi mettevo al volante.

Quando uscii dal parcheggio, Lauren appoggiò la testa contro il sedile e gemette.

«Vuoi che lo uccida?» mi offrii. «Per favore, mi piacerebbe.»

«Non so nemmeno cos'è appena successo.»

Aspettai. Lauren e io non eravamo nemmeno amici: non avevo motivo di sperare che lei lo condividesse con me, ma, dannazione, avevo bisogno di conoscere la storia. Avevo bisogno di sapere e capire tutto di questa ragazza enigmatica.

Il mio silenzio funzionò.

«Niente ha senso per me in questi giorni.» Mi guardò. «Compreso te. Anche se la cosa del lupo spiega molto.»

Provai, ma non riuscii a deglutire. Il mio lupo si pavoneggiò rendendosi conto che mi aveva pensato. Che voleva capirmi.

«Non l'ho detto a nessuno, se è di questo che si tratta.»

Mi schiarii la gola. «No. Ma grazie.»

«Io e Luke...»

Digrignai i denti per trattenermi dal ringhiare a quelle tre parole.

«Era lì per me quando mia madre è morta. Quindi mi sento come se gli dovessi dei sentimenti, ma sono solo... a secco. Come per quanto riguarda piangere per mia madre. Non riesco proprio a ripescare nulla.»

Non avrei dovuto esserne contento. Davvero non avrei dovuto. Era turbata dal fatto di essere insensibile.

Fece un respiro profondo. «Ma una parte di me pensa che mi stesse usando solo per il suo status sociale. Non riesco davvero a capire perché sia venuto qui, a meno che non fosse solo per dire che mi avrebbe portata all'homecoming. Ho provato a lasciarlo al telefono e lui ha detto che gli dovevo un confronto di persona.

Emisi un ringhio basso che attirò lo sguardo di Lauren su di me. «Scusa.» Mi schiarii di nuovo la gola. «Ma non gli devi un bel niente. Sembra uno stronzo.»

«Non lo è» disse, ma non sembrava convinta. Dopo un momento, disse: «Beh, forse lo è. Ma prima non mi dava fastidio. Lo capivo: forse anch'io ero una stronza allora.»

«L'hai detto tu.» Sorrisi e lei mi colpì il braccio con il dorso della mano.

«Dove siamo?»

Avevo guidato su per la montagna passando davanti allo chalet della mia famiglia. Wilde mi aveva detto che dopo il primo ballo avrebbe portato Rayne lassù e che avrei dovuto tenere tutti lontani finché non fossero usciti.

Mi fermai sul lato della strada sterrata. «Il dirupo è solo a una breve camminata da qui.»

Lauren guardò dubbiosa i suoi tacchi a spillo argentati.

«Ti porterò io.»

«Non voglio davvero spingerti giù da un dirupo.» Guardò dritto davanti a sé, come se fosse troppo ammetterlo guardandomi in faccia.

«Non mi farebbe male, Perle. Se ti fa eccitare, sono pronto.»

Aprì le labbra per la sorpresa e finalmente incrociò il mio sguardo. Il profumo della sua eccitazione sbocciò, inebriante e dolce. Una risata soffocata le scappò dalle labbra. «Potrebbe.»

Sorrisi in risposta, di nuovo quel fremito di leggerezza nel petto. «Andiamo a scoprirlo.» Aprii la portiera e mi avvicinai al suo lato del veicolo. Lei aprì lo sportello e slacciò la cintura di sicurezza. Prima che potesse saltare giù, la presi dalla Range Rover e me la lanciai in spalla.

Lei urlò, colpendomi sulla schiena. «Stronzo! Sul serio, Abe, non la smetti mai di fare lo stronzo?»

«Mai.» Corsi fino al bordo del dirupo e la misi giù. «Che cosa hai intenzione di fare, Perle?» Mi posizionai sul bordo del dirupo.

Spalancò gli occhi per l'eccitazione, subito prima di dare una forte spinta al mio petto con entrambi i palmi delle mani.

Mi lasciai cadere all'indietro dal dirupo, poi mi girai in aria per raddrizzarmi per l'atterraggio. Caddi in piedi, rilassando le ginocchia per ammortizzare lo shock.

C'era una brezza che rinfrescava l'aria del deserto e sentii l'odore dell'orso, insieme agli odori mescolati di altri lupi, un maschio e una femmina. Wilde, credevo. E l'altra doveva essere Rayne. Erano stati qui di recente.

«Boo» mi gridò Lauren dall'alto. «Non è giusto.»

Alzai lo sguardo e seguii le linee tornite delle sue gambe fino al punto in cui scomparivano sotto la gonna. Mi venne l'acquolina in bocca. «Tocca a te.»

«Che cosa?»

«Mi hai sentito.» Tesi le braccia. «Ti prenderò.»

Questo bastò. A quanto pareva, senza alcuna ragione immaginabile, Lauren si fidava di me. Saltò giù dal bordo del dirupo, l'orlo della sua gonna verde acqua svolazzò mentre precipitava dritta tra le mie braccia.

La presi tra le braccia e la feci girare per attutire la caduta. Lei rise provocandomi qualcosa di strano al petto. «Dio, sì.» Lasciò cadere la testa all'indietro, i lunghi capelli color rame scendevano verso terra come una cascata. «Era esattamente ciò di cui avevo bisogno.»

«Sì?» Stavo cercando di capirla. Volevo avere questa ragazza più di quanto avessi mai desiderato qualsiasi cosa in vita mia.

«Posso farlo di nuovo?»

«Cosa pensi che sono? Una giostra al parco divertimenti?»

Si rilassò tra le mie braccia e guardò le stelle. Un sorrisetto le tirò gli angoli delle labbra, trasformando il suo viso da modella in qualcosa di più innocente. Forse era così che appariva prima che sua madre morisse. «È incredibile *sentire qualcosa*», sussurrò.

«Ti farò fare un'altra corsa.» dissi a voce bassa con tono leggermente allusivo.

Aspirai il profumo della sua eccitazione dalle narici, trattenendo il respiro come se stessi prendendo una boccata da un bong. Certo, non lo facevo: non era una cosa adatta a un mutaforma. L'effetto durava solo circa cinque minuti. Questo sballo mi sarebbe durato tutta la notte.

Sapere che stavo eccitando Lauren. Che mi voleva.

«Continuo a pensare alla notte con te e il vampiro. È pazzesco, ma... è stato il momento migliore che ho passato in un anno. Insomma, ha fatto anche abbastanza schifo.» Si toccò il punto del collo dove il vampiro l'aveva morsa e io avrei voluto spargli di nuovo, anche se il segno era già scomparso. «Ma quell'adrenalina mi ha riportata in vita.» Alzò la testa per guardarmi. «Come guardare un film dell'orrore, in cui hai paura, ma ne ami anche ogni minuto.»

Un'idea cominciò a formarsi nella mia mente. Un'idea rischiosa, spericolata, deliziosa.

La abbassai lentamente in piedi, tenendo un braccio dietro la schiena mentre trovava l'equilibrio sui tacchi a spillo sul terreno roccioso.

«Vuoi un brivido, Lauren Sterling?» La mia voce era più profonda del normale.

Alzò il suo bel viso. C'era una tale apertura nella sua espressione, avrei combattuto contro qualsiasi cosa pur di vederla. «Che cosa hai in mente, Abe Oakley?»

«Avrai bisogno di una parola di sicurezza, principessa.»

* * *

LAUREN

FECI UN RESPIRO PROFONDO. Le parole di Abe mi fecero perdere l'equilibrio e caddi contro di lui.

Invece di sorreggermi, mi mise un braccio intorno alla schiena e strinse il mio corpo contro il suo. La sua pelle era caldissima sotto la camicia, e attivò ogni terminazione nervosa in contatto con lui.

Nonostante il caldo, mi venne la pelle d'oca lungo le braccia. Ero già ubriaca del brivido che mi aveva fatto provare saltando dal dirupo, e ora un altro colpo di dopamina mi inondò le vene.

Parola di sicurezza. Avrei avuto bisogno di una parola di sicurezza.

Non ero sicura di cosa intendesse, ma il desiderio che mi attraversò il corpo fu pura elettricità. *Diavolo sì*. Qualunque cosa stesse pensando, *ci stavo*.

«Arizona!» sbottai.

Il suo sorriso divenne feroce. «*Arizona* è la tua parola di sicurezza?»

Non sapevo perché l'avevo scelta. Forse perché c'era un po' di magia nel modo in cui mia madre e mia nonna erano solite parlarne. Ero cresciuta pensando che l'Arizona fosse un luogo mistico e magico, non la terracotta e le montagne rocciose di Wolf Ridge. Fino a quando non avevo visto un lupo trasformarsi in un uomo proprio davanti ai miei occhi la scorsa settimana, avrei sostenuto che era la cosa più lontana dalla magia. Ma ora cominciavo a chiedermelo: forse avevano percepito qualcosa di speciale qui che io non avevo notato prima.

«Arizona significa *stop*» dissi, come se sapessi qualcosa su come funzionava. Insomma, avevo già sentito parlare di parole di sicurezza, ma le attività che le richiedono erano un po' confuse per me.

Gli occhi di Abe brillarono nell'oscurità. Vidi il suo lupo proprio sotto la superficie e mi fece venire i brividi lungo tutto il corpo.

«Ti darò un vantaggio di sessanta secondi.» Adoravo il profondo rimbombo della sua voce. Il modo in cui sembrava entrare nel mio corpo e vibrare. «Tu scappi, io ti inseguo.» La sua voce assunse un tono subdolo mentre parlava. «Quando ti prendo, principessa» – mi sollevò una ciocca di

capelli, lasciando che il ricciolo gli scivolasse attorno al dito–
«posso fare quello che cazzo voglio con te a meno che non
senta quella parola.»

Oh Dio. Il mio pavimento pelvico si sollevò e si contrasse.

Le mie mutandine si inzupparono.

Tutto ciò che usciva dalla bocca di Abe Oakley era puro
peccato e volevo esattamente quello che mi offriva.

Non aspettai che fosse lui a dirmi quando andare, mi
allontanai da lui e cominciai a correre.

«Stai attenta, Perle» mi gridò mentre inciampavo nell'o-
scurità sui miei tacchi da otto centimetri. «Non farti male
prima che abbia la possibilità di farlo io.»

Lo ignorai e continuai a correre, le sue parole mi rimbal-
zarono all'interno della testa. *Non farti male prima che abbia la
possibilità di farlo io.*

Voleva farmi del male.

Avrei dovuto trovarlo disgustoso, invece lo trovavo
delizioso.

Ed ero in delirio: brividi di anticipazione, paura e lussuria
mi attraversavano come le onde dell'oceano mentre trovavo
la via d'uscita dal canyon verso una ripida collina che potevo
scalare.

Sentii solo il passo morbido di un piede dietro di me
prima che Abe mi afferrasse con un braccio attorno alla vita
e una mano sotto la coscia. Mi sollevò, con la faccia rivolta al
cielo, il mio bacino appoggiato sull'ampia distesa muscolosa
della sua spalla, i miei piedi che si sollevavano verso le stelle.

Gli afferrai il braccio e gridai, la risata quasi mi strozzò. Il
vestito mi cadde intorno alla vita. Abe corse veloce su per il
fianco della collina come se non fosse una salita ripida. Come
se non avesse cinquanta chili di peso in più sulle spalle.

Quando raggiungemmo la cima, mi lanciò in aria e mi
prese per la vita di fronte a lui. Era meglio delle montagne
russe. Molto meglio. Abe stava mostrando la sua forza e

abilità mentre mi offriva la corsa della mia vita. Camminò con me sospesa in alto sopra la sua testa. La mia schiena colpì la corteccia di un albero e poi mi ritrovai immobilizzata, con il vestito da cocktail che mi saliva sulle cosce e i piedi che penzolavano da terra.

Guardai questo glorioso uomo-bestia, elettrizzata dal suo intento feroce. Non mi stava guardando in faccia. Era faccia a faccia con la giuntura delle mie cosce. Allargò le narici: oh Dio! Non aveva detto che poteva capire quando ero eccitata?

Il tempo sembrò luccicare e fermarsi. Il mio corpo si gloriava del fatto di essere vivo. Che mi sentissi viva. La lussuria mi attraversava le vene. Insieme all'adrenalina derivante dal gioco del gatto col topo.

E poi mi colpì: rapido e sicuro. Quasi mi strozzai mentre lui apriva la bocca, coprendomi tutta la figa. Il calore del suo respiro permeò il tessuto delle mie mutandine. I suoi denti raschiarono leggermente finché non si impigliarono nel cordoncino delle mie minuscole mutandine, e poi le strappò con un unico affondo del suo canino allungato.

Emisi un verso sorpreso e sfrenato, completamente irriconoscibile alle mie orecchie. La mia eccitazione colò lungo l'interno della mia coscia mentre mettevo le ginocchia sulle sue spalle. Ora che la figa era nuda, *mi divorò*. Persi la consapevolezza di dove finiva il mio corpo e iniziava la bocca di Abe. Mi succhiò, mi leccò e mi morse come un uomo affamato. Come se il mio sapore fosse l'unica cosa che lo teneva in vita. Come se portarmi all'orgasmo fosse la sua unica missione nella vita.

Questi non erano i pochi colpi di lingua che avevo sperimentato in passato. Questa era passione, fame. Questo voleva dire essere consumata. Mi tremava l'interno delle cosce e mi slanciai contro la sua bocca. Gli tirai i capelli con una mano, mentre allungavo l'altra per appoggiarmi all'albero. Non che credessi che Abe mi avrebbe lasciata cadere.

«Sì…» mormorai, chiudendo gli occhi, con la tensione e il bisogno che mi crescevano nel profondo. «Sì. Ok. Sì. Là. Proprio lì, Abe. Per favore…»

Venni, le mie pareti interne si contrassero contro l'aria.

Abe continuò a leccarmi e succhiarmi fino all'orgasmo. Solo quando mi afflosciai, smise di aspirarmi la pelle. Mi guardò con i miei succhi che gli lucidavano le labbra, gli occhi da lupo azzurro ghiaccio gli brillavano. «Supplicherai molto di più, Perle. Ho appena iniziato.»

Scoppiai in una risata esausta. Mi stavo godendo l'euforia e la soddisfazione del momento. Quanto mi sentivo cambiata. Così diversa dalla ragazza che aveva indossato questo vestito per andare a uno stupido ballo scolastico con il suo ex ragazzo.

Ora mi sentivo… espansa. Molto più simile a me di quanto mi fossi mai sentita prima.

«Andiamo, principessa.» Abe mi sollevò dall'albero e mi mise a cavalcioni della sua vita. Le mie mutandine strappate scivolarono tra noi e lui le afferrò. «Dimmi che stasera lui non le ha viste.»

Provai a prenderle, ma lui se le infilò nella tasca posteriore, continuando in qualche modo a tenermi in equilibrio sul fianco con un braccio.

«*Dimmelo, Perle*» ringhiò.

Non sapevo perché volessi farlo soffrire. Era ingiusto dopo quello che aveva appena fatto per me, ma il nostro rapporto non era stato esattamente pieno di gentilezza. «Perché? Non hai il diritto di essere geloso.»

Un ringhio basso gli risuonò in gola e strinse la mascella. Cominciò a camminare velocemente, portandomi con sé.

«Non sei il mio ragazzo.»

Quando non rispose, mi resi conto che la sua gelosia doveva essere genuina. Forse i lupi erano estremamente possessivi.

«Non le ha viste.» Gli tolsi il dubbio.

L'andatura di Abe non cambiò. Mi sembrò di sentirlo ancora ringhiare da animale selvatico quale era.

«Non abbiamo fatto nulla da quando è arrivato. Nemmeno un bacio.»

Il rumore dei passi di Abe cambiò e mi girai per guardarmi alle spalle e vedere dove eravamo. Fece una pausa e annusò l'aria, poi aprì la porta dello chalet.

Un nuovo brivido mi attraversò, il ricordo dell'ultima volta che eravamo stati qui non fece altro che aumentare la mia eccitazione.

Mi portò in cucina, aprì un cassetto e tirò fuori il nastro adesivo.

Un'ondata di paura mi fece stringere le cosce attorno alla sua vita. No, non era paura. Non proprio. Più trepidazione. O finta paura. Paura in qualche modo divertente. Il tipo di paura che faceva sentire bene mentre la musica spaventosa si sviluppava in un film horror.

«L'ultima volta ti è piaciuto essere legata, vero, Perle?» La voce di Abe era più profonda del solito. Più ruvida. Le sue lunghe gambe ci trasportarono direttamente in una camera da letto senza accendere alcuna luce.

Mi lasciò cadere al centro del letto, mi spinse il vestito fino alla vita e mi fece rotolare sulla pancia.

«Cosa stai... *ahhh!*» Gridai mentre mi schiaffeggiava il culo nudo.

Eseguì una raffica di sculacciate, alternando il lato destro e il sinistro. Ognuna andò dritta al mio nucleo. Le mie terminazioni nervose scintillarono. Gli schiaffi iniziali mi avevano bruciata e mi avevano sioccata, ma seguì rapidamente l'eccitazione. Il piacere era alle calcagna.

«Questo è per avere indossato quelle mutandine quando eri fuori con *lui*» ringhiò Abe. Mi sculacciò più forte e io mi spostai.

Mi fece rotolare sulla schiena e mi allargò le cosce, arrampicandosi per mettersi in ginocchio davanti a me. «Dammi quei polsi.»

Era una richiesta, non una domanda.

Era ironico, ma non sentivo resistenza in me nei confronti del prepotente Abe. Non come al solito. Alzai i polsi, ansiosa di provare qualunque cosa stesse progettando.

Tirò l'estremità del nastro adesivo per formare una lunga striscia, poi lo strappò e me lo avvolse attorno ai polsi. «Ecco.» Aveva un sorriso malvagio. «Puoi ancora colpirmi se vuoi.»

Oh Dio... fece l'occhiolino.

Ero impreparata alla reazione del mio corpo all'occhiolino di questo giocatore sexy. Praticamente ebbi un orgasmo in quel momento.

Ma non si accorse della mia reazione: era già andato avanti. Aveva dei progetti e non stava aspettando il mio permesso. Lo aveva già ampiamente chiarito. Avevo una parola di sicurezza che potevo usare se volevo che finisse.

Mi accarezzò con il pollice la fessura fradicia, premendo con decisione quando arrivò al clitoride, facendo ruotare la mano e facendo scivolare due dita dentro di me.

Gridai, inarcandomi, i miei muscoli interni si strinsero attorno alle sue dita in un mini-orgasmo.

«Non vedevo l'ora di entrare in questa tua dolce fighetta.»

Stavo tremando. Mi tremava il basso ventre. L'interno delle cosce. Mi sentivo come le montagne russe che ronzano e tremano mentre salgono verso l'alto, subito prima di raggiungere il punto di lancio e di girare a rotta di collo.

Le parole mi sembravano ormai fuori portata. Dalla bocca mi uscì solo una serie di vocali. «Ahhh... ohhh... ahuh.»

Abe fece scivolare le dita dentro e fuori da me, dapprima

dolcemente, piegandole per accarezzarmi la parete interna, poi pompando velocemente.

«Aspetta per favore!» Era troppo. Troppo piacere. Troppo a cui aggrapparsi. Avevo bisogno di lasciarmi andare. Gli diedi un calcio con i miei tacchi a spillo. Afferrò una caviglia e la tenne alta mentre continuava a scoparmi con le dita.

«Dio mio. Dio mio! Oh per favore!» Il mio orgasmo fu così forte e veloce che gridai. L'umidità sgorgò attorno alle dita di Abe.

«Ecco fatto, Perle» mi elogiò Abe. «Brava ragazza.»

«Dio mio. Cosa è appena successo? Cosa mi hai fatto?»

«Ti ho fatta schizzare.» Sembrava fiero di sé mentre toglieva le dita da dentro di me e slacciava il cinturino delle mie Jimmy Choo.

Schizzare. Eiaculazione femminile. Un altro termine, come *parola di sicurezza*, che avevo sentito in passato ma di cui non avevo avuto una reale comprensione prima di stasera.

Gettò una scarpa dietro di sé e slacciò l'altra. «È stato un piacere» mi disse. «Ora è il momento della punizione.»

CAPITOLO QUINDICI

Abe

Il mio cazzo era più duro del marmo. L'unica cosa che manteneva sano il mio lupo era la consapevolezza di aver già fatto venire Lauren due volte. Il suo profumo era ovunque: sui miei vestiti, sulla mia pelle, riempiva la stanza.

Wilde e Rayne erano stati qui prima di noi – lo capivo dai loro odori – ma ora se ne erano andati. Probabilmente sulla mesa dove i ragazzi mutaforma andavano per stare tutti insieme attorno al fuoco. I miei amici probabilmente si trovavano lì adesso, e si chiedevano dove fossi andato.

Avevo scelto una camera da letto diversa, in modo da potermi abbandonare solo al profumo di Lauren.

Mi aveva dato una soddisfazione enorme. Avere il suo sapore sulle labbra e sulle dita riduceva anche la mia aggressività.

Ma, dannazione, l'impulso di marchiarla continuava a percorrermi la schiena, comprimendo i nervi alla base del cranio che mi permettevano di vedere dritto. Ma non importava. Non avevo bisogno di vedere per far venire Lauren. Non avevo bisogno di vederla per farla urlare, implorare e contorcersi sul letto. A questo punto, se mi avessero detto che non avrei visto mai più, non ero sicuro che mi sarebbe importato. Perché dare piacere a Lauren era lo scopo della mia vita.

Gli occhi di Lauren erano vitrei, la sua folta criniera di capelli ramati si estendeva intorno al suo viso come un'aureola. Sbattei le palpebre per metterla meglio a fuoco. Era una fottuta dea. Non mi importava se la mia fisiologia era incasinata, ed era per questo che il mio lupo voleva marchiare un essere umano. Sembrava così giusto. La soddisfazione di stare con lei non poteva essere sbagliata.

«Ti sono piaciute le sculacciate che ti ho dato, vero, Perle?»

Strofinò insieme le labbra imbronciate. «Uh... non lo so.»

«Bugiarda.» Sapevo dal fresco sbocciare della sua eccitazione che avevo ragione. Feci scorrere il dito indice nei suoi succhi, poi lo sollevai per mostrarglielo. «Il tuo corpo mi dice tutto.» Lo portai alla bocca per assaggiarlo, e mi si oscurò la vista, le tempie pulsarono.

La girai, in modo che non vedesse, in caso si potesse notare qualcosa sul mio viso. «Aggiungo la menzogna all'elenco dei reati punibili.» Afferrai un cuscino da infilarle sotto i fianchi e la mia vista si schiarì. La pelle mostrava ancora le impronte delle mie mani di prima, a ricordarmi che era un delicato essere umano. Le schiaffeggiai il culo e lo strinsi. «Hai un culo bellissimo, principessa. Pieno, rotondo e fottutamente perfetto.» Diedi uno schiaffo dall'altra parte. «Questo culo è stato un tormento per me dal giorno in cui sei entrata a chimica e mi hai rovinato la vita.» Le sferrai una raffica di schiaffi rapidi, poi mi fermai e le strofinai la pelle morbida, calmandola. Adorandola.

Le aprii le natiche e guardai il suo bel buco del culo. «La prossima volta ti scoperò proprio qui.» Premetti il pollice contro il suo bocciolo di rosa e lei lo strinse. «E mi dirai che ti dispiace.»

«Cosa ti fa pensare che ci sarà una prossima volta?» Lauren agitò i capelli quando si girò per guardarmi da sopra la spalla, appoggiandosi sugli avambracci.

Le rivolsi il mio sorriso più arrogante. «Oh, ci sarà una prossima volta.» Le lanciai un'altra raffica di schiaffi e lei strillò, ridendo e spostandosi.

Ci doveva essere una prossima volta. Ora che l'avevo assaggiata, ne ero dipendente. Non sarei stato in grado di funzionare se non fossi riuscito a prenderla regolarmente con le mani e la lingua.

Continuai con il mio gioco: schiaffeggiandola, massaggiandole via il bruciore, sculacciandola ancora, finché non grondò di eccitazione, gemendo di bisogno. Tirai via il cuscino e la feci rotolare sulla schiena, poi feci quello che avrei dovuto fare nel momento in cui l'avevo portata qui: le sfilai il vestito attillato dalla testa. Era senza spalline, grazie al destino, quindi non rimase appeso alle sue mani legate. Si sedette per aiutarmi e io lo lanciai a terra insieme alle scarpe.

«Oh, dolce dea luna» sospirai, fissandole le tette. Aveva adesivi floreali o qualcosa del genere su ciascuno dei capezzoli. Un'ondata di gelosia mi attraversò. «Te li sei messi *per lui?*» mi si spezzò la voce come se avessi dodici anni. Mi strofinai le tempie, cercando di evitare che la vista mi venisse disturbata.

«No. Ti stai comportando in modo ridicolo.» Lauren sembrava divertita dalla mia gelosia.

Espirai attraverso i denti.

«Servono per evitare che i capezzoli si vedano attraverso il vestito.» Cercò di raggiungerne uno con la punta delle dita ma non ci riuscì per via del nastro adesivo. «Staccali.»

Oh, cavolo. Un senso di possessività superò la gelosia. Potevo essere io a toglierglieli.

Perché è mia, ringhiò il mio lupo.

Sì, a cuccia, ragazzo.

Il cazzo si sollevò contro la cerniera. Afferrai i polsi di Lauren e li usai per spingerla all'indietro finché non si adagiò, poi la scavalcai. I copricapezzoli erano leggermente imbottiti, come piccoli petali di fiori gelatinosi. Staccai il bordo di uno di essi. Era attaccato con una specie di adesivo. «Fa male?» chiesi, osservando la sua pelle sollevarsi.

«Fallo veloce.»

Lo strappai velocemente, guardando il suo seno sollevarsi e poi balzare indietro. Feci scorrere la lingua sul capezzolo per lenire il bruciore, quindi ripetei l'azione sull'altro lato.

«Seni gloriosi, cazzo», mormorai contro la sua pelle. Avrei potuto leccare ogni centimetro del suo corpo e avrei avuto comunque ancora bisogno di assaporarne di più.

«Ora ti scoperò, Perle.» Osservai attentamente il suo viso per vedere la reazione.

Adesso sapevo che Lauren si atteggiava come un lupo alfa. Poteva comportarsi in modo maturo e sessualizzato, ma chi poteva dirlo? Magari era ancora vergine. Non volevo oltrepassare i suoi confini perché stavamo giocando a cacciatore e preda.

«Fallo bene.»

Fallo. Bene. Quella era la mia principessa. Adoravo questa ragazza, dannatamente. Amavo ogni cosa detestabile, deliziosa e perfetta di lei.

«Se bene significa *fotterti duramente senza pietà*, allora sì. Lo farò bene.» Potevo essere sfrontato.

Inarcò quelle bellissime tette verso il mio viso, e io afferrai rudemente un seno e lo strinsi, con un ringhio basso che mi rimbombò nel petto.

«Fammi vedere, ragazzo-lupo.»

Slacciai la cintura. «Oh, non sono un ragazzo, principessa. Sto per dimostrarti che sono» – aprii la cerniera dei pantaloni del completo – «*completamente uomo.*»

La punta della lingua rosa di Lauren sfiorò le sue labbra mentre liberavo l'erezione. Mi venne quasi il pensiero di vedere quella bocca spalancata, che soffocava sul mio cazzo.

Mi alzai dal letto per togliermi le scarpe e spogliarmi. «Ho un preservativo» le dissi, pescandolo dal portafoglio.

«Prendo la pillola.»

Il mio lupo ringhiò all'idea di lei che aveva fatto sesso *con lui*. Con chiunque prima di me.

«Anche questo ti rende geloso?»

Dovevo aver ringhiato ad alta voce. Fortunatamente, sembrava ancora divertita dalla mia possessività irrazionale.

«Sto per farlo sparire dalla tua memoria, tesoro.» La scavalcai e feci rotolare il preservativo sul mio membro.

«Presuntuoso, no?» I suoi occhi erano fissi sul mio cazzo, le labbra erano aperte.

Non avevo ancora nemmeno baciato quelle labbra. Un problema a cui dovevo porre rimedio immediatamente.

«Ogni minuto della giornata.» Trascinai lentamente la cappella sopra la sua fessura.

Fece un respiro profondo e lo trattenne.

Continuai a strofinare la cappella sui suoi succhi. «Vuoi questo cazzo, Perle?»

Abbassò le palpebre, ma non rispose. Ma in fondo stavamo giocando al non-consenso, quindi forse rispondere avrebbe rovinato il gioco.

Nonostante le mie chiacchiere, mi avvicinai a lei dolcemente, assicurandomi che fosse pronta, e non fosse troppo. Sapevo di averlo grosso e non avevo idea di quanta esperienza avesse. Sicuramente non volevo fare nulla che non la soddisfacesse.

Non appena fui dentro di lei, impostai un ritmo lento e

mi chinai per reclamare quella bocca. Lei mi osservò mentre abbassavo la testa, e poi chiuse gli occhi quando le mie labbra sfiorarono le sue. Mentre la baciavo, le presi i polsi e glieli sollevai lentamente sopra la testa, così che fosse immobilizzata sotto di me.

Iniziò a contorcersi, come se essere tenuta ferma la eccitasse. Strinsi la presa e spinsi un po' più forte. Le nostre lingue danzavano e si aggrovigliavano. Il suo bacio era tutto quello che serviva, e il mio controllo scivolò via. Era così bello – così giusto – reclamare quella sua bocca imbronciata. La baciai sul serio, come se mi appartenesse, appartenesse sotto di me, sopra di me, con me, ogni secondo della giornata.

Finalmente l'avevo dove la volevo, e ne desideravo ancora di più. Desideravo tutto di lei: cuore, mente, anima. Non solo questo corpicino caldo che rispondeva come se fosse fatto per me. Come se io fossi fatto per lei.

Lauren iniziò ad ansimare e ad emettere questi dolci lamenti mentre si avvicinava per assecondare i miei movimenti. Spinsi più forte, incapace di trattenermi oltre. C'era voluto troppo tempo per arrivare a questo. Potevo anche essere un'atleta eccezionale, ma questa ragazza era sempre la mia rovina.

«Ohhh, cazzo, Lauren» ringhiai. «Non posso... è troppo...»

Agganciò le caviglie dietro la mia schiena e usò le gambe per tirarmi dentro ancora più forte. «Fallo» ringhiò, non meno alfa di qualsiasi lupa con cui ero stato.

Urlai, con le palle che si stringevano appena prima di raggiungere la vetta.

«Caaaaazzo! Oh, destino. Oh, cazzo.» Mi leccai il pollice e mi chinai per massaggiarle il clitoride subito prima di venire più forte di quanto non mi fosse mai successo. Lauren sgroppò sotto di me, l'interno delle sue cosce mi strinse i fianchi come una morsa, la dolce figa si contrasse e si rilasciò attorno al mio cazzo.

Veniva ancora quando finii, con gli occhi rivolti all'indietro, il mento sporgente verso il soffitto, quegli splendidi seni sollevati e aperti. Mentre la guardavo, capii con tutta certezza che avere Lauren Sterling non era uno sfizio che potevo togliermi e superare.

Potevo negarlo quanto volevo, ma questa ragazza era il mio destino. E ora che l'avevo avuta, niente sarebbe stato più lo stesso.

* * *

Lauren

Ero ufficialmente viva. Non solo viva, ma in grado di volare. Era come se Abe mi avesse messo il defibrillatore sul petto e mi avesse riportata indietro dalla morte.

Quando aprii gli occhi, trovai Abe che mi fissava con un'intensità che mi provocò un altro mini-orgasmo.

Mi stava semplicemente guardando come se fossi la cosa più affascinante della Terra. Ero abituata all'attenzione, ma non da Abe. Sembrava sempre concentrato su sé stesso. Ma avrebbe potuto anche far parte del suo personaggio alfa, quello che sfoggiava a scuola. In realtà si era dimostrato premuroso in più di un'occasione.

Abbassò di nuovo la bocca sulla mia, pompando lentamente dentro di me, emettendo altre piccole strette e increspature di piacere. Il suo bacio fu attento, questa volta. Dove prima era stato selvaggio, ora era soave. Mi leccò le labbra, poi si allontanò, poi si avvicinò di nuovo.

«Stai bene? Sono stato troppo rude?» chiese, continuando a muoversi lentamente dentro di me.

Riuscivo a malapena a pensare. Non ero sicura di essere ancora in grado di parlare. Si aspettava una risposta vera?

«Sto bene» riuscii a dire. «Benissimo.»

Si tirò indietro ancora un po' per vedere la mia faccia e mi fece il più bel sorrisetto infantile. «Sì?»

Abbassai le palpebre per il continuo piacere che mi stava dando. «Non essere presuntuoso.»

«Presuntuoso è il mio secondo nome.»

«Ho notato.» Mi avvicinai, desiderosa di toccarlo. Avevo ancora i polsi legati con il nastro adesivo, ma gli passai le dita sulle labbra.

Le morse, succhiandone uno e poi lasciandolo andare.

«È una cosa da lupo alfa, giusto? La spavalderia?»

Abe sbatté le palpebre e per un momento vidi una crepa nella sua facciata, come se qualcosa nella mia domanda lo avesse momentaneamente addolorato.

«Che c'è?» La mia voce era dolce, non pregna delle solite sfide che gli lanciavo.

«Eh.» Si tirò fuori e mi pentii subito di averglielo chiesto. Mi pentii di avere insistito sul suo punto dolente. Mi mancava già la connessione dei nostri corpi. Delle nostre anime. Si alzò dal letto e si sbarazzò del preservativo, poi ritornò con un bicchiere d'acqua. Mi sollevò tenendomi sotto le mie spalle per sostenermi mentre bevevo.

Non ero abituata a un'intimità del genere. Essere impotente nei confronti di Abe, ma anche essere sotto la sua protezione aveva un sapore che non avevo mai provato prima. Adoravo la facilità con cui mi sollevava e mi posizionava, come si appropriava del mio piacere.

Bevvi l'acqua, più assetata di quanto pensassi, studiando Abe mentre lo facevo.

«È pesante la corona che governa Wolf Ridge High?» chiesi quando portò via il bicchiere.

Un angolo delle sue labbra si sollevò in un sorriso ironico. «Suppongo di sì. Ad essere onesti, non c'è assolutamente alcun piacere.»

«E allora perché mantenerla? Qual è la ricompensa? I ragazzi che fanno il lavoro per te e ti leccano il culo ma a cui in realtà non piaci?» L'espressione di Abe si fece tremante e mi resi conto che stavo mordendo troppo forte. Mi allungai e gli afferrai l'avambraccio con le mani legate. «Mi dispiace. Era una cattiveria. Voglio davvero saperlo. Perché sento che quello non sei il vero tu.»

Il desiderio trafisse lo sguardo di Abe. Mi fissò come se gli stessi offrendo qualcosa che non poteva avere. L'aria tra noi si caricò. Trattenni il respiro, aspettando... qualunque fosse la lotta interiore di Abe.

Ma sembrò scuotersi, poi abbassò lo sguardo sulle mie mani. Con uno strappo abile, aggredì gli strati di nastro adesivo per liberarmi i polsi. «Chi pensi che sia il vero me?» C'era un'amarezza nel suo tono che mi si attorcigliò come una lama nel ventre.

C'era da sentirsi vulnerabili considerato che la maggior parte delle nostre interazioni erano prese in giro a vicenda, ma dissi: «Questo qui. Di adesso.»

Una sorta di shock attraversò visibilmente il corpo di Abe: un brivido di riconoscimento? Invece di parlare, raggiunse il mio viso, cullandolo mentre mi baciava con fervore.

Gemetti contro le sue labbra, lacrime calde improvvisamente mi bruciarono il fondo degli occhi. Non avevo idea di cosa significassero.

Per chi fossero.

Per Abe? Il lupo alfa perduto e solitario? O per me? La ragazza che non riusciva a piangere?

No... erano più legate alla bellezza del momento. Al fatto di trovare qualcuno con cui condividere i pezzi rotti delle nostre vite.

Quando interruppe il bacio, una lacrima scese da uno dei miei occhi. Abe fece un respiro profondo e portò il polpastrello del pollice sulla mia guancia per toglierla. «Ti ho fatto sentire di nuovo qualcosa?» La sua voce sembrava arrugginita.

Annuii. «Sì» sussurrai.

«Questo è il vero me.» Si distese con la sua lunga figura accanto alla mia e mi avvolse il braccio intorno alla vita, attirandomi contro la sua pelle calda.

Gli toccai il petto, facendo scorrere le unghie tra i morbidi riccioli dorati. Un altro brivido lo percorse al mio tocco, e gli occhi gli brillarono nell'oscurità.

«Mio padre...» Si schiarì la voce. «Per mio padre è importante che io mantenga lo status alfa.»

«Perché?»

Abe scosse la testa con impazienza. «È una cosa di famiglia. È implacabile al riguardo. Lo è fin dal *Cambiamento*, quando sono diventato il mio lupo. Prima di allora, mi sentivo come se avessi tutta la vita davanti a me, come se il mio futuro fosse aperto ed esteso. E ora... ora è come se fossi rinchiuso in uno stampo a cui non riesco nemmeno ad adattarmi. Niente è più divertente. Anche le mie interazioni con i miei migliori amici sembrano false.»

Fissai Abe, scioccata dalla sua ammissione. Per me non aveva senso, ma non ero un lupo. Forse era una cosa culturale che non capivo.

«Cosa accadrebbe se non recitassi la parte?»

«Non lo so. Perderei il mio status. Qualcun altro diventerebbe alfa, probabilmente Asher.» Markley era più forte, ma Asher aveva una vena disperata. Suo padre era stato espulso dal branco.

«Intendo con tuo padre.»

Abe si passò una mano sul viso. «Non voglio deluderlo. Vuole il meglio per me e per la nostra linea familiare. Mio fratello ha fatto tutto ciò che mio padre voleva. Lui è il ragazzo d'oro del corso di medicina, segue le orme di papà, e io sono un incasinato.»

Risi. «È questo che pensi? Sei il capitano della squadra di football. Il lupo alfa di tutta la scuola. Come puoi pensare a te stesso come a un idiota?» E poi ricordai la fatica che aveva fatto in laboratorio. «Si tratta dei compiti?»

Abe non rispose.

«Abe...» Esitai perché la mia domanda avrebbe colpito la sua facciata alfa. «Qualcuno ti ha mai testato per la neurodivergenza? Oppure hai fatto un esame della vista? A volte sembra che tu abbia difficoltà a vedere o leggere. Mi chiedevo se potessi essere dislessico o qualcosa del genere.»

Mi resi conto che Abe non respirava affatto. «Non posso credere...» disse con voce strozzata. «Come hai fatto a capirlo?»

«Che cos'è? Neurodivergenza?»

Si sedette sul letto. «Non puoi dirlo a nessuno, Lauren. Questa è l'intera ragione per cui devo mantenere lo status alfa.»

Anch'io mi sedetti, accarezzandogli con il palmo della mano i bicipiti sporgenti. Il cuore mi batteva forte per la grandezza del momento. I muri di Abe che crollavano. I suoi segreti svelati. «Non lo dirò a nessuno. Ma di cosa si tratta, Abe?» chiesi dolcemente.

«È legato a un difetto genetico. A volte il mio cervello non riesce a capire se vedo con i miei occhi da lupo o con quelli umani. Mi fa venire mal di testa e rende difficile la lettura. Le luci fluorescenti peggiorano le cose.»

«Oh, wow.»

«Lo stavo gestendo, nascondendo totalmente la condizione fino a quest'anno.»

«Cos'è successo quest'anno?»

Quando Abe si girò a guardarmi, qualcosa mi fece rizzare i peli sulle braccia. L'aria divenne elettrica.

Gli occhi di Abe brillarono di un azzurro ghiaccio.

«Sei successa *tu*, principessa.»

CAPITOLO SEDICI

Abe

Lauren si avvicinò e accese una lampada sul comodino. Non era nemmeno una luce fluorescente, ma i miei occhi reagirono comunque. Il dolore attraversò diagonalmente il mio campo visivo e i muscoli si contrassero alla base del cranio.

«Sta succedendo adesso?» Lauren era così in sintonia con me che in qualche modo lo sapeva.

Il mio istinto fu quello di mentire, di passare all'offensiva per distogliere l'attenzione da me stesso, come avevo fatto con tutti gli altri, ma qualcosa non me lo permise. «Sì» gracchiai.

Il mio campo visivo si era ristretto così tanto che non riuscivo a vedere nulla, ma Lauren mi fece scivolare le mani sulle spalle nude.

Il cazzo divenne di nuovo semiduro.

«Ho peggiorato le cose?»

«Sì» ammisi. Il mio segreto era già svelato. «Il tuo profumo lo innesca.»

«Ecco perché sei stato così stronzo con me.» Non sembrava turbata, più pensierosa.

C'era molto di più sotto l'aspetto di Lauren Sterling. Era intelligente, perspicace e davvero premurosa. Per qualche ragione, saperlo mi fece stringere il petto.

Questa cosa tra noi andava oltre la lussuria. Al di là del suo profumo, che scatenava un'attrazione fisica. C'era una connessione emotiva inaspettata, genuina.

Avrei potuto davvero innamorarmi di questa ragazza. Stava diventando più di una semplice cotta guidata dai feromoni. Avrebbe potuto essere una *vera* compagna nel senso umano del termine.

Un'anima gemella.

La sollevai, le abbracciai con le mani la vita sottile, e me la sistemai sulle ginocchia, a cavalcioni delle mie gambe. «Mi dispiace di essere stato uno stronzo.»

Mi stava ancora studiando. «Non era reale.» Non era una domanda. Lo aveva deciso da sola.

Alzai stancamente le spalle. «Non so nemmeno io cosa sia reale, Lauren. Chi sono o chi dovrei essere. Cerco solo di andare avanti ogni giorno senza perdere il controllo.»

Mi prese il viso tra le mani e il ventre mi tremò per la sua tenerezza. Il dolore dietro i miei occhi cessò. La crisi era passata.

Quando appoggiò la bocca sulla mia, all'improvviso credetti che avrei potuto rimettere insieme i pezzi.

Non che fossi nemmeno consapevole di quanto fossi distrutto prima di questo momento.

Non presi il comando, le permisi un bacio dolce ed esplorativo. Il suo bacio curativo.

«Questo è quello che sei» mormorò quando lo interruppe.

Mi riempii le mani del suo culo e la tirai sopra il cazzo indurito. «E tu? È questo quello che sei?»

Lauren dondolò i fianchi, strofinando il clitoride sulla mia radice. Le sue labbra si librarono e danzarono sulle mie. «No.»

Cercai di non mostrare la ferocia che ispirò la sua risposta. Il mio lupo si dibatteva gelosamente sotto la superficie.

«Questo è… qualcosa di nuovo. Quello che sono con te è completamente diverso.»

Ricordai a malapena di respirare. «Diverso, come?»

Inclinò la testa di lato, riflettendo. «Ricordo a malapena chi ero prima che mia madre morisse, ma quella ragazza non tornerà mai più. E nell'ultimo anno sono stata… piatta. L'unica volta che ho provato una vera emozione è stato quando mio padre ha tentato il suicidio, ed è stata una disperazione totale.»

Trattenni il respiro come se mi avesse dato un pugno. «Tuo padre ha tentato il suicidio?» Fanculo. Quel coglione egoista. Aveva due figli che avevano bisogno di lui, cazzo.

Il suo mento vacillò e sbatté le palpebre rapidamente. «Eccoci di nuovo. Sei l'unico che può farmi piangere.»

La strinsi forte con le braccia e la attirai al mio petto in un abbraccio feroce. «Mi dispiace, principessa» sussurrai. «Mi dispiace tantissimo.»

«Ecco perché ci siamo trasferiti in Arizona. Mia mamma adorava stare qui. Mio padre fece costruire quella casa per lei, ma non visse abbastanza a lungo per godersela. Lincoln e io speravamo che vivere qui lo avrebbe aiutato a sentirsi più vicino a lei. Inoltre, saremmo stati in grado di lasciarci alle spalle il vuoto delle nostre vecchie vite.»

Le mie labbra trovarono l'incavo della sua gola e lo baciai. «Avevo capito così male. Pensavo che voi due foste ragazzini ricchi e presuntuosi che pensavano di essere migliori di noi.»

Lauren sbuffò. «Beh, potrebbe essere vero. Ma soprattutto non ci interessa né vogliamo avere una vita sociale qui.

Il nostro compito è tenere d'occhio nostro padre. Mantenerlo in vita è il nostro unico obiettivo quest'anno.»

Mi bruciarono gli occhi per un attimo.

Fanculo. Avrei voluto urlare alla dea della luna per il destino che era stato assegnato a Lauren e Lincoln. Volevo dedicare tutta la mia vita a vegliare sul loro papà, così che lei potesse tornare a vivere. Volevo essere il suo eroe, promettere di mantenere al sicuro l'unico genitore che le era rimasto.

Le baciai il collo. Lungo la mascella. «Mi dispiace tanto» mormorai.

Le mie parole non aiutavano per nulla e odiavo dannatamente sentirmi impotente. «Cosa posso fare per aiutare?»

Lauren mi infilò le dita tra i capelli e tutto il mio corpo tremò di piacere. «Mi hai già aiutata. Quel giorno un lupo dagli occhi spettrali mi ha attaccata sull'orlo di un dirupo e mi ha cambiato la vita. La vita è passata di nuovo dal bianco e nero al colore. Solo che i colori sono molto più ricchi di quanto avessi mai notato prima.»

L'intensità mi squarciò. Senza pensare, lanciai Lauren sulla schiena. Stavo già spingendo dentro di lei quando mi resi conto che i miei canini erano scesi. Il mio lupo voleva marchiarla come compagna, proprio qui, proprio ora.

Non sarebbe successo. Non era possibile.

Ma non avevo il potere di fermare il puro istinto animalesco di reclamarla. Era un bene che prendesse la pillola perché non mi ero fermato per mettere il preservativo.

Lo sguardo di Lauren era di stupefatto piacere. Le sue labbra, gonfie per i nostri baci, si aprirono con un gemito.

Troppo tardi, controllai di avere il permesso, nel modo finto e forzato che piaceva a lei. «Ti scoperò così forte, principessa, che non diventerai mai più insensibile.»

Lei raggiunse i miei fianchi, sollevando le ginocchia per portarmi più in profondità. «Fallo, ragazzo-lupo.»

«Non sono un ragazzo.» Le tenni giù le spalle per fissarla in posizione e pompare in profondità, toccando il fondo contro le sue pareti interne.

Le sue grida divennero più forti. Più agitate.

«Lauren... Lauren» canticchiai il suo nome, non ero sicuro di quello che stavo dicendo. Come se fosse una dea che stavo invocando piuttosto che un'umana che correvo il rischio di dividere in due con la forza di questa scopata.

Non marchiarla. Non marchiarla, ricordai a me stesso.

Per rallentare, mi tuffai sulla schiena, mantenendo i nostri corpi collegati, così che lei potesse cavalcarmi. Le afferrai i fianchi e feci il lavoro per lei, sollevandola su e giù sul mio cazzo duro come la roccia, poi avanti e indietro.

Gettò indietro la testa, i lunghi capelli ramati scintillavano alla luce della lampada. I seni maturi si spostavano ad ogni rimbalzo.

«Bellissima» ringhiai. «Bellissimo piccolo essere umano. Mi fai impazzire, cazzo.»

Il suo sguardo ritornò dal soffitto al mio viso. «Davvero?» vidi un bagliore di luce interessante, quasi da mutaforma, nei suoi occhi. Si erano oscurati. Arrotondati. Come se amasse sapere di avere potere su di me.

Era di nuovo una dea, completamente. La donna potente e bellissima responsabile della mia tortura quotidiana.

E io ero di nuovo cieco, i muscoli degli occhi mi bruciavano il cranio.

«Pazzo» mormorai. Non potevo negarlo. Incapace di negarle nulla.

«Abe.» La sua mano mi accarezzò un lato del viso e il dolore si dissipò immediatamente. «Riesci a vedere?»

Sbattei le palpebre e annuii. «Ti vedo. Sempre tu.»

Lei dondolava su di me, lentamente adesso. Ondulando come una danzatrice del ventre.

Guardai, paralizzato. Si strinse il seno, ruotò i fianchi. Poi trovò il ritmo che le piaceva. In una posizione in cui la mia cappella roteava su una cresta interna dentro di lei. Si strofinò più velocemente. Mi appoggiò le mani sulle spalle per arrivarci. La aiutai, spingendole i fianchi in avanti tenendole le mani sul sedere.

I suoi muscoli interni si strinsero attorno al mio cazzo. L'interno delle sue cosce tremò contro i miei fianchi. Gridò – no, urlò – mentre veniva. Restò ferma, stringendo e rilasciando il mio cazzo. Poi dondolò un po' e venne ancora.

BAGNAI il polpastrello del pollice con la lingua e glielo portai al clitoride. Quando strofinai, urlò di nuovo, sgroppando e stringendosi in una completa perdita di controllo.

Non appena ebbe finito, la gettai sulla schiena e spinsi dentro di lei. I miei canini erano lunghi, ma tenni la bocca chiusa, il busto eretto, in questo modo non mi sarei sporto e non avrei affondato i denti nella sua pelle per marchiarla per sempre.

La sbattei, più forte di quanto avrei dovuto. Dovetti tenerle le spalle per evitare che sbattesse contro la testiera. Si lamentò e gemette sotto di me. Era troppo, lo sapevo, ma non riuscivo a frenare la mia aggressività. Non potevo rallentare.

Solo Lauren avrebbe potuto fermarmi adesso, ed era in preda agli spasmi quanto me.

Chiusi gli occhi mentre un fulmine mi attraversava la vista.

«Cazzo... sì!» Urlai. Il dolore alla testa si intensificò, ma non mi interessava. Venni. Venni, e venni dentro di lei proprio prima di perdere completamente i sensi.

* * *

LAUREN

Le palpebre di Abe tremolavano mentre veniva, e poi, all'improvviso, era sopra di me, il suo corpo pesante copriva il mio come una di quelle coperte pesanti.

All'inizio andai nel panico, cercai di spingere via più di novanta chili di muscoli solidi, così da poter vedere la sua faccia e assicurarmi che stesse bene.

Non riuscii affatto a staccarlo da me, ma sentii il movimento del suo respiro contro il mio petto.

«Abe?» Mi costrinsi a mantenere la calma e gli accarezzai leggermente la parte posteriore del collo con la punta delle dita.

Sussultò e si scosse, come se si fosse svegliato di soprassalto, e si alzò sulle mani, liberandomi. «Oh cavolo, Lauren, stai bene?»

Scoppiai in una risata sollevata. «Io?»

«Cosa è successo?» Abe sembrò scosso. «Non ti ho morsa, vero?»

«Morsa?» Appena lo disse, ricordai di aver pensato che i suoi denti sembravano particolarmente quelli di un lupo quando era venuto. Non in modo inquietante, come quelli di quel vampiro, ma molto canini. «No. Perché dovresti mordermi?»

Scosse la testa.

Fuori, in lontananza, un lupo ululò. Poi altri si unirono a lui, salendo in un crescendo come un branco che celebrava una nuova uccisione.

«Amici tuoi?» chiesi.

«Decisamente.» Si alzò dal letto e tese la mano. Quando la presi, mi tirò giù dal letto. «Dovremmo uscire di qui nel caso in cui arrivino.»

Ero troppo estasiata dagli incredibili orgasmi e dalla vicinanza che sentivo con Abe per prestare molta attenzione al briciolo di disagio che germogliò riguardo al suo desiderio di nascondermi ai suoi amici.

Non ero un lupo mutaforma, lo capivo. E io sapevo che lui era un lupo. Se fosse venuto fuori, sarebbe stato nei guai e a me avrebbero cancellato la mente.

Ma non ero nemmeno abituata a essere il vergognoso segreto di qualcuno. Ero abituata a essere il trofeo.

Dimenticai tutto quando Abe mi fece scivolare il vestito sopra la testa. Era piuttosto sexy essere vestita come una Barbie dal tuo ragazzo.

Ehm... forse non era il mio ragazzo, ma vabbè. Era comunque sexy.

Abe lisciò il vestito, facendomi scivolare i suoi grandi palmi lungo i fianchi, intorno al sedere, dove stringeva. «Ti senti meglio, principessa?» La sua voce era bassa e da post-sesso.

Portai le mani sul suo petto scolpito, con la punta delle dita seguii le linee dei pettorali. «Sì.» Ovviamente dovevo tornare a casa per vedere il pasticcio che avevo combinato con Luke, ma dipendeva da me.

«Posso incontrarti qui ogni sera o notte dopo l'allenamento e darti ciò di cui hai bisogno. Anche se si tratta solo di un altro lancio da un dirupo.»

Mi scappò una risata. Il calore mi esplose in petto, riempiendo i luoghi che erano diventati freddi quando avevamo sentito i lupi. «Potrei approfittarne, giocatore.»

«Potresti?» Sembrò offeso.

Risi ancora. «Va bene, lo farò. Probabilmente.»

«Perle, sei la conquista più difficile tra le conquiste difficili.»

«Quando mai hai tentato di conquistarmi?» risposi.

Sorrise. «O sì. È giusto.» Afferrò i suoi vestiti e li indossò, poi tolse la biancheria dal letto e la portò fuori.

«È molto responsabile da parte tua.» Non sapevo perché vedere Abe fare queste piccole faccende domestiche fosse eccitante.

«I lupi sentono l'odore di tutto.» Mise le lenzuola nella lavatrice e ci versò il sapone liquido. «I miei genitori sanno perfettamente che io e i miei amici usiamo questa baita - ecco a cosa serve, in realtà - ma non ho bisogno che sappiano tutto.» Mi fece un sorrisetto malizioso con un movimento delle sopracciglia che mi trasformò in gelatina. Adoravo questo lato di Abe.

Il lato *reale*. Il giovane ordinario-straordinario che lavava le lenzuola e cercava di essere un buon figlio per i suoi genitori.

Il ragazzo che conoscevo ora lottava con una condizione neurale che faticava molto a nascondere. Non per sé stesso, ma per suo padre.

Il cuore, che prima mi batteva a malapena, ora era tornato a un ritmo costante e pulsava in perfetta sincronia con quello di Abe.

Avviò la lavatrice e si diresse verso la cucina. «Hai fame?»

«Pensavo che stessi cercando di portarmi fuori di qui.»

«È così, ma sto anche morendo di fame. Stare con te è un enorme consumo di calorie.» Aprì il frigorifero e tirò fuori un cartone di latte, che aprì e tracannò.

«Perché faccio scattare la tua cosa neurale?» C'era qualcosa che ancora non capivo a riguardo. Perché il mio profumo avrebbe dovuto essere diverso per lui? Perché *io* lo facevo innescare?

Incrociò il mio sguardo da sopra il cartone del latte. Alla luce della porta del frigorifero i suoi occhi assunsero quel bagliore azzurro ghiaccio. «Qualcosa del genere» disse dopo aver finito di inghiottire l'intero contenitore.

Lo gettò nella spazzatura.

«Chi tiene questo posto rifornito di cibo?» chiesi.

«Mia madre, immagino. Sa quanto possono diventare affamati i lupi in crescita dopo essere mutati.»

Il senso di perdita mi travolse. Il dolore di non avere una

mamma che facesse quelle piccole cose – per assicurarsi che avessi mangiato abbastanza o mi chiedesse dei compiti o qualsiasi altra piccola cosa che facevano le mamme – mi colpì così forte che barcollai sui miei piedi. «Che carino» riuscii a tirare fuori. «Le mamme sono... fantastiche.»

Abe dovette sentire qualcosa nella mia voce perché mi sentii subito schiacciata contro il suo petto. «Cazzo, Perle. Mi dispiace.»

Assorbii l'abbraccio. Avevo allontanato le persone per più di un anno. Non volevo essere toccata. Ma ora che mi ero aperta, ora che sentivo di nuovo dei sentimenti, era incredibile essere abbracciata.

Era anche semplicemente incredibile provare questo dolore. Questo lutto. Questa perdita che avevo tenuto a bada per così tanto tempo.

Piuttosto che combatterlo, mi appoggiai ad esso. Lasciai che penetrasse dentro di me. No, non era corretto: veniva dall'interno. Stavo emettendo dolore.

E il dolore era meraviglioso. Perché ero io. Era mio. Ero viva e sofferente e in realtà stavo soffrendo per la perdita di mia madre.

«No, è una cosa buona. Finalmente lo sento. Dio, per così tanto tempo ho pensato di essere rotta. Forse una figlia orribile. Ora so che ero semplicemente in coma emotivo o qualcosa del genere.» Mi tirai indietro e guardai Abe.

Mi cullò il viso tra le sue grandi mani e si chinò per appoggiare la fronte contro la mia. «Non sei rotta.» Mormorò le parole, e il suo respiro mi sfiorò le labbra. «Sei perfetta così come sei, Lauren Sterling.» Mi sfiorò le labbra con le sue, poi mi baciò ciascuna guancia e la fronte. «Il modo in cui soffri o non soffri è tuo. Non è giusto o sbagliato. Può essere secondo i tuoi tempi. Mi sembra che tu abbia dovuto mettere in pausa il lutto perché tuo padre è un bastardo egoista e ha cercato di uccidersi.»

Mi si aprì un burrone proprio in mezzo al petto. L'enormità del tentativo di suicidio di nostro padre – il terrore che aveva provocato in me di poter perdere entrambi i genitori – mi colpì, minacciando di inghiottirmi come una voragine. Mi aggrappai ad Abe per restare presente. Per non scomparire più.

«Non sei rotta» mormorò di nuovo Abe. «Lo pensi ancora?»

«Quando sono con te, mi sembra di poter uscire dalle macerie. Come se avessi avuto un incidente d'auto e avessi sbattuto la testa. Ho passato l'ultimo anno come in un sogno. E ora, all'improvviso, sono sveglia. Vedo che sono ancora intrappolata nei pezzi e nelle parti rotte, ma potrei uscirne.»

Abe fece scivolare la mano dietro la mia testa e mi afferrò i capelli, sorprendendomi con il passaggio di atteggiamento da tenero a severo. Abbassò le labbra sul mio orecchio. «Quando dici cose del genere, vorrei *consumarti*, cazzo» ringhiò.

Si allontanò e i canini gli brillarono alla luce della luna che entrava dalla finestra.

Un brivido di riconoscimento mi attraversò anche se non sapevo cosa di preciso stessi riconoscendo. Il mio corpo reagì con una vampata di calore. Una stretta tra le gambe. Un bisogno vibrante di tornare in quella camera da letto.

Questa volta gli ululati dei lupi provennero da una direzione diversa.

«Cazzo» mormorò Abe, prendendomi la mano. «Devo portarti a casa.»

CAPITOLO DICIASSETTE

Lauren

Mi svegliai tardi e mi alzai dal letto. Il mio corpo era dolorante in tutti i posti giusti e fui sorpresa di sentire un po' di fretta nel mio passo, come se il risveglio che avevo vissuto con Abe ieri sera fosse ancora presente. Mi sentivo viva, anche dopo che la scarica di adrenalina di saltare da un dirupo ed essere inseguita e legata da un ragazzo attraente era svanita.

Se avevo provato del senso di colpa per essere uscita con Abe dopo il modo in cui io e Luke avevamo lasciato le cose, si era dissolto quando ero tornata a casa ieri sera e avevo realizzato che Lincoln e Luke non erano ancora tornati. A quanto pareva, avevano trovato una grande festa a Tempe ed erano rimasti lì.

Dopo una lunga doccia mi vestii e andai in cucina. Mio padre era seduto al tavolo vicino alla parete di finestre che si affacciavano sulla montagna. Era ancora in accappatoio, nonostante fosse quasi mezzogiorno.

Gli baciai la tempia. «Non sei vestito.»

Avevamo un accordo: avrebbe dovuto prendersi cura di sé stesso, compreso farsi la doccia e mangiare.

«È fine settimana.»

«Vero.» Mi versai una ciotola di Golden Graham e mi sedetti di fronte a lui.

«Ho visto un orso stamattina.»

«Davvero?» mi pizzicò la pelle. Esistevano dei muta-forma-orso? Era un'altra specie di Wolf Ridge di cui non ero a conoscenza?

No, probabilmente no. Mi ripromisi di chiederlo ad Abe.

Avevo così tante domande scottanti per lui. Ieri sera mi aveva salvato il suo numero nel telefono, così potevo dirgli quando volevo buttarlo di nuovo giù dal dirupo. Sentii quel piccolo scoppio di eccitazione quando pensai che più tardi gli avrei mandato un messaggio chiedendogli dell'orso. O di rivederlo.

«Sembrava un grizzly, ma pare improbabile da quello che stavo leggendo. I grizzly sono originari dell'area del Grand Canyon, ma ora sono in pericolo di estinzione e l'Arizona non ha fatto un piano per la reintroduzione. In effetti, lo Stato è stato citato in giudizio dall'Arizona Center for Biological Diversity per non aver messo in atto un piano.»

Rimasi a bocca aperta guardando mio padre. Era la prima volta che si interessava a qualcosa da più tempo di quanto potessi ricordare.

«Oh, wow. Sarebbe fantastico se avessimo l'unico grizzly dell'Arizona a vagare per Moongaze Hill.»

Mio padre sollevò un angolo della bocca. «Tua madre lo avrebbe adorato. Aveva un debole per gli orsi.»

«Davvero?» Come facevo a non saperlo? Quell'informazione mi squarciò. Questa cosa dei sentimenti aveva i suoi svantaggi.

Ma no, volevo sentire. Volevo che il dolore per la perdita

di mia madre fosse presente. Almeno sapevo di essere viva e di provare interesse.

«Oh, sì. Una volta avevamo fatto un viaggio in Alaska ed era così entusiasta di vedere gli orsi in natura. Le dava una tale emozione. Penso che avesse qualcosa a che fare con la nonna. Anche lei amava gli orsi.»

«Ne ha visto uno nel Grand Canyon?»

Presumibilmente, l'amore di mia madre per l'Arizona proveniva dalla nonna, che aveva fatto un viaggio selvaggio nel Grand Canyon con i suoi amici del college in una Volkswagen decappottabile dopo la laurea negli anni Settanta.

La nonna non ci era mai tornata, ma aveva fatto promettere alla mamma di andare a vedere il Grand Canyon mentre stava morendo di cancro al seno. Sì, lo stesso cancro che aveva ucciso la mamma quindici anni dopo.

«Tua nonna? Non ne ho idea» disse mio padre. «Ma tua madre ha detto che trascorreva l'intera visita allo zoo del Bronx davanti all'area degli orsi lamentandosi di come gli orsi non avrebbero dovuto essere tenuti nei recinti.»

«Oh, sì. Anche la mamma lo diceva», ricordai. La fitta di non conoscerla si trasformò in qualcosa di più caldo. Era come se parlare della mamma riportasse a galla la sensazione di essere amata da lei.

Mio padre spostò lo sguardo dalla finestra verso di me. «Com'è andato l'homecoming?»

«Uhm... beh, io e Luke ci siamo lasciati, ma sono uscita con un altro ragazzo, quindi è andata tutto bene.»

Mio padre sbatté le palpebre. «Tu e Luke vi siete lasciati... mi dispiace, tesoro. Non sapevo nemmeno che fosse nell'aria.»

«Sì, va tutto bene.»

«Avrei dovuto saperlo?»

«Beh, ha preteso che ci lasciassimo di persona, il che non aveva senso per me, ma che ne so?»

Mi aspettavo che sarebbe rimasto deluso, dato che era amico del padre di Luke, ma lui mi guardò pensieroso. «Non ho mai pensato che voi due foste compatibili» disse.

«No?»

Scosse la testa. «No. Mi sentivo come se stesse sfruttando la tua posizione. Gli piaceva il tuo status sociale e ha approfittato del tuo bisogno di qualcuno mentre tua madre stava morendo.»

Mi bruciarono gli occhi e sbattei le palpebre velocemente guardando i miei cereali. Non credevo di aver realizzato fino a questo momento quanto poco mio padre si fosse occupato della mia vita. Era così preso dal suo dolore che non aveva più nulla da offrirmi.

Ora, solo a sentire la sua semplice osservazione sulla mia relazione mi venne da piangere come una bambina.

Si allungò e mi coprì la mano. «Stai bene?»

Deglutii il nodo che avevo in gola. «Sì.» Tirai su col naso. La leggerezza delle mie recenti attività diede un senso di pienezza al mio cuore. «Sto bene.»

La mia vecchia vita era definitivamente morta. Chiunque fossi stata, qualunque cosa Luke fosse o non fosse stato per me, sembrava irrilevante.

Ero una persona nuova, adesso. Forse non stavo ancora vivendo in modo vibrante, ma stavo diventando viva. Avevo trasformato un nemico in un amante. Ero saltata da un dirupo. Avevo scoperto che esistevano vampiri e lupi mutaforma.

Sentii la doccia aprirsi nel bagno del corridoio. Luke era sveglio.

Potevo smettere di evitarlo. Avevamo chiarito ieri sera ed era finita. Gli ero grata per il sostegno che mi aveva dato quando mia madre stava morendo, ma questo era tutto. Il resto apparteneva al passato.

Questo pomeriggio lo avrei accompagnato all'aeroporto e lo avrei salutato. Addio Luke. Addio alla mia vecchia vita.

Presi il telefono e mandai un messaggio ad Abe. *Esiste una cosa simile a un orso mutaforma?*

* * *

ABE

«Dove stai andando?» mi chiese mio padre quando cercai di allontanarmi dai mei genitori con un disinvolto «ci vediamo dopo.»

«A fare una corsa, a quattro zampe. Ho un po' di aggressività repressa da sfogare.»

Era sempre meglio restare fedeli alla verità quando nascondevi qualcosa. E l'aggressività repressa non era una bugia.

Avevo perso i sensi di nuovo questo pomeriggio quando avevo letto il messaggio di Lauren che diceva che stava accompagnando Luke all'aeroporto.

Stavo quasi per rispondere *Lincoln non può portarlo?* ma fortunatamente il blackout mi aveva impedito di inviarlo.

Lauren non era nemmeno la mia ragazza. Non avevo alcun diritto su di lei.

Stronzate, il mio lupo ringhiava ogni volta che lo pensavo.

Quindi ora avevo bisogno di vederla, di cancellarle il ricordo di lui. Anche se non era stata d'accordo con questo incontro.

Avevo un'altra ragione per sfidare il mio Alfa e andare nella sua proprietà. Mi aveva detto che suo padre aveva visto un orso lì. Dovevo annusare in giro per vedere se era lo stesso vecchio mutaforma.

«Abe, hai avuto altri mal di testa o disturbi visivi questa settimana?»

Esitai. Non volevo essere sottoposto a ulteriori test. «No. Tutto bene. Solo aggressività.»

«Dovresti incanalare quell'aggressività nel football, figliolo. Il coach Jamison mi ha detto che il reclutatore dell'ASU verrà a vedere la partita questa settimana. Devi essere al massimo delle tue prestazioni per ottenere quella borsa di studio completa di cui stiamo parlando.»

«Sì signore. Lo farò.»

«Non vedo come andare a correre alle nove di sera di domenica sia una preparazione compatibile per il reclutatore.»

La mia visione iniziò ad andare in tilt. Il mio lupo voleva uscire allo scoperto e strappare via un pezzo del fianco di mio padre in questo momento per aver cercato di tenermi lontano da Lauren.

Come sempre, coprii tutto con la spavalderia. Sbattei la mano aperta contro il muro facendo un tonfo forte ma innocuo. «Mi sto sfogando, così posso concentrarmi sul mio gioco, papà.»

Mia madre entrò dal soggiorno. «Paul. Adesso è un adulto. Lasciamo che faccia le sue scelte.»

Mio padre sembrò turbato. «Bene. Ma stai lontano da Moongaze Hill.»

Eh, giusto. «Sì» dissi. Un altro ordine diretto a cui avrei disobbedito.

Uscii di corsa e guidai la macchina verso lo chalet, poi accostai e corsi per il resto della strada fino a Lauren in forma umana. Mi fermai prima della radura per percepire gli odori. Sarebbe stato più facile individuare le tracce dell'orso sotto forma di lupo, ma non potevo strisciare attraverso la finestra di Lauren come un lupo, e avevo sicuramente intenzione di strisciare attraverso quella finestra.

Sentii il suo odore attorno al perimetro della proprietà degli Sterling. Era sicuramente di nuovo il vecchio mutaforma. La teoria del branco secondo cui sarebbe stato lui a tradire i giovani mutaforma si era rivelata sbagliata. Nessuno diceva molto, ma, da quanto mi risultava, Rayne era stata rapita da un essere umano ed era mutata per la prima volta per proteggersi.

Ma perché l'orso stava sconfinando nella proprietà del branco? Era diventato senile?

Notai dei movimenti nella stanza di Lauren e lasciai perdere le mie riflessioni sull'orso. Domani avrei detto a mio padre che avevo sentito di nuovo il suo odore nel territorio del branco.

In questo momento, avevo un bellissimo essere umano da torturare.

Rimasi nell'ombra e lontano dalla visuale delle finestre per avvicinarmi alla villa, quindi percorsi il lato della casa finché non mi trovai sotto la finestra di Lauren. Quando staccai la zanzariera dalla cornice, quella colpì la finestra e mi bloccai, pregando che il padre di Lauren non uscisse con il suo fucile.

La finestra si spalancò. «Sul serio?» sussurrò Lauren, ma un bellissimo sorriso le illuminò il viso. Mi tolse il fiato.

Era così cambiata dalla ragazza ricca e altezzosa che era arrivata alla Wolf Ridge High in agosto.

Approfittai della finestra aperta e lanciai una mano oltre l'infisso per issarmi con un braccio.

«Non vantarti» sussurrò quando allungai una gamba e mi lasciai cadere sul pavimento di legno. Indossava un paio di pantaloncini leggeri del pigiama blu e un top con spalline sottili che non vedevo l'ora di strappare.

Le coprii la bocca, sostenendola finché le sue gambe non toccarono il letto. Poi la presi per la vita e la lanciai al centro.

Emise una risata silenziosa e ansimante. «Cosa fai?»

Mi tolsi la maglietta dalla testa, stordito dalla lussuria quando lo sguardo di Lauren si spostò sul mio petto e rimase lì. Mi tolsi le scarpe da ginnastica e la scavalcai. «Qual è la tua parola di sicurezza?» Respirai, afferrandole i polsi e fissandoli accanto alla testa.

Non ne avevo mai abbastanza della luce nei suoi occhi.

«Arizona.»

Annuii. «Quindi, se sento Arizona, mi fermerò. Altrimenti sei alla mia mercé.»

Le lasciai i polsi per abbassarle i pantaloncini. Sotto non indossava le mutandine ed era appena rasata. Per poco non venni nei pantaloni quando lei si abbassò per accarezzarsi tra le gambe. Il profumo della sua eccitazione mi riempì le narici.

«Uh uh.» Le afferrai il polso e le tirai via la mano, anche se vederla occuparsi del suo piacere personale era dannatamente sexy. «Mi occupo io del piacere.» Le allargai le ginocchia e la leccai dentro.

Sussultò, scalciò con una gamba e le sue mani volarono verso la mia testa.

Le tenni entrambi i polsi lungo i fianchi e continuai con la lingua, tracciando l'interno delle sue labbra, poi penetrandola con la lingua dura.

Mise le ginocchia sulle mie spalle, dondolando il bacino per premerlo contro la mia bocca. La succhiai, la morsi, trovai il clitoride e ci passai sopra la lingua.

Il suo respiro accelerò. Si morse le labbra, trattenendo un gemito.

Non la lasciai venire. Mordicchiai e leccai più su, facendole scivolare in alto il top mentre proseguivo baciando la superficie piatta della sua pancia. Leccai e succhiai un capezzolo mentre le stringevo l'altro seno.

«Togliti il top» ordinai.

Non avevo idea se avrebbe obbedito o no. Sapevo che le piaceva essere costretta. Ma non ero sicuro che apprezzasse l'obbedienza.

Lei sostenne il mio sguardo mentre si toglieva il top.

La mia visione iniziò ad andare in tilt. Sbattei le palpebre, costringendomi a fare un respiro lento, e tutto si schiarì. Mi resi conto che Lauren aveva le sopracciglia aggrottate per la preoccupazione.

Scossi velocemente la testa. «Girati, principessa, ti scoperò da dietro.»

Lauren questa volta non obbedì. Ero pronto a ordinarlo di nuovo quando disse: «Fallo tu.»

Nascosi un sorriso mentre la facevo rotolare velocemente sulla pancia e prendevo un cuscino da infilarle sotto i fianchi. Sembrava deliziosa. Le afferrai bruscamente una natica e la strinsi, sporgendomi per mordere l'altro lato.

Era di nuovo accecato, il dolore mi bruciava alle tempie e al centro della fronte.

Respirai, senza lasciare che mi impedisse di far scivolare due dita tra le sue gambe per accarezzarle il dolce sesso. Era calda e bagnata e mi scesero i canini, pronti a marchiarla. Mi si schiarì la vista, ma ora vedevo attraverso i miei occhi da lupo.

Abbassai i pantaloncini abbastanza da liberare il cazzo e infilarmi un preservativo. «Sto usando la protezione, Perle.»

Lei allargò le gambe.

Strofinai la cappella sulla sua fessura alcune volte, poi spinsi dentro. Lei inarcò la schiena per portarmi più in profondità. Bellissima ragazza.

Bellissimo, sexy, incredibile piccolo essere umano.

La riempii con il mio cazzo e mi rilassai, accarezzandole l'interno con le mie lente spinte.

Dovevo respirare profondamente e lentamente per evitare che i miei occhi andassero in tilt, ma non mi interessava. Essere dentro Lauren mi sembrava un diritto di nascita.

Mi faceva impazzire e mi sentivo a casa allo stesso tempo.

Le afferrai i capelli e li tirai delicatamente mentre acceleravo il ritmo. «Non ti sei lasciata toccare, vero, bellezza?»

«L'ho abbracciato all'aeroporto.» Lauren cercò di guardarsi alle spalle, ma la mia presa sui suoi capelli lo rese impossibile.

Ringhiai: un vero ringhio da lupo.

Lauren mi inzuppò il cazzo.

Mi chinai e le ringhiai nell'orecchio. «Non deve toccarti mai più. Capito?»

Ce l'avevo più duro della pietra in questo momento, pronto a venire, e stare vicino alla sua spalla agitò il mio lupo che voleva disperatamente marchiarla. «Mai più» ripetei, accelerando il ritmo.

Lauren non rispose.

Le tirai i capelli. «Dillo.»

«Mai più.»

«Brava ragazza.» Le stavo sbattendo contro adesso. Eravamo entrambi senza fiato e febbrilmente accaldati.

Le lasciai andare i capelli per concentrarmi su un capezzolo, pizzicando il bocciolo fino a renderlo rigido.

Morse il cuscino, gridando di piacere contro il tessuto.

«Esatto, Perle. Vieni per me» respirai, spingendomi più velocemente, perdendo ogni senso del luogo e del tempo.

Sbattei dentro in profondità e riempii il preservativo e allo stesso tempo i suoi muscoli si strinsero e si contrassero. Tremò sotto di me, singhiozzando di piacere nel cuscino.

La mia vista era scomparsa, ma non sentivo dolore. Le baciai la nuca, dondolandomi lentamente per scacciare qualche scossa di assestamento.

«Domani notte. Dopo il tramonto. Ci vediamo allo chalet.» Non sapevo se lo stavo chiedendo o ordinando. Tutto quello che sapevo era che avevo già un disperato bisogno di vederla, e non sapevo come sarei riuscito a superare la giornata di scuola senza rendere nota che era mia.

Mi allontanai da Lauren e la feci rotolare sulla schiena. Mi ritornò la vista e vidi che le sue palpebre erano pesanti, le membra rilassate. Si stiracchiò come un gatto al sole. «Forse» fece le fusa.

«Vediamoci» insistetti.

Mi colpì di nuovo con il suo bellissimo sorriso. «Va bene.»

Mi chinai e reclamai la sua bocca, baciandola forte. «Adesso sei mia, Lauren Sterling. Nessun altro ti tocca. Nessun altro deve nemmeno pensare a te, altrimenti li ammazzerò come fa un lupo.»

Il sorriso di Lauren era indulgente, come se fosse divertita dalla mia gelosia, ma scosse la testa e indicò la finestra. «Esci, Abe.»

CAPITOLO DICIOTTO

Lauren

Ritornare alla Wolf Ridge High ora che ero di nuovo viva era una nuova esperienza. Camminando per i corridoi, i miei sensi erano intensificati, o almeno non erano più offuscati. Sentivo ogni rumore. Notavo la bellezza naturale e lo spettacolare atletismo di quasi tutti gli studenti che incontravo, sia maschi che femmine.

«Hai notato quanto questa scuola sia etnicamente poco diversificata?» dissi a Lincoln mentre ci dirigevamo verso i nostri armadietti.

Sbuffò. «Lo hai capito solo adesso?»

«Non stavo prestando molta attenzione prima.» Lo guardai, chiedendomi cosa vedesse. Se aveva notato qualche indizio sulle differenze tra gli studenti qui e i normali adolescenti umani.

Lincoln era piuttosto attento. Era il tipo di persona che controllava tutti nella stanza durante una festa. Conosceva il loro umore prima ancora che interagissero. Aveva sempre considerato il nostro trasferimento qui come uno studio di antropologia di provincia.

«Non è che Landhower avesse molta diversità» disse Lincoln mentre lasciava cadere i libri nell'armadietto e tirava fuori un taccuino e una matita.

«No, ma più che qui.»

«Vero.»

Abe e i suoi amici arrivarono impettiti lungo il corridoio, parlando ad alta voce. Gli altri studenti si allontanarono per lasciarli passare.

Non ero preparata a come mi sarei sentita a vedere lui che mi ignorava completamente. Se ne andò con i suoi amici come se tutto quello che era successo durante il fine settimana non fosse accaduto.

Sapevo che voleva che rimanesse un segreto il fatto che io ero a conoscenza la sua specie. Sentiva di non potersi associare con me. Non era molto diverso da come si era comportato la settimana scorsa, dopo che avevo scoperto che era un lupo.

Ma la settimana scorsa non mi era importato.

La settimana scorsa ero ancora mezza morta. Avevo appena iniziato a svegliarmi quando ero vicino al quarterback stella della Wolf Ridge High.

Questa settimana mi sentivo di nuovo viva. E non mi interessava essere infastidita dal bullo della scuola che si trovava nel mio letto ieri sera.

Avrei preferito le sue molestie a questo. Almeno quella era un'attenzione.

Non ero abituata a sentirmi invisibile.

Sbattei l'armadietto e scostai i capelli mentre camminavo nella direzione opposta. Quando mi sedetti durante la lezione di inglese, il mio telefono vibrò indicando un messaggio. Fui certa fin da subito che si trattava di Abe.

Gli diedi un'occhiata di nascosto quando l'insegnante non guardava.

Abe: *Sei davvero sexy oggi.*

La mia irritazione si attenuò. Almeno sapeva di essere stato un coglione. Stava cercando di rimediare.

Lo feci sudare non rispondendo.

Funzionò. Quando lo vidi in corridoio dopo la prima ora, il suo sguardo mi bruciò. Gli occhi gli brillarono di un azzurro ghiaccio e vidi il suo bel viso irrigidirsi.

Stava avendo una delle sue crisi.

Era stato provocato di nuovo da me?

Mi pentii immediatamente di averlo torturato. Ora che sapevo guardare sotto tutta la spavalderia da coglione alfa, potevo vedere cosa stava nascondendo.

Lo copriva così bene, però. Quando passammo, mi fece un sorrisetto disinvolto. «Che succede, Perle?» mi schernì, ma sapevo che i suoi occhi non stavano mettendo a fuoco. Probabilmente non poteva nemmeno vedermi in questo momento.

«Cancellami Abe» risposi allegramente.

Lui rise, e i suoi amici ridacchiarono e mi sbeffeggiarono. Si girò, camminando all'indietro per stare di fronte. «È un'offerta, principessa?»

Non mi girai. «Nei tuoi sogni, atleta.»

La risatina leggera di Abe sembrò genuina.

A pranzo cercai di capire se anche Rayne era un lupo. Volevo chiederlo ad Abe. Lo avrei aggiunto all'elenco delle domande che avevo su tutto ciò che riguardava i lupi.

Sembrava che oggi ricevesse più attenzione: i ragazzini si fermavano a parlarle o la salutavano. Ero quasi certa che avesse qualcosa a che fare con il fatto che era la regina del ballo dell'homecoming, anche se non avevo mai saputo tutta la storia al riguardo. Sapevo che era rimasta sconvolta quando era successo perché pensava che fosse stato il suo fratellastro a orchestrare il tutto, e poi non era venuta a scuola il giorno dopo.

Oggi, sembrava chiarissimo che non ero stata un'amica

per Rayne, che era letteralmente l'unica studentessa di Wolf Ridge che era stata vagamente amichevole con me e Lincoln. Ero così chiusa nella mia bolla ovattata che non mi ero mai preoccupata abbastanza di nessun altro.

Abe si era accanito perché ero presuntuosa. Ora capivo che doveva essere esattamente quello che sembravo a tutti in questa scuola.

«Allora... com'è andato il ballo?» chiesi, agitando le sopracciglia. «Lincoln ha detto che i tuoi genitori sanno di te e del tuo fratellastro adesso?»

Rayne arrossì. «È stato stupefacente. Sono veramente felice.»

«Quindi, come funziona? Adesso condividi la camera?»

Arrossì ancora un po'. «Tecnicamente, sono stata nella sua camera da letto per tutto il tempo e lui ha dormito sul divano. Ma tornerà al college questa settimana.»

«Oh, che peccato. Dove va?»

«Alla Duke.»

«Ooh, è lontano. Mi dispiace.»

«No, va bene. Finirà quest'anno e poi vedrà se può trasferirsi all'ASU, dove ho intenzione di andare l'anno prossimo. E tu? Hai rotto con il tuo uomo?»

«Sì. È finita. È stato dannatamente imbarazzante. Ma lui e Lincoln sono andati all'ASU dopo il ballo e, a quanto pare, hanno fatto amicizia con delle ragazze del college, quindi adesso va tutto bene.»

«Oh, wow. E a te andava bene così?»

Lincoln mi lanciò un'occhiata. Lui e io non avevamo parlato del fatto che Abe mi aveva accompagnata a casa quella notte e di quello che era successo dopo. Mi stava dando un po' di privacy.

«Assolutamente bene. È stato un sollievo, in realtà.»

«E come è andato il resto della serata?» chiese Lincoln.

«Senza incidenti» dissi con fermezza per interrompere

ulteriori indagini. «Hai sentito i lupi dopo il ballo?» chiesi a Rayne. «Sembrava che ce ne fosse un intero branco.»

«Oh veramente? No, non ho sentito niente.»

«Però li hai già visti, vero?» chiesi, cercando di sembrare disinvolta.

Rayne batté le palpebre con i suoi grandi occhi azzurri e impiegò un lungo momento per ingoiare il cibo. «Uhm, sì. Ho visto dei lupi un paio di volte.»

«Che ne dici degli orsi?»

Alzò le sopracciglia. «No. Perché? Ne hai visto uno?»

Annuii. «Nostro padre sostiene che ce n'era uno nella nostra proprietà. Quindi abbiamo avuto visite da lupi e orsi. Comincio a pensare che gli animali di questa città stiano cercando di scacciarci.»

Rayne si strozzò con il cibo.

E questa fu la mia risposta. Lei era sicuramente una di loro. Quindi probabilmente era impopolare perché era piccola e poco atletica. Qualcosa riguardo l'ordine del branco.

«Dobbiamo sbarazzarci di quel fucile comprato da papà» mormorò cupamente Lincoln.

Un brivido mi percorse la pelle. «Hai ragione.» Non era solo la vita di Abe che poteva essere a rischio se mio padre possedeva un fucile. Dal modo in cui Rayne ci guardò con sgomento, dedussi che Lincoln le avesse raccontato del tentato suicidio di nostro padre.

«Come ci si libera in sicurezza di un fucile?» riflettei. «Forse possiamo nasconderlo semplicemente da qualche parte in casa.»

«Sì» concordò Lincoln. «Lo metterò sotto il letto o qualcosa del genere. In questo modo, se quel lupo ritorna, tu e io sapremo dov'è.»

Mi si strinse lo stomaco al pensiero che Lincoln potesse

sparare ad Abe. «Non sappiamo nemmeno come si spara» sostenni.

Lincoln alzò le spalle. «Lo scoprirei se dovessi.»

«Beh, non credo che dovrai farlo» dissi velocemente. «Non penso che quel lupo sia rabbioso. Penso che sia amichevole. Probabilmente viene nutrito dagli umani, quindi non ha paura o qualcosa del genere.»

Rayne annuì. «Sono d'accordo. Non mi preoccuperei degli attacchi dei lupi. Non ho mai sentito niente del genere.»

«Un lupo ha letteralmente cercato di saltare attraverso la finestra di mia sorella» disse Lincoln. «Ha rotto la zanzariera e tutto il resto.»

Lo sguardo di Rayne si spostò verso il tavolo dove sedevano i coglioni alfa.

Sì. Lei era una di loro e sapeva che era stato Abe.

Avrei dovuto stare molto attenta con lei. Non sapevo se potevo fidarmi che non mi avrebbe denunciata se avesse sospettato che conoscevo il loro segreto.

E non esisteva alcuna possibilità che io avrei mai più permesso a qualcuno di avvicinarmi di nuovo a un vampiro. Avrebbero dovuto uccidermi prima.

Suonò la campanella e mi fermai solo per trovare Abe e i suoi amici proprio dietro di me. Lui mi ignorò di nuovo – o finse di farlo – ma sentii un tocco leggerissimo sulla parte bassa della schiena mentre passava, un fugace riconoscimento che questo fine settimana era stato reale.

Il bullo della scuola Abe era una finzione.

Quando arrivai alla lezione successiva arrivò un altro messaggio.

Abe: *Ci vediamo stasera allo chalet. 18:30. Non ti deluderò.*

Il cuore mi andò su di giri come un motore appena avviato. Il corpo si riscaldò, ricordando tutte le sue abilità tutt'altro che deludenti. Sarei andata sicuramente.

Eppure, non risposi.

Se voleva far finta che non esistessi, lo avrei fatto soffrire.

Abe: *Hai detto a tutta la scuola che volevi che ti cancellassi. Voglio solo darti ciò di cui hai bisogno.*

Io: *Ci penserò.*

Abe: *Aspetterò. Se non vieni, la punizione sarà d'obbligo.*

* * *

Dopo cena, dissi a Lincoln e a mio padre che sarei andata in biblioteca e guidai la Tesla verso le strade sterrate che conducevano allo chalet di Abe.

Il problema era che le strade non erano contrassegnate o nominate e non avevo certo un indirizzo da inserire nel sistema di navigazione Tesla.

Conoscevo la strada a piedi, però. Finii per accostarmi al lato della strada e parcheggiare per fare un'escursione fino a lì. Il sole era appena tramontato, lasciando le montagne a risplendere di una magica combinazione di rosa e viola.

Ricevetti una scarica di dopamina mentre camminavo, sapendo cosa mi aspettava. Per la prima volta, assorbii davvero la bellezza che mia madre aveva visto qui, non in modo piatto e privo di emozioni, ma la sentii dritta nel petto. Come un palloncino che si espandeva e mi faceva sentire più leggera.

Non avevo indosso calzature adeguate a un'escursione: avevo un paio di infradito in pelle Manolo Blahnik, ma ora non dovevo essere troppo lontana dallo chalet o dalla strada che conduceva lì.

Era più rocciosa di quanto ricordassi, però, e dovetti farmi strada tra le pietre più grandi, evitando le aree spinose. Una delle rocce si spostò sotto i miei piedi e, prima ancora che mi rendessi conto del pericolo, un serpente attorcigliato sotto di essa mi colpì la caviglia.

Urlai e scalciai, cadendo sulle mani e sulle ginocchia.

Il serpente strisciò di nuovo sotto le rocce.

Oh Dio. Era un serpente a sonagli? Ero in grossi guai in questo momento?

Cercai di rimettermi in piedi, ma zoppicai solo pochi passi prima di non riuscire più a sostenere il peso sul piede. Si gonfiò fino a raddoppiare le sue dimensioni in meno di sessanta secondi.

Mi tremavano le mani. Il mio respiro si fece singhiozzante. Ero già sotto shock. Feci per prendere il telefono, ma doveva essere caduto quando ero inciampata. L'oscurità stava calando velocemente mentre provavo a strisciare indietro.

Oh, cazzo.

Per favore no. Per favore, non era possibile che stesse succedendo. Vidi il mio telefono sporgere dalla stessa fessura in cui era scomparso il serpente.

Non esisteva alcuna possibilità che io infilassi la mano lì dentro.

E se pensavo di non essere già completamente fottuta, le cose peggiorarono ancora. Perché sentii lo stridore delle rocce dietro di me.

Non era un altro serpente.

Era peggio.

Un gigantesco orso grizzly si lanciò verso di me su quattro zampe, con le sue fauci giganti aperte in un ruggito.

* * *

ABE

Non era venuta.

Non ero così arrogante come fingevo di essere, ma pensavo che sarebbe venuta. Sapevo che le era piaciuto il tempo trascorso insieme lo scorso fine settimana. Aveva detto che le avevo fatto provare di nuovo certe cose.

Sapevo che non era ossessionata da quel suo ex.

Allora perché non era qui?

Controllai il telefono per la quindicesima volta per vedere se aveva risposto a qualcuno dei miei messaggi, ma non l'aveva fatto.

Uscii sulla veranda dello chalet, cercando di decidere cosa fare. Dovevo andare a casa sua? In caso, sarei dovuto andare sotto forma di lupo per spiare o rimanere in forma umana e strisciare di nuovo attraverso la sua finestra?

All'improvviso mi venne una fitta cerebrale e inciampai, sentii un dolore bruciarmi dietro gli occhi e attraverso il cranio. Sussultai e ansimai, cercando di calmare il mio corpo e di riportare indietro i miei occhi umani.

Lauren era vicina? Non avevo sentito il suo odore. Non era questo che mi aveva turbato.

Mi si rizzarono i peli sulla nuca. Questo sembrava diverso.

C'era qualcosa di sbagliato. Molto sbagliato.

Anche se non riuscivo a vedere, forzai le gambe per avvicinarmi alla mia Range Rover. Il bisogno di arrivare da Lauren mi opprimeva.

Prima che la vista mi si schiarisse, sentii uno scricchiolio del sottobosco. Il rumore di qualcosa di grosso che si muoveva molto velocemente verso di me.

Mi irrigidii, il mio corpo si preparò a muoversi per proteggermi. Sentii l'odore dell'orso un attimo prima che la mia vista si schiarisse. Divorò lo spazio tra di noi con un'andatura enorme. Stavo per mutare, ma intravidi qualcosa tra le sue potenti mascelle.

Un sandalo da donna.

Il sandalo di *Lauren.*

La rabbia aumentò e il mio lupo era irrazionalmente preparato a combattere questo orso fino alla morte se le avesse fatto del male. Ma l'orso agitò la sua grande testa e mi gettò il sandalo ai piedi, poi si girò.

«Lei dov'è?» gridai mentre lo prendevo. Stavo già correndo dietro di lui.

Rugliò forte – un rumore da brivido – ma continuò a correre, quindi lo seguii.

Il mio cervello razionale stava iniziando a mettere insieme le cose. Non le aveva fatto del male. Era venuto qui per prendermi. Ma allora era ferita. C'era qualcosa che non andava.

Questa consapevolezza mi fece correre più veloce di quanto avessi mai fatto prima in forma umana. Quasi raggiunsi l'orso.

E poi sentii le urla di Lauren.

«Aiuto!»

«Lauren!» gridai di rimando, correndo ancora più veloce. «Sto arrivando! Dove sei?»

«Abe! Ti prego. Qui.» Stava piangendo. Era decisamente spaventata.

Il mio lupo era frenetico. Io ero frenetico.

«Lauren!» La trovai seduta su alcune grandi rocce. Aveva le ginocchia spellate e il piede senza sandalo era enorme.

Mi accovacciai accanto a lei. «Sei caduta? Cos'è successo, tesoro?»

Stava piangendo, una specie di singhiozzo isterico e iperventilato. «Un serpente!»

«Oh merda.» La sua pelle gonfia era striata di segni scuri lungo le vene, e vidi i segni del morso alla caviglia. «Un serpente a sonagli?» La presi tra le braccia, girandomi per cercare l'orso, ma era scomparso.

«Non credo. Insomma, non ha vibrato.»

Cominciai a correre verso il mio veicolo. Questo non andava bene. Doveva essere il morso di un serpente a sonagli. Le strisce scure erano il veleno che viaggiava verso il suo cuore. L'avrebbe uccisa? Sapevo che erano velenosi per gli esseri umani. Non ero sicuro di quanto fosse mortale.

«No, alcuni non lo fanno. Gli esseri umani uccidono quelli che vibrano, quindi si stanno evolvendo in modo da non renderlo più evidente.»

Lauren mi mise le braccia attorno al collo. Cercai di non sballottarla troppo mentre correvo più veloce che potevo verso la macchina. «Non preoccuparti, tesoro. Ti porto all'ospedale. O da mio padre. O qualunque cosa ti serva. Andrà tutto bene.»

«Dopo che il serpente mi ha morso, un orso ha cercato di attaccarmi.» Lauren sembrava traumatizzata.

«Cosa intendi con attacco?»

«Come se fosse venuto dritto verso di me. Ho urlato e lanciato sassi finché non se n'è andato.»

«Penso che quell'orso ti abbia salvata. Mi ha portato la tua scarpa, quindi l'ho seguito.»

Lei si calmò, i suoi singhiozzi si placarono, parte della tensione nel suo corpo si allentò.

«Davvero?»

«Sì.» Arrivai alla Range Rover e aprii la portiera del passeggero, poi chiamai mio padre mentre correvo verso il lato del conducente.

«Papà, sono con Lauren Sterling ed è appena stata morsa da un serpente a sonagli.»

«Dove sei?»

Esitai solo un momento. Era in gioco la vita di Lauren. Avrei potuto occuparmi di spiegare cosa stavo facendo con un essere umano più tardi. «Allo chalet.»

«Deve andare in ospedale, ma ho l'antiveleno in studio. Ci vediamo lì e verrò con te in ospedale.»

«Arrivo tra dieci minuti.» Attaccai e guardai Lauren. Era pallida, i suoi occhi color verde acqua risaltavano sulla pelle.

«Mio padre è un medico. Ha l'antiveleno in studio. Lo raggiungiamo lì mentre andiamo all'ospedale.»

Lei annuì. «Il mio telefono è ancora lì. È caduto nella fessura in cui è entrato il serpente, quindi non ho potuto chiedere aiuto.»

«Oh, tesoro. È davvero terribile. Mi dispiace che ti sia successo.»

«Fa molto male. Penso di essere sul punto di vomitare.» Abbassò il finestrino e sporse la testa fuori dal finestrino. Dopo qualche istante, chiese: «Quindi l'orso era un mutaforma?»

Durante il fine settimana mi aveva mandato un messaggio chiedendomi se esistesse qualcosa come un orso mutaforma, e io le avevo detto di sì.

«Sì. Uno vecchio. Non dovrebbe essere nel territorio dei lupi, ma l'ho già visto. A dire il vero, l'ho visto quel giorno che tu sei quasi caduta dal dirupo. Non te l'ho mai detto, ma aveva la tua lettera. Ho dovuto rivolgermi a lui per riaverla indietro.»

«Hai parlato con lui?»

«No, è rimasto in forma di orso. Non so se sta diventando senile ed è per questo che è fuori dal suo territorio, o cosa.»

Guidai più veloce di quanto fosse sicuro lungo le strade sterrate, poi superai di tre volte il limite di velocità in città per raggiungere lo studio di mio padre.

Stava aspettando lì davanti con la sua borsa di emergenza. Spalancò la portiera del passeggero. «Ciao, Lauren. Sono il dottor Oakley, il padre di Abe. Ho un antiveleno che ti somministrerò prima di andare in ospedale, ok?»

«Va bene.» La voce di Lauren era quasi un sussurro e tremava.

Abbandonai il mio piano di far finta di averla incontrata per caso. Il bisogno di calmarla e di prendermi cura di lei era troppo forte. Mi avvicinai e le massaggiai la nuca mentre mio padre le faceva l'iniezione.

Se aveva notato che ero troppo intimo con questa umana, non lo lasciò intendere. Salì sul sedile posteriore e allacciò la cintura di sicurezza.

Partii per l'ospedale giù a Cave Hills. «Hai già chiamato tuo padre?» chiese mio padre.

«Il suo telefono è nella tana del serpente» spiegai.

"Beh, tu lo hai un telefono. Dovrebbe raggiungerci lì. È una cosa seria, figliolo.» Ora sentii del giudizio nella voce di mio padre.

«Starà bene?» Mi costrinsi a fare la domanda, con il cuore che mi batteva dolorosamente contro lo sterno.

«I morsi dei serpenti a sonagli sono raramente fatali. Circa una persona su seicento muore a causa loro. Da quanto è successo?»

La parola *fatale* mi rimbalzò all'interno del cranio e mi fece premere l'acceleratore fino in fondo.

«Lauren?» chiese mio padre quando nessuno dei due rispose. «Quanto tempo fa sei stata morsa?»

Lauren iniziò a tremare. «Uhm... non ne sono sicura.»

Mi tolsi la cintura di sicurezza e mi sfilai la maglietta mentre guidavo ancora a centoventi chilometri all'ora lungo la strada.

«Abe! Cosa fai?» sbottò mio padre.

Misi la maglietta su Lauren. «Ha freddo, papà. Sta andando in shock o qualcosa del genere.» Accesi il riscaldamento al massimo anche se probabilmente c'erano ancora ventidue gradi fuori. «Da quanto tempo eri lì prima che arrivassi da te?» chiesi a Lauren.

«Non lo so, mi è sembrata un'eternità, ma probabilmente non è passato così tanto tempo. Quindici o venti minuti.»

«Okay, allora diciamo venti minuti prima del mio arrivo e

altri venti finché non le hai dato l'antiveleno. Starà bene?»
Cercai di nascondere il panico nella mia voce.

«Sì. Starà bene. È una cosa seria, però. Starà in terapia
intensiva. Il veleno provoca il blocco di tutti gli organi.»

Terapia intensiva. Fanculo!

Odiavo che questo fosse successo sotto i miei occhi. Stava
venendo a trovare me. Il mio istinto era di proteggerla, ma
l'avevo messa in pericolo. Mi sarei dato un pugno in faccia.

Mi avvicinai per massaggiarle il ginocchio e scoprii che la
sua pelle era ghiacciata. «Lauren?»

Il mio bellissimo essere umano era accasciato contro lo
sportello.

«Papà...*papà!* È svenuta, è fredda. Cosa devo fare?»

CAPITOLO DICIANNOVE

Lauren

Oh.

Aprii gli occhi e fissai un soffitto di lampade fluorescenti rettangolari.

Provai a muovermi, ma avevo una flebo attaccata al braccio e il dolore al piede e alla caviglia era insopportabile.

Gemetti dentro una maschera di ossigeno.

Quanto tempo era passato da quando ero stata morsa? Ricordavo alcuni momenti di quando ero arrivata qui, ed ero stata spostata, manovrata, pungolata. Era passato un giorno? Tre? Dov'era la mia famiglia? Lincoln o mio padre? Dov'era Abe?

«Bene. Sei sveglia.» Sbattei le palpebre mentre un dottore estremamente piazzato entrò dalla porta aperta. Il camice bianco sembrava troppo piccolo per le sue spalle larghe. Folte sopracciglia bianche gli incorniciavano gli occhi.

Abbassai la maschera per l'ossigeno. «Da quanto tempo sono qui?» gracchiai.

«Sono passate trenta ore da quando sei stata portata qui.»

"Mio padre è qui? O mio fratello?»

«È tardi. Sono andati a casa a dormire. Come ti senti?»

«Uno schifo. Mi pulsa tutta la gamba.»

«Hai molto caldo? Formicolio? Ossa doloranti? I morsi della fame?»

«N-non lo so.»

Prese un barattolo di vetro pieno di un liquido marrone. «Devi bere tutta questa cosa.»

Potevo essere intontita, ma non ero stupida. Nessun medico distribuiva le medicine in un barattolo di vetro.

Cercai di sedermi.

«Stai tranquilla, ecco.» Mise un braccio dietro di me e mi fece sedere facilmente.

Rimasi a bocca aperta. «Chi sei?»

Abbassai lo sguardo sulla targhetta con il nome sul suo camice bianco. «Sono il dottor Wesson.» Alzò lo sguardo e mi porse il barattolo con la grande mano nodosa. «Ora bevi questo. Tutto in una volta, in modo da ottenere il dosaggio giusto.»

«Che cos'è?»

«Tè di garrya fremontii, *il cespuglio dell'orso*. A meno che tu non voglia passare la prossima settimana in terapia intensiva, berrai subito l'intero contenitore.»

Tè di cespuglio dell'orso.

Non presi il contenitore. «Sei tu l'orso» lo accusai trionfante. Ero felice che il mio cervello confuso fosse riuscito a capire qualcosa in questo momento. «Hai portato tu Abe da me.»

Questo lo fece attivare. Chiuse il barattolo e lo piazzò accanto a me sul letto d'ospedale, poi tornò indietro verso la porta. «Bevi il tè, Lauren» –mi puntò un dito mentre varcava la porta aperta– «se vuoi uscire di qui senza zoppicare. Questa è l'unica cosa che ti guarirà.» Fece per andarsene poi si girò. «Ci ho messo dentro il miele, così non avrà un sapore terribile.» E poi se ne andò, togliendosi la cuffia chirurgica e il camice da medico mentre camminava lungo il corridoio.

Lo guardai, cercando di ricordare cosa fosse successo la notte in cui ero stata morsa. L'orso era venuto balzando verso di me. Aveva spinto quelle lunghe braccia in fuori verso di me. Stava cercando di venirmi a prendere? Tutto quello che avevo visto erano artigli e zanne. Avevo pensato che stesse cercando di attaccarmi, quindi avevo urlato e lanciato sassi. Doveva aver capito che non gli avrei permesso di aiutarmi, quindi aveva scelto Abe.

Stappai il barattolo di vetro e annusai. Aveva l'odore del miele. Lo portai alle labbra e ne bevvi un piccolo sorso. Nel momento in cui lo feci, il mio corpo ne desiderò altro.

Era come quando con tanta sete si beve un sorso d'acqua per ritrovarsi poi a mandar giù tutto il bicchiere. Svuotai il barattolo prima ancora di sapere cosa stavo facendo. Non appena finii, il mio cervello si schiarì.

Il dolore alla gamba si attenuò. Riuscii a respirare profondamente.

Mi guardai intorno. Non entrava luce dalle finestre. L'orologio segnava l'una. Di mattina? *Pareva di sì.*

Volevo uscire di qui. Calore e formicolio arrossarono il mio corpo. Mi tolsi la flebo dal braccio e gettai via le coperte. All'improvviso non potei sopportare di essere rinchiusa lì dentro per un altro minuto. Se non avessi preso un po' d'aria fresca, sarei svenuta.

Alzai le gambe dal letto e appoggiai con cautela il peso sui piedi. La caviglia pulsava, ma mi sostenne.

Vidi i miei vestiti piegati in un angolo e mi avvicinai zoppicando. Anche il mio telefono era in cima alla pila. Abe doveva essere andato a cercarlo per me.

Sentii la gente parlare nel corridoio e mi immobilizzai,

ma passarono senza guardare dentro. Mi infilai frettolosamente i vestiti e infilai i piedi nelle infradito. Il piede era ancora gonfio e c'erano strisce scure e minacciose che salivano lungo la gamba, ma il calore e il formicolio si erano spostati in quella direzione, quasi come se stessero lavando via il veleno.

Scivolai fuori dalla porta, tenendo la testa bassa e camminando velocemente finché non trovai la via d'uscita dall'ospedale dove presi una boccata d'aria fresca.

Continuai a muovermi, una certa urgenza di allontanarmi dall'ospedale e dalla città in generale mi spinse ad andare avanti. Fu in quel momento che vidi la Range Rover di Abe.

Abe era dentro, dormiva contro lo sportello del conducente come se fosse stato qui per tutte le trenta ore.

Bussai al finestrino e lui si svegliò di soprassalto. «Lauren!» Spalancò la portiera e mi avvolse in un abbraccio gigantesco. «Destini, cosa ci fai fuori dal tuo letto d'ospedale? Come è possibile che cammini?»

«Abe, grazie a Dio sei qui. Sto bene. Ho dolore, ma sto assolutamente bene. Non vedo l'ora di tornare a casa.»

Abe mi cullò il viso, scrutandolo, con le sopracciglia abbassate. «Sì.» Sembrava sorpreso. «Stai bene. Molto meglio di qualche ora fa. Tuo padre mi ha lasciato entrare nella stanza per vederti.»

Non so cosa mi impedì di raccontargli dell'orso e del tè, ma tenni per me questa informazione. Per qualche ragione, in questo momento sembrava che ci fosse qualcosa tra me e il vecchio orso mutaforma.

«Mi porti casa?»

«Certo.» Abe mi lasciò andare lentamente, come se fosse riluttante a farlo. Poi sembrò cambiare idea e mi prese tra le braccia per camminare verso il lato passeggero dell'auto.

Risi. «Posso camminare bene. Zoppico un po', ma non è poi così grave.»

«Non mi interessa» disse burbero. «Sono quasi morto pensando che stavi soffrendo e non c'era niente che potessi fare.»

«Mi porterai anche per i corridoi della scuola?» chiesi.

Naturalmente conoscevo già la risposta. Non poteva. Non lo avrebbe fatto.

Ero l'umile essere umano a cui non poteva essere associato. Diceva che era per la mia protezione, e forse era così, ma non mi piaceva essere il piccolo sporco segreto di qualcuno. Abe e io eravamo nella terra di nessuno. Una relazione proibita con attimi rubati.

Mi fece sedere sul sedile. Vidi il rammarico nei suoi occhi. «Ascolta. Riguardo a noi: ho detto a mio padre che eri fuori a fare un'escursione e ti ho sentita chiedere aiuto, ma considerando che tuo padre ha detto che dovevi essere in biblioteca, era ovvio che stavo mentendo.»

«Beh, solo perché sa che ci saremmo incontrati non significa che io sappia qualcosa di quello che sei, giusto?»

Abe rimase sulla soglia della macchina, accarezzandomi leggermente le cosce con i palmi. «Probabilmente è vero.» Aveva le sopracciglia basse. «Non lascerò che ti accada nient'altro, Lauren. Lo prometto.»

Gli credevo. Non avevo dubbi che lui si prendesse cura di me. Poteva anche far finta che non significassi niente per lui in pubblico, ma avevo visto quanto aveva avuto paura quando ero stata morsa dal serpente. Avrebbe fatto qualsiasi cosa per salvarmi.

Gli afferrai la maglietta e lo attirai a me, sbattendo le labbra contro le sue. Nel momento in cui iniziammo a baciarci, arrossii con un calore febbrile, mi si accese un formicolio su tutta la pelle. Il piede mi pulsava dolorosamente.

Non mi interessava. Ero l'opposto di *insensibile* in questo momento. Ero piena di potere, piena di vita e mi stavo innamorando di questo atleta lupo che sembrava essere parte integrante della mia nuova identità.

* * *

ABE

«Cosa sta succedendo tra te e l'umana?» Mio padre mi lanciò la domanda nel momento in cui varcai la porta dopo aver accompagnato Lauren a casa. Immaginavo che mi stesse aspettando. Spense la televisione.

Sapevo che questa conversazione sarebbe arrivata, ma non avevo ancora una buona risposta.

I mutaforma potevano fiutare le bugie. Nessuna parte di me pensava che mio padre avesse creduto alla storia di Lauren che stava facendo un'escursione. Soprattutto considerando che oggi avevo saltato l'allenamento per andare direttamente in ospedale dopo la scuola.

Questo significava dover restare fedeli alla verità, anche se mio padre l'avrebbe odiata.

«Non lo so.» Alzai le spalle, cercando di sembrare disinvolto. Come se tutta la mia vita non ruotasse attorno a quel bellissimo essere umano. «Siamo usciti per l'homecoming. Volevo uscire con lei di nuovo ieri, ma è stata morsa dal serpente mentre mi veniva incontro. Dovevo assicurarmi che stesse bene.» Feci girare il portachiavi attorno al dito indice come se niente fosse. Come se il mio cuore non avesse quasi smesso di battere quando l'avevo trovata lì in agonia.

Mio padre aggrottò la fronte. Non avrebbe rilevato alcuna bugia perché era tutto vero.

«Il coach Jamison ha chiamato per dire che hai saltato l'allenamento. Non puoi saltare l'allenamento senza avere prima la sua autorizzazione. Lo sai.»

Sì, ma non stavo pensando razionalmente.

«Sentivo che stava per verificarsi una crisi e ho pensato

che fosse meglio stare lontano dalla squadra. Inoltre, ho dovuto portare a Lauren il suo telefono.»

Anche questa non era una bugia. Lo stress e la preoccupazione per Lauren mi stavano uccidendo. Oggi, la mancanza del suo profumo a scuola mi aveva causato un mal di testa che non se n'era andato finché non era salita sulla mia auto stasera.

Mio padre si alzò dal divano e tirò fuori dalla tasca una torcia, puntandomela negli occhi. Restai rigido per l'esame.

«Stai bene adesso» osservò mio padre, spegnendo la torcia e rimettendola in tasca. «Ci sono gli scout di tre istituti diversi che verranno alla tua partita giovedì sera e decidi che è meglio saltare l'allenamento? Stai cercando di rovinare il tuo futuro?»

Lauren era il mio futuro, ringhiò il mio lupo.

«Non so nemmeno se riuscirò ad andare all'università di questo passo, papà» sbottai.

Lui si tirò indietro, come se gli avessi dato un pugno, aprendo la bocca per lo shock.

«Non riesco a leggere i compiti che vengono distribuiti, non riesco a concentrarmi sulle parole alla lavagna. Sarà ottimo se riesco ad ottenere una borsa di studio per il football all'ASU, ma non so come riuscirò a superare le lezioni.

Mia madre uscì dalla loro camera da letto richiamata dalla mia voce alta. «Tesoro, non sapevo che stesse andando così male.»

«Nemmeno io» disse mio padre.

L'odore dell'angoscia di mia madre raggiunse entrambi, e l'istinto di mio padre di calmarla apparentemente prevalse sul suo bisogno di torchiarmi. Raggiunse mia madre e la tirò contro il suo fianco, avvolgendole un braccio attorno alla vita in modo protettivo.

«Possiamo eseguire più test», disse mio padre. «Deve

esserci un modo per identificare i fattori scatenanti e ridurre la loro incidenza.»

«Non voglio più essere il tuo topo da laboratorio!»

«Abe» mi avvertì mia madre.

«Qual è la tua soluzione, figliolo?» Il tono di mio padre era tagliente. «Non riesci ad andare bene a scuola, ma non vuoi identificare i tuoi fattori scatenanti. Come dovrei aiutarti?»

«Dovresti fare un passo indietro quando sto facendo del mio meglio! Non ho bisogno né voglio che tu risolva i miei problemi per me. Questa è la *mia* vita. Lasciami capire le cose da solo!» Uscii senza essere congedato, percorrendo a passi pesanti il corridoio fino alla mia stanza.

* * *

Dopo un allenamento estenuante in cui Coach Jamison mi fece fare delle flessioni tra una giocata e l'altra come punizione per essere mancato ieri, feci una doccia e guidai fino a Moongaze Hill.

Lauren non era venuta a scuola oggi, ma le avevo mandato un messaggio e diceva che si sentiva bene ed era rimasta a casa solo perché suo padre era spaventato perché aveva lasciato l'ospedale senza essere stata dimessa.

Aveva detto che potevo andarla a prendere per fare un giro dopo l'allenamento.

Sapevo che era sconsiderato. Essere visto con lei avrebbe rovinato completamente la mia reputazione, ma non riuscii a trattenermi. Avevo bisogno del suo profumo nelle narici. Desideravo toccare il suo corpo succulento. Avevo bisogno di vedere con entrambi i miei occhi che stava davvero bene.

Parcheggiai davanti a casa sua e salii i gradini fino alla porta. A metà strada, improvvisamente mi innervosii. Avevo vissuto a Wolf Ridge tutta la mia vita. I miei genitori erano membri del vertice del branco, mio fratello era presidente di classe e una stella del football, e io ero il capitano della squadra della Wolf Ridge High. Non c'era nessun posto in questa città in cui le persone non mi conoscevano già e non mi rispettavano. Ma eccomi qui a bussare alla porta di un essere umano. Forse avrei dovuto avere un aspetto rispettabile in caso avessi incontrato suo padre.

Ma fu Lincoln ad aprire la porta.

Strinse gli occhi mentre mi osservava, ma si allontanò dalla porta per farmi entrare. L'avevo visto in ospedale lunedì sera dopo che io e mio padre avevamo portato Lauren, ma a parte il fatto che io avevo ripetuto la mia storia di aver trovato Lauren morsa in un sentiero, non avevamo avuto molto da dirci.

«Lauren!» gridò, fissandomi con sospetto.

«Ehi» dissi.

«Cosa stai facendo esattamente con mia sorella, Oakley?»

Alzai le spalle. Cavolo. Prima mio padre, ora Lincoln. «Stiamo solo uscendo.»

«Sì? Sei stato uno stronzo con lei da quando è iniziata la scuola e all'improvviso vuoi uscire con lei? Non capisco.»

Mi attraversò una sensazione di malessere. Non pensavo che la mia stronzaggine avesse infastidito Lauren. Sembrava completamente impermeabile, ma il fatto che il suo gemello ne avesse parlato mi fece temere di averle fatto del male.

Lauren apparve dietro a Lincoln. Non zoppicava affatto, camminava solo un po' con cautela, e lungi dall'apparire malata, la sua pelle, il suo viso, il suo volto apparivano decisamente luminescenti. «Eh, è ancora uno stronzo, ma posso gestirlo.» Si mosse proprio accanto a me e suo fratello, riuscendo in qualche modo a uscire impettita dalla porta con una caviglia ferita.

Non riuscii a impedirmi di lasciarmi andare a un sorriso lento. «Può farlo» mormorai, facendo girare le chiavi attorno al dito mentre la seguivo fuori, con gli occhi puntati sul suo culo succoso, che sembrava fantastico fasciato in un paio di pantaloncini neri che si adattavano alle sue curve.

Sentii Lincoln emettere un verso di disapprovazione mentre chiudeva la porta, ma non mi interessava. Ero tornato nello stesso spazio di Lauren, esattamente dove il mio lupo non vedeva l'ora di essere.

Corsi per arrivare prima alla portiera del passeggero, aprendola come un gentiluomo e poi prendendola per la vita per farla salire.

«Esibizionista» disse.

Destini, era così ricettiva in questo momento. C'era qualcosa di diverso in lei. Se possibile, sembrava ancora più sexy di prima. Le sue tette erano gonfie sotto un top corto attillato. Le sue gambe tornite sembravano più abbronzate di prima e il piano piatto della sua pancia sembrava fin troppo baciabile.

Chiusi la portiera e mi girai verso il mio lato, salendo dentro. «Come posso farti eccitare?» chiesi mentre mettevo in moto.

La risata di Lauren fu gutturale. Sexy da morire. «Quali sono le mie opzioni?»

«Tuffi dal dirupo? Montagne russe? Gara di resistenza? No, lascia perdere, non c'è alcuna possibilità che ti metta di nuovo in serio pericolo.»

Aveva un sorriso dolce e invitante. Assolutamente inebriante. «Stavo pensando a qualcosa di più simile a una capanna nel bosco. Tranne per la parte del serpente a sonagli in cui mi sono imbattuta per strada l'ultima volta.»

Lo chalet. Il mio lupo agitò il pugno in aria. Avevo ragione riguardo al fatto che la sua energia era ricettiva. Non sapevo cosa fosse cambiato, se era stato il fatto che l'avevo salvata quando era spaventata o che avevo dimostrato che ci tenevo rimanendo in ospedale dopo, ma l'energia che mi stava trasmettendo ora era innegabile.

Le tempie mi pulsarono per uno spasmo muscolare dietro gli occhi. Sbattei le palpebre rapidamente e trattenni il respiro per evitare di inalare il suo profumo finché non passava.

«Capanna nel bosco sia.» Partii, percorrendo il breve tratto fino alla strada che conduceva allo chalet.

«Ah, *ecco dov'era* la strada» disse Lauren. «Non sono riuscita a trovarla, quindi ho parcheggiato e ho provato a proseguire a piedi.»

Gemetti. «Vorrei che mi avessi chiamato, Perle.»

Lei gemette mestamente. «Anche io.»

Parcheggiai allo chalet e spensi il motore. «Dimmi che posso legarti di nuovo.»

Spalancò la portiera. «Prendimi se ci riesci!» Saltò giù dalla Rover e si precipitò verso il bosco, il leggero zoppicare nella sua corsa la rendeva adorabile.

Il mio cazzo, già lungo nei pantaloni solo per esserle stato vicino, diventò duro come la roccia. Le corsi dietro, catturandola prima che entrasse nel bosco e facendola girare. La feci salire sulle mie spalle per correre verso lo chalet, dove aprii la porta d'ingresso ed entrai.

Lauren mi morse la schiena, mi strinse il culo. Era più selvaggia di una lupa stasera.

Era così sexy.

La adagiai delicatamente sul divano. Nonostante la nostra scenetta, ero ancora nervoso pensando alla sua esperienza di premorte con il serpente a sonagli. Se stasera le avessi causato anche solo un po' di dolore in più, mi sarei preso a calci nelle palle.

Nel momento in cui la misi giù, mi strinse la maglietta e mi fece sedere accanto a lei sul divano con più forza di quanto credessi. Immaginavo che le femmine umane non fossero del tutto deboli.

Si arrampicò sulle mie ginocchia, strappandomi via la maglietta dalla testa.

«Oh, okay» risi. «Quindi è così che giochiamo.»

Mi morse la spalla, dondolando i fianchi sul mio cazzo dolorante.

«Vuoi legarmi tu questa volta, Perle?»

Mi sbottonò i pantaloncini.

«Ahhuh» gemetti quando mi tirò fuori l'erezione con una presa salda.

«Voglio solo stare sopra stasera.» Scivolò giù dal divano e si mise in ginocchio. Quando prese il mio cazzo tra quelle labbra imbronciate, succhiandone la cappella, emisi un altro gemito. Di questo passo, non sarei durato più di un minuto.

«Immagino che il morso di serpente sia stata la migliore esperienza di premorte finora. Sei più che viva in questo momento, tesoro. Sei in fiamme.»

Prese ancora più cazzo in bocca e io tremai di piacere. «Mi sento viva» disse, liberandosi e tenendo con il pugno la mia già enorme erezione.

Riprese il cazzo in bocca, dondolando la testa su e giù, facendomi impazzire. Si staccò e si sbottonò i pantaloncini, alzandosi in piedi. «Mi sento davvero viva. E sono eccitatissima in questo momento.»

Per poco non raggiunsi l'orgasmo proprio lì. Non c'era niente di più eccitante della bella e gloriosa Lauren Sterling eccitata. Il profumo della sua eccitazione mi drogò. Mi allungai per aiutarla ad abbassarsi i pantaloncini e le mutandine mentre si toglieva le infradito.

«Vieni qui, tesoro.» Le presi le mani e la tirai verso di me. Cominciò a mettersi a cavalcioni della mia vita, ma io le alzai le mani più in alto finché non fu in piedi sulle mie cosce, quindi le alzai un ginocchio e lo misi sopra la mia spalla, così da poter infilare la bocca tra le sue gambe.

«Oh, Abe.» Mi afferrò la nuca e inclinò la figa, così da permettermi di accedervi più facilmente. Separai quel dolce frutto con la lingua, facendola roteare attorno al suo clitoride. Aveva un sapore delizioso. Diverso da prima. Più dolce. Più potente. Assolutamente perfetto.

Il bisogno di marchiarla si manifestò così in fretta che quasi le affondai i canini allungati nella coscia. Mi tirai indietro, ora accecato dal problema tecnico del mio corpo.

Per coprirlo, la presi per la vita e la misi supina sul divano.

«Abe.» Mi tirò su di sé, ma poi arrestò la mia discesa, premendomi una mano sul petto. «Oh. Stai avendo una crisi, vero?»

«Sì.» Era un sollievo poterlo ammettere a lei. Non doverlo nascondere come facevo con tutti gli altri nella mia vita, compresi i miei genitori.

«Di che cosa hai bisogno?»

Scossi la testa, cercando di scacciare il dolore. «No, sto bene.» In parte era vero. Potevo comunque vedere fuori dall'area periferica della mia visione.

Lauren mi spinse via. «Allora lasciami fare il lavoro.» Ci scambiammo di posto e lei si mise a cavalcioni sulla mia vita, afferrando il cazzo per strofinarlo attraverso i suoi succhi viscidi.

«Oh, destino.» Il dolore mi morse le tempie, ma solo perché era bellissimo. Solo perché il mio lupo era in delirio perché non l'avevo ancora marchiata. «Lauren, mi fai impazzire.» Le afferrai i fianchi, sollevandola per allineare la sua entrata con la cappella. La impalai.

Si sistemò sui miei fianchi emettendo la versione femminile di quello che sembrò un ringhio, dondolandosi avanti e indietro per penetrare più a fondo.

Davvero sexy. Questa ragazza mi stava facendo impazzire in questo momento.

Mi spinsi verso di lei, ma lei premette sulle mie spalle. «Comando io, giocatore.»

Mi costrinsi a restare fermo per lei e lei mi cavalcò, trovando il suo ritmo. Si spostò in una posizione che dovette soddisfarla perché restò lì, impegnandosi di più, muovendosi con più intensità. La mia vista si schiarì abbastanza da vedere il suo viso corrucciato nel più tenero sguardo di concentrazione.

Nel momento in cui venne, divenni completamente cieco. Eiaculai, sollevando i fianchi mentre la afferravo per la vita e la tenevo ferma su di me.

I suoi muscoli interni si strinsero intorno al cazzo, mungendolo.

Non ero sicuro se ero svenuto di nuovo o se ero stato semplicemente travolto dall'orgasmo, ma subito dopo mi accorsi che le mani di Lauren mi stavano coprendo gli occhi.

Le tenni i polsi per tenere le dita a posto. Trovavo che quel tocco leggero fosse rilassante, come se potesse attenuare il brusio e la contrazione sotto le mie palpebre. Non mi chiese se stessi bene. Non mi stava dicendo di fare qualcosa come respirare o rilassarmi. Era semplicemente qui con me, sapeva esattamente cosa stesse succedendo e lo accettava.

Dopo pochi istanti il dolore diminuì. Allontanai delicatamente le sue dita e aprii gli occhi. Grazie al destino, riuscivo a vederla. Era circondata da un alone di luminescenza, come la stessa dea della luna.

Sorrise lentamente quando si rese conto che riuscivo a vedere di nuovo. «Sei tornato» disse dolcemente.

«Sì.»

La strinsi al petto, il bisogno di marchiarla scomparve, sostituito da un bisogno molto più tenero di tenerla semplicemente in braccio.

«È strano» dissi contro i suoi capelli. «Ho vissuto a Wolf Ridge tutta la mia vita. Sono cresciuto con i miei migliori amici J. J., Markley, Asher e Seb. E tu sei questa estranea qui, questo essere umano che conosco da meno di due mesi. Ma per qualche motivo, sembra che tu possa conoscermi meglio di chiunque altro.»

Lauren si spinse indietro per guardarmi in faccia. Fece scorrere leggermente le dita sul profilo delle mie orecchie, mandando esplosioni di piacere attraverso il mio sistema.

«Idem» sussurrò.

CAPITOLO VENTI

Lauren

Camminai lungo i corridoi di Wolf Ridge con uno strano senso di potere che mi attraversava.

Non avevo ancora detto a nessuno di aver bevuto quel tè con le setole d'orso, ma ero abbastanza certa che fosse quello il motivo per cui mi sentivo così incredibile. Mi ero svegliata stamattina con più energia di quanta non ne avessi mai sentita. La caviglia mostrava ancora le striature nere di veleno che mi salivano lungo la gamba, ed era ancora leggermente gonfia, ma non mi faceva affatto male.

Il mio riflesso nello specchio mostrava una giovane donna che vibrava di benessere e di vita. Ero luminosa. Molto diversa dalla ragazza insensibile e incapace di piangere che ero solo poche settimane fa.

Mentre prima non mi interessava fare amicizia alla Wolf Ridge High, ora mi guardavo intorno con un'aria di benevola superiorità. All'improvviso mi resi conto che potevo avere tutti gli amici che volevo con il minimo sforzo. Mi resi conto che era sempre stato così, ma prima non avevo fatto alcuno sforzo.

Non credevo che qualcuno qui valesse la mia energia, ma era perché non mi stavo dando alcuna energia. Avevo bloccato il flusso della mia forza vitale.

Quando entrai a chimica, lo sguardo di Abe si posò su di me, poi lo distolse rapidamente. Durante la lezione tenne la testa bassa e prese appunti, forse per la prima volta in assoluto.

Ieri sera mi sentivo così legata a lui, ma oggi era tornato a fingere che io non valessi niente. La cosa non mi avrebbe nemmeno colpita prima. Ma era quando non mi importava. Quando non sentivo niente.

Ora, mi feriva. Il mio magnifico umore crollò su sé stesso.

Abe mi mandò un messaggio verso la fine della lezione. *Sei bella da mangiare.*

Non risposi.

Arrivò un altro messaggio: *Stasera ho una partita, ma voglio vederti.*

Lo ignorai. Ero stanca di essere il suo piccolo sporco segreto. Non mi piaceva sentirmi come se non fossi abbastanza solo perché non ero un lupo.

In qualche modo, percepii l'agitazione di Abe alla mia mancata risposta. Non guardai dalla sua parte, ma quando mi alzai per uscire alla fine della lezione, sentii il suo sguardo bruciarmi sulla schiena.

«Come va, principessa di ghiaccio?» gridò uno dei suoi amici – Asher, forse – mentre mi passava accanto. Ridacchiò e tese un pugno affinché Abe lo colpisse, il che significava che doveva essere proprio dietro di me.

Mi fermai e gli concessi tutta la mia attenzione. «Come va, perdente?» gli risposi con voce allegra.

Anche Asher si fermò.

Abe mi urtò da dietro. La sua mano trovò il mio fianco. La scansai.

Stavamo bloccando tutto il passaggio nel corridoio affollato adesso.

«Ooh, sei troppo per tutti noi, non è vero, riccona?»

«Smettila» ringhiò Abe.

Asher lo guardò sorpreso.

Sentii che Abe faceva un passo indietro, lontano da me. Mi girai per guardare e vidi che le sue narici si stavano allargando e gli occhi erano diventati blu ghiaccio. Sembrava sbilanciato. Non ero sicura che riuscisse a vedere qualcosa in questo momento. Stava avendo una delle sue crisi.

«Amico... tu sei pa-» Asher si toccò la tempia.

Abe crollò a terra come un mucchietto senza vita. Sbatté la testa contro il duro linoleum con uno schianto terribile.

«Oh merda.» Mi inginocchiai accanto a lui.

Il corpo di Abe aveva le convulsioni. Non so se fosse stata la sua facciata a farmi credere che potesse davvero gestire quello che gli stava succedendo prima, ma mi resi conto che era solo una spacconata. Abe aveva un grave problema medico che nascondeva per paura di apparire debole. Il terrore mi colpì il cuore a questo punto.

«Sta avendo un attacco!» urlai. «Andate a cercare un insegnante.» Gli strinsi la testa per evitare che la sbattesse a terra. Le gambe di Abe sussultavano, il suo corpo era accasciato.

Oh Dio.

Le persone si affollarono intorno a noi, i ragazzi erano accalcati per vedere, tutti ci fissavano.

«State indietro» agitai un braccio. Avevo lo stomaco in gola. «Qualcuno chieda aiuto!»

Le lacrime mi infiammavano gli occhi.

Abe fece un respiro profondo con un enorme sibilo, poi si sedette, ansimando. Sbatté le palpebre, i suoi occhi tornarono ad essere grigio ardesia. Si guardò intorno e vide tutti quelli che lo fissavano. «Fanculo.» In un attimo era di nuovo in piedi mentre io ero ancora in ginocchio a terra.

«Amico» disse Asher, con gli occhi spalancati. «Cosa ti è successo?»

«Abe, devi smetterla di fingere di stare bene, quando non è così.» Mi alzai in piedi. «Hai bisogno di aiuto: questa cosa è pericolosa. E se accadesse mentre stai guidando o qualcosa del genere?»

Abe si passò una mano sul viso, osservando la folla di persone intorno a noi. Avrei dovuto aspettarmelo, ma mi colpì come uno schiaffo quando il suo viso si contorse in un'espressione di disprezzo fin troppo familiare. «Non fingere di conoscermi, principessa.» Mi fece segno di andarmene. «Torna alla tua villa. Non hai idea di cosa stia realmente succedendo.»

Cosa stia realmente succedendo?

Era questo il suo modo di fingere che non sapevo che era un lupo?

La novità? Non mi interessava. Abe avrebbe potuto trovare un milione di altri modi per proteggermi. Si stava comportando da stronzo, come era sempre stato.

Il motivo per cui avevo pensato di potermi davvero preoccupare di qualcuno viziato come lui andava oltre la mia comprensione.

«Sì, continua a nasconderti con le stronzate. Questo è ciò in cui sei bravo.»

Abe si stava già allontanando da me, reindirizzando la folla lontano dalla scena che voleva disperatamente evitare. Non mi aveva nemmeno degnata della dignità di una risposta.

Lo guardai allontanarsi: quelle spalle larghe sembravano appartenere a un uomo, non a uno studente delle superiori. La mia continua attrazione per lui mi colpì in modo doloroso.

«Hai così tanta paura che tutti pensino che sei debole, Abe» dissi alle sue spalle.

Lui non si voltò ma gli altri si fermarono ad ascoltarmi. Volevano sapere cosa osavo dire al loro re.

«Beh, *sei* debole. Hai così paura di mostrare chi sei veramente alle persone intorno a te, e questo ti rende il più grande codardo di questa scuola.»

Girò la curva senza mai voltarsi indietro.

Sbattei le palpebre rapidamente, lottando contro le lacrime calde che minacciavano i miei occhi.

Rayne apparve al mio fianco, con un'espressione aperta e preoccupata. «Stai bene?» mormorò, prendendomi il braccio e trascinandomi nella direzione opposta ad Abe.

«No.» Combattei contro l'ondata di emozioni che mi soffocava. «Ma starò bene.» Raddrizzai le spalle e tenni la testa alta mentre uscivo dalla scuola.

Non avevo bisogno di Abe Oakley.

Avevo me adesso.

Lui e tutti i suoi amici alfa potevano andare a farsi fottere.

Avevo ufficialmente chiuso.

* * *

ABE

Superai il pubblico entrando negli spogliatoi, anche se oggi non ci allenavamo a causa della partita di stasera.

Avevo appena fatto una cazzata. Alla grande.

Mi ci vollero alcuni minuti per capire il motivo per cui il cuore mi batteva forte, ed ero gelato dalla paura. Non era perché tutta la scuola mi aveva appena visto avere una specie di attacco convulsivo. Non era perché un essere umano mi aveva appena dato del codardo davanti a tutti.

Era perché avevo ferito Lauren.

Nel momento in cui tirai fuori la testa dal culo, corsi fuori dalle porte verso il parcheggio. «Lauren!» La vidi salire dal lato del passeggero della Tesla.

Scostò i capelli ramati e chiuse la portiera.

Lasciai cadere lo zaino e corsi verso la macchina. Dovevo risolvere questo problema prima che fosse troppo tardi.

La bile in gola, però, mi disse che la nave era salpata.

La Tesla stava uscendo dal parcheggio. Corsi verso di esso, raggiungendola proprio mentre arrivano al cancello. «Lauren!» Colpii con la mano il retro dell'auto, come se toccarla li facesse fermare in qualche modo.

Lincoln e Lauren mi ignorarono completamente. Lincoln premette l'acceleratore e la Tesla schizzò fuori dai cancelli, sfrecciando nel traffico e lasciandomi fermo all'angolo, ansimante.

Fanculo.

Tirai fuori il telefono dalla tasca, ma non potevo mandare messaggi perché non vedevo niente. Il dolore mi trafiggeva la testa. La luce del sole mi faceva male agli occhi.

Il mio lupo ululava dentro di me. Urlandomi contro per averla lasciata scappare. Per aver rovinato ciò che avevamo.

Ero il più grande stronzo del campus.

Onestamente non era qualcosa di cui ero mai andato orgoglioso. Lo consideravo un atto, qualcosa di separato dal mio vero io, ma oggi era sembrato vero.

«Amico, cosa è successo prima?» Asher apparve al mio fianco.

Mi piegai in due dal dolore. Non potevo avere un altro attacco. Dovevo andare da Lauren e sistemare la cosa.

«Fanculo. Dovrei chiamare tuo padre?»

«No» ansimai, raddrizzandomi di nuovo. Anche con le palpebre chiuse, il sole cocente dell'Arizona bruciava i miei occhi sensibili. «Puoi guidare?»

«Sì. Sei sicuro?»

Per una volta nella mia vita, resistetti all'impulso di scagliarmi contro di lui per deviare dalla mia debolezza. Lauren aveva ragione. Non era forza, era codardia.

«Non riesco a vedere» ammisi. «I miei occhi da lupo sono difettosi.» Sollevai le palpebre, ma i miei occhi erano in preda a uno spasmo e non riuscivo a vedere nulla.

«Dannazione. Si vede. Andiamo. Resta accanto a me.» Asher era abbastanza intelligente da sapere che non avrei voluto che nessun altro lo vedesse, anche se probabilmente era troppo tardi per quello. «E la partita di stasera? Ci sono gli scout provenienti da tre college diversi.»

La pesantezza mi piombò addosso. «Non lo so. Probabilmente sono fottuto.»

Non mi importava. L'unica cosa che mi interessava era Lauren.

Trovai la strada nell'oscurità, usando l'udito mutaforma e il senso dell'olfatto per restare accanto ad Asher. Mi condusse alla mia Range Rover.

Asher non aveva una macchina sua – i suoi genitori erano di basso rango nel branco anche prima che suo padre venisse cacciato – ma aveva la patente.

Gli consegnai le chiavi e salii dalla portiera del passeggero.

«Vuoi che ti riporti a casa?»

«No. Portami a Moongaze Hill.»

Un dolore lancinante mi attanagliava le tempie. Mi colpì anche la nausea. Diedi un colpo sul sedile, cercando di riprendermi.

«Amico, penso che dovrei portarti a casa. Non hai un bell'aspetto.»

«Sto bene, guida e basta, stronzo.»

Asher avviò la Rover e partì. Mentre eravamo in viaggio, contai i respiri misurandoli e cercando di stabilizzare il mio sistema nervoso. La mia vista iniziava a tornare, prima quella periferica e poi, infine, la vista completa. Mi accasciai contro il sedile con sollievo. Il ribollire nel mio stomaco si calmò.

Non sapevo cosa avrei detto a Lauren. Le parole non sarebbero state adeguate. Avrei dovuto farmi perdonare in qualche altro modo. Forse era questo che le avrei detto. Avrei dimostrato a tutta la scuola che era mia.

Al mio lupo piaceva l'idea. Ma c'era un fastidioso senso di disagio che mi diceva che qualcosa non andava nel mio piano. O forse era semplicemente il pensiero che non avrebbe funzionato.

Asher girò la mia macchina lungo la strada che si snodava su Moongaze Hill, e il mio occhio destro iniziò a contrarsi. Mentre ci muovevamo, le contrazioni crebbero. Il dolore partì dai nervi dietro gli occhi, viaggiò indietro fino alla base del cranio e lungo la colonna vertebrale.

Stavo ansimando, abbastanza forte perché Asher se ne accorgesse.

«Abe?»

Mi dimenai sul sedile, agitando le gambe. Stavo cercando di controllare questo completo e totale fallimento da parte del mio corpo.

Le cose però non fecero altro che peggiorare. Combattei la sensazione di essere fuori controllo, fuori dal mio corpo, che aveva preso il sopravvento e mi aveva lasciato indietro. Abbassai il finestrino, anche se fuori faceva più caldo. Appoggiai la testa sullo sportello e feci dei respiri profondi.

Potevo farlo. Potevo farcela. Eravamo quasi arrivati alla villa degli Sterling. Dovevo solo arrivare lì e parlare con Lauren. Dovevo solo sistemare questo problema.

Il mio corpo iniziò ad avere le convulsioni. Sentii gli occhi rotearmi all'indietro, ma non riuscii a fare niente per fermarmi.

Persi il controllo completo, il mio cervello era completamente distaccato dal corpo in cui mi trovavo. Non ero in grado di parlare.

Il destino mi aveva davvero fottuto questa volta. Non potevo fare a meno di pensare che questa fosse la mia punizione per essere stato crudele con l'unica donna che avessi mai amato.

* * *

LAUREN

«Cosa è successo?» Lincoln aveva aspettato di arrivare a casa per chiederlo.

Una settimana fa avrei alzato le spalle e deviato l'intrusione. Ma ora tutto sembrava diverso. Ero stata svegliata. Ero viva. Potevo anche non avere una mamma, ma avevo un papà e un fratello che mi amavano entrambi.

«Vuoi fare una passeggiata?» chiesi.

«Certo.» Abbassò lo sguardo sulla mia caviglia ancora gonfia. «Il tuo piede sta bene?»

«Sto bene.» Era vero. Sembrava ancora meglio di stamattina, anche dopo averci camminato sopra tutto il giorno. Quel tè di cespuglio dell'orso era davvero miracoloso.

Mi misi le scarpe da ginnastica e portai Lincoln a fare una passeggiata fino al dirupo. C'era da pensare che avrei avuto paura di trovarmi sullo stesso percorso che l'ultima volta mi era costato un morso di serpente, ma non era così. Mi sentivo invincibile oggi.

Quando arrivammo alla scogliera, dissi: «Sono venuta qui il giorno dell'anniversario della morte di mamma per leggere la sua lettera.»

Lincoln camminò con me fino al bordo del dirupo e fissò il deserto sottostante.

«Anch'io ho riletto la lettera che mi scrisse, quel giorno.»

Lanciai un'occhiata a Lincoln. Non vidi dolore sul suo viso. Mi era sempre sembrato così chiuso riguardo alla morte di nostra madre. Era strano come pur essendo gemelli coinvolti nella stessa cosa la affrontassimo in modi così diversi.

«Abe mi ha visto qui e ha pensato che stessi per saltare dal dirupo o qualcosa del genere. Mi ha spaventata e poi sono quasi caduta, ma mi ha afferrata in tempo.»

Lincoln non disse nulla. Era sempre stato un eccellente ascoltatore.

«La lettera è andata oltre il dirupo, ma lui è sceso e me l'ha trovata. E poi siamo andati nello chalet della sua famiglia, che è da quella parte.»

Tralasciai il fatto che era un lupo, ovviamente. Non perché l'avevo promesso ad Abe. Che probabilmente aveva perso la mia lealtà verso il suo segreto quando si era comportato come un coglione. Ma non volevo che Lincoln corresse il rischio di farsi cancellare la mente da un vampiro.

«Quindi voi due avete legato in quel momento» osservò.

«Sì, credo. Alla fine, gli ho raccontato della mamma e ho pianto per la prima volta da prima che morisse.»

Lincoln annuì. «È una cosa buona.»

«Sì.»

«E poi ci siamo incontrati al ballo, come probabilmente avrai intuito, e ci siamo incontrati nel suo chalet un paio di volte. Ma, a quanto pare, il motivo per cui è così stronzo è perché ha una patologia medica che sta cercando di nascondere a tutti perché non vuole sembrare debole.»

Lincoln girò la testa per guardarmi sorpreso. «Oh.»

«Lo so. Quindi oggi ha avuto una crisi epilettica in corridoio e quando ho provato ad aiutarlo, mi ha trattata di merda. Immagino che si vergognasse.»

«Che stronzo. Proprio un bambino.»

«Lo so. Ho definitivamente chiuso con lui.»

Tranne per il fatto che, quando lo dissi, non mi sembrò vero.

Non mi sentivo come se avessi chiuso con Abe Oakley. E raccontare la sua storia in realtà mi aveva dato un po' più di compassione per la sua situazione. Certo, il modo in cui mi aveva trattata non andava bene.

Mi resi conto di aver paura di non riuscire a piangere per Abe, proprio come non ero riuscita a piangere per mia madre. Ma non era perché ero distrutta. Non lo ero. Ero insensibile e chiusa in una cella che mi ero creata io stessa. Non ero andata di nuovo a pezzi. Perché in realtà mi sentivo forte. E avevo la fastidiosa sensazione che Abe mi appartenesse.

Ecco perché innescavo gli episodi in Abe. Noi due eravamo inesorabilmente legati. I nostri destini erano legati insieme. In qualche modo eravamo fatti l'uno per l'altra. Proprio come ero destinata a essere morsa da quel serpente, e a bere il tè che mi aveva portato il vecchio orso.

Non ero sicura di cosa rendesse tutto questo così chiaro nella mia mente, ma era così. Mi sembrava di avere una nuova connessione più ampia con il mondo che mi circondava. Proprio come mi sentivo più legata ai ragazzi a scuola. Mi sentivo più connessa alla natura che ci circondava in questo momento. In questa terra che mia madre trovava così maestosa. E il mio legame con Abe era mille volte più forte del mio legame con qualunque altra cosa.

«Mi sembra che tu stia bene, a dire il vero» dice Lincoln. «Nella forma migliore che hai avuto da quando la mamma si è ammalata.»

Sorrisi. «Lo so. Mi sento più me stessa di quanto non sia mai stata. E devo ringraziare Abe per questo perché è come se mi avesse svegliata dal torpore e dalla nebbia in cui vivevo.»

Lincoln si girò verso di me e tese le braccia verso di me. «Vieni qui. Vuoi un abbraccio?»

«Sì.» Entrai nello spazio delle sue braccia.

«Andrà tutto bene» disse Lincoln. «Per tutti noi. Per te, me e papà. È stato un anno difficile, ma ora l'abbiamo superata.»

Sentii il movimento di una roccia a diversi metri di distanza e il mio stupido cuore fece un balzo, pensando che potesse essere Abe. Non era lui. Era il gigantesco orso grizzly con la pelliccia grigia attorno al muso, al petto e ai polsi.

Lincoln si irrigidì. Misi la mano sul suo avambraccio e interruppi l'abbraccio. «Va tutto bene» gli dissi. «Conosco questo orso.»

Alzai un braccio e salutai. «Ehi, orso.»

L'orso si alzò su due zampe ed emise un verso gorgheggiante.

Lincoln fece un passo indietro, trascinandomi dietro di sé con fare protettivo. L'orso restò in piedi, annusando l'aria mentre ci osservava.

Poi si allontanò barcollando, sollevando in aria una grande zampa mentre si girava.

«Quell'orso ci ha salutati?» Lincoln era in soggezione.

Risi piano. «Sì, lo ha fatto.»

«Alla mamma sarebbe piaciuto moltissimo.»

«Sì. Ho la sensazione che... forse l'ha mandato la mamma. Forse è il suo modo di vegliare su di noi.»

Mi si offuscò la vista, ma erano lacrime di gioia. Nonostante la mia epica rottura con un ragazzo con cui non sarei nemmeno dovuta uscire, questo giorno sembrava significativo. Magico in un certo senso.

Perché sapevo che quello che aveva detto Lincoln era vero. Saremmo stati tutti bene. Io. Lincoln. Mio padre. E Abe. Adesso anche lui faceva parte dell'equazione. Mi apparteneva proprio come io appartenevo a lui.

Ma non potevo convincerlo a cambiare idea. Se mi avesse voluta indietro, avrebbe dovuto combattere per noi.

E avrei combattuto anch'io.

* * *

ABE

Mi svegliai nella clinica di mio padre.

«Fanculo.» Mi alzai velocemente, facendo retrocedere di nuovo la mia vista nell'oscurità.

«Calmo.» Mio padre mi fece sdraiare di nuovo.

Sentivo, più che vedere, la sua torcia che si muoveva sui miei occhi.

«Cosa è successo?»

«Dimmelo tu, figliolo. Asher ha detto che hai avuto un attacco a scuola e poi un altro in macchina mentre guidava.»

«Fanculo.»

«Attento al tuo linguaggio.»

Mi sedetti di nuovo, questa volta facendo dondolare le gambe dal lettino.

«Wow. Dove pensi di andare? Riesci almeno a vedere adesso?»

«Che ore sono? Quanto tempo sono stato incosciente?»

«Circa novanta minuti. Ti ho dato un sedativo a breve termine per cercare di rilassare il tuo sistema nervoso.»

Mi stropicciai gli occhi, il mio campo visivo si schiarì di nuovo.

«Non volevo che interferisse con la partita stasera.»

La partita di stasera. Cazzo.

«Che ore sono?» Restai in piedi, sbattendo le palpebre. Avevo ancora la nausea. Dovevo andare da Lauren.

«Sono le cinque.»

Le cinque. Era l'orario in cui avremmo dovuto essere negli spogliatoi per la partita. Ma non avevo ancora parlato con Lauren. Non avevo risolto il mio pasticcio, ammesso che fosse risolvibile.

«Ho chiamato l'allenatore per dirgli che arriverai con qualche minuto in ritardo, ma arriverai. Ha saputo della crisi a scuola. L'intera città ormai lo sa.» Il giudizio nel tono di mio padre mi colpì come un pugno nello stomaco, ma non sussultai.

Andai verso la porta.

«Aspetta.» Mio padre usò il comando alfa, quindi il mio corpo si paralizzò da solo. «Ti accompagno io. Non voglio che ti metta al volante.»

Ringhiai per l'insoddisfazione. Come avrei fatto ad arrivare a Lauren senza la mia macchina?

«Potresti svenire al volante e colpire un essere umano.» Disse mio padre. «Dammi le chiavi.»

Aah. Questa giornata non sarebbe potuta andare peggio. Consegnai le chiavi e andammo verso la Rover.

Ma poi le cose peggiorarono perché non appena mio padre si mise al volante, disse: «Che fine hanno fatto i soldi nella mia cassaforte?»

Mi si strinse lo stomaco. Il mio occhio iniziò a contrarsi. Gli risposi rigirando la cosa come al solito. «Veramente? Vuoi mettermi sotto torchio proprio prima della partita a cui tieni così tanto?»

«*Che fine hanno fatto i soldi?*» Mio padre usò una forma di comando alfa. La sua esplosione mi bruciò il cranio.

Il pericolo per Lauren fece sì che il mio lupo scattasse e ringhiasse. Mi si oscurò la vista centrale. La luce che attraversava il parabrezza mi faceva male alla testa.

Resta vicino alla verità. Era l'unica soluzione.

«Lauren mi ha visto mutare.» Mi feci ombra sugli occhi, cercando di non mostrare quanto dolore provassi. «Ho chiamato Austin e mi ha parlato della cassaforte e mi ha dato le informazioni di contatto di un vampiro. L'ho portata lì e me ne sono occupato.»

Vicino alla verità. Mi ero occupato di sparare a Thomas quando aveva cercato di prosciugare Lauren invece di cancellarle la mente.

«Quale vampiro?»

«Si chiamava Thomas.» Mi attraversò un brivido al ricordo di Thomas che succhiava il sangue di Lauren.

«Thomas. La nostra specie non si fida di lui. È stata una cosa pericolosa, Abe. Prendere in mano la situazione da solo non è il modo in cui vengono gestite le cose in questo branco.»

«Lo so, papà. Davvero. Ma mi era stato detto di stare lontano da Lauren. Ho pensato che fosse meglio occuparmene da solo. E l'ho fatto.»

«Davvero?» c'era del dubbio nel tono di mio padre?

«L'ho fatto.» Stavo cercando di dirlo con fermezza, ma venne fuori come comando alfa e spinse il corpo di mio padre indietro sul sedile.

Ops.

Mio padre aggrottò la fronte mentre si fermava davanti alla scuola. Aprii lo sportello e saltai fuori. Il naso iniziò a sanguinarmi, la testa mi stava uccidendo e riuscivo a malapena a vedere.

Chiusi lo sportello senza aspettare i consigli sulla partita di mio padre. Francamente non me ne poteva importare di meno di questa partita.

Non ero niente senza Lauren. Questo era già palesemente chiaro.

Avevo negato quello che avevo saputo fin dal primo giorno: lei era la mia compagna. Gli episodi legati alla mia vista erano peggiorati perché il mio lupo voleva disperatamente marchiarla.

La mia unica speranza era che Lauren venisse alla partita stasera, così che io potessi in qualche modo sistemare le cose.

* * *

Lauren

Lincoln aveva deciso di andare alla partita con Rayne. Il suo fratellastro era partito per tornare a giocare per la Duke questa settimana, e immaginavo che volesse compagnia.

Dopo un lungo dibattito interiore, decisi di andare con lui. La piccola parte ferita di me sperava che il mio odore causasse ad Abe un'altra crisi mentre era in campo. Ma no. Non lo volevo davvero. Volevo però che sentisse la mia presenza. Volevo che si rendesse conto di ciò che aveva perso. Non pensavo che fosse l'orgoglio o il mio ego a parlare. Questa nuova e più forte me non credeva che le cose sarebbero dovute finire. La nuova me era convinta che significassimo qualcosa l'uno per l'altra.

Lincoln e io scendemmo dall'auto e ci incamminammo verso lo stadio. Mentre ci avvicinavamo ai controlli di sicurezza per far controllare le borse e mostrare i nostri abbonamenti stagionali, il vice dello sceriffo mi chiese se poteva scambiare due parole con me.

Lincoln mi fissò mentre l'agente mi tirava in disparte. Mi aspettavo che mi perquisisse la borsa o qualcosa del genere. Come all'aeroporto quando vieni segnalato casualmente per una perquisizione completa. Ma invece fece un cenno a un altro agente, che si avvicinò con un uomo che mi sembrò vagamente familiare.

«Ciao, signorina Sterling. Sono lo sceriffo Gleason. Abbiamo alcune domande per te. Puoi venire con me, per favore?»

Lincoln si avvicinò. «Riguardo a cosa?»

Lo sceriffo si voltò verso di lui. «È un'indagine aperta. Tua sorella non è nei guai, dobbiamo solo portarla alla stazione e farle qualche domanda. La riporteremo prima della fine della partita.»

Sgranai gli occhi. Che diavolo?

Poi uno mi attraversò un'ondata di paura. «Si tratta di Abe?» Capii perché l'uomo senza uniforme mi sembrava familiare. Aveva gli occhi grigio ardesia e la mascella squadrata come Abe. «Sta bene?»

Lo sceriffo mi prese delicatamente il gomito e iniziò ad accompagnarmi via dallo stadio. «Lo speriamo. Ma abbiamo bisogno del tuo aiuto.»

Feci cenno a Lincoln di allontanarsi. «Va tutto bene. Torno presto.»

Mi guardò accigliato ma non mi seguì.

Lo sceriffo mi portò a un'auto di pattuglia e mi fece sedere sul sedile posteriore. Il padre di Abe, almeno supponevo che fosse il padre di Abe, salì sul lato del passeggero.

«È successo qualcosa ad Abe? Ha avuto un altro attacco?»

Questo fece girare la testa a suo padre. «Cosa sai dei suoi attacchi?»

Questo era l'uomo che aveva costretto Abe a nascondere la sua afflizione invece di aiutarlo. Lo aveva fatto vergognare. Gli aveva provocato uno stress incredibile che probabilmente non aveva fatto altro che aumentare il verificarsi dei suoi episodi.

Alzai il mento e incrociai il suo sguardo. «So tutto.»

Cosa sbagliata da dire.

Il padre di Abe e lo sceriffo si scambiarono un'occhiata e all'improvviso mi resi conto di cosa stava succedendo. Mi travolse un brivido. Afferrai la maniglia della portiera, anche se l'auto era in movimento. Era chiusa.

Oh merda. Avevano scoperto che sapevo dei lupi. Abe glielo aveva detto?

Non mi avrebbe mai fatto una cosa del genere, no? Rimandarmi dal vampiro per farmi cancellare la mente?

Ma in fondo, ci eravamo lasciati. Forse era così che pensava di rimettere a posto il suo pasticcio.

Provai di nuovo ad aprire la maniglia, questa volta freneticamente. «Voglio uscire. Non vado da nessuna parte con voi. Lasciatemi andare!»

Gli uomini davanti si guardarono. «Posso darle un sedativo» mormorò il padre di Abe allo sceriffo.

«Va tutto bene. Ci siamo quasi» rispose l'altro a voce altrettanto bassa. Poi alzò la voce quando mi parlò. «Va tutto bene, Lauren. Nessuno ti farà del male. Dobbiamo solo farti qualche domanda giù alla stazione.»

Mi costrinsi a calmarmi, fingendo di stare al gioco mentre infilavo lentamente la mano nella borsa. Dovevo mandare un messaggio a Lincoln.

L'auto si fermò. Non sapevo se stupirmi del fatto che mi avessero effettivamente portato alla stazione oppure no. Tirai fuori il telefono, con le dita che tremavano mentre provavo a inviare un messaggio a Lincoln

La portiera posteriore si spalancò e lo sceriffo mi strappò il telefono di mano.

«Ridammelo!» Mi lanciai verso il telefono, ma lo sceriffo mi fece voltare e mi spinse davanti alla macchina, facendomi scattare un paio di manette attorno ai polsi.»

«Questo è per la tua protezione, Lauren. Adesso vieni con me.»

Cercai di sedermi per terra. Avevo sentito parlare di manifestanti che appesantiscono i loro corpi. Non ebbe alcun effetto. Questi uomini erano dei mutaforma. Mi sollevarono per un braccio ciascuno e mi portarono tra loro due come se fossi una bambina che oscillava tra i genitori.

Qualcuno ci tenne aperta la porta: un uomo in giacca e cravatta. Un umano?

«Mi scusi.» Mi girai a guardarlo, e nel momento in cui incrociò il mio sguardo, tutto il mio corpo si afflosciò.

Troppo tardi.

Il vampiro era qui.

Questo era l'ultimo momento in cui avrei saputo dei lupi o degli orsi mutaforma... o di Abe.

I due uomini trascinarono dentro il mio corpo inerte. Le lacrime mi bruciavano gli occhi.

Non conoscere Abe, non ricordare quello che avevamo vissuto insieme era un destino peggiore dell'intorpidimento che mi aveva travolta quando mi ero trasferita a Wolf Ridge.

Abe mi aveva riportata in vita. Mi aveva fatto sentire bella e forte. Mi aveva mostrato un mondo in cui volevo vivere.

E ora stavano per portarmelo via.

* * *

ABE

Mi feci il culo nel primo quarto di gioco, nonostante il sangue dal naso, un forte mal di testa e una contrazione in un occhio.

Ciò che mi faceva andare avanti era la convinzione che Lauren poteva essere qui da qualche parte. Pensavo di aver sentito il suo profumo nella brezza, anche se non riuscivo a vederla da nessuna parte sugli spalti. Vidi Lincoln, però. Si alzò quando mi vide guardare e scese le scale verso la ringhiera.

Il sollievo mi travolse. Aveva un messaggio per me. Qualche parola su Lauren. Corsi verso la ringhiera per andargli incontro.

C'era un'aria aggressiva in lui che non avevo mai sentito prima. Questo ragazzo era magro, probabilmente pesava la metà di me, quindi dovevo dargli credito per il fatto che volesse sfidarmi.

«Vuoi dirmi perché lo sceriffo e tuo padre hanno appena portato mia sorella alla stazione per interrogarla?»

Mi colpì lo shock. Sentivo che il colorito mi stava scomparendo dal viso e m ritrovai a correre prima di ricordare di non avere risposto a Lincoln.

Mi tolsi il casco e lo lanciai sull'erba.

«Oakley!» Sentii il coach Jamison urlarmi dietro mentre correvo fuori dallo stadio. «Torna qui subito!» Usò il comando alfa, ma non ebbe alcun effetto su di me.

Il mio lupo era al comando ed era pronto a uccidere.

Quando arrivai fuori nel parcheggio, ricordai che non avevo la macchina. Mi aveva accompagnato mio padre. Probabilmente era stato intenzionale. Cominciai a correre più veloce che potevo in forma umana.

La Tesla di Lincoln e Lauren si fermò accanto a me.

«Entra» disse Lincoln dal finestrino aperto.

Aprii lo sportello dopo aver capito la strana maniglia e mi lanciai dentro, le spalline mi facevano muovere in modo imbarazzante.

Lincoln partì immediatamente e, dannazione, la sua macchina sì che andava veloce. Eravamo passati da zero a novanta in probabilmente tre secondi.

«Cosa è successo?» chiese.

Scossi la testa. «È un malinteso. Adesso sistemerò la cosa.»

«Un malinteso.» La voce di Lincoln aveva una nota mortale. Ancora una volta, dovevo complimentarmi con questo ragazzo per non aver avuto paura di me.

«Sistemerò tutto. Ho fatto un casino con Lauren oggi, ma sistemerò anche questo.» Mi girai a guardare Lincoln, la cui espressione normalmente rilassata era cupa. «Ci tengo davvero a tua sorella. Non volevo rovinare tutto con lei. Avevo la testa infilata nel culo così tanto che non sono riuscito a vedere chiaro per un istante.»

Lincoln annuì. Sterzò alla svolta e si lanciò nel vialetto che portava all'ufficio dello sceriffo.

Aprii la portiera. «Aspettami qui. Non entrare. Peggiorerebbe solo le cose. Uscirò con Lauren tra dieci minuti o anche meno.»

«Vuoi dirmi che cazzo sta succedendo?» chiese Lincoln.

Ero già fuori dalla macchina. «No.» Chiusi la portiera e corsi dentro.

L'ufficio dello sceriffo era piccolo. Ignorai Betty Branson alla reception e seguii il mio udito da mutaforma fino alla sala interrogatori sul retro.

«Fermati!» La sentii alzarsi da dietro la scrivania. «Non puoi andare lì, Abe.»

La ignorai e provai ad aprire la porta. Era chiusa. Non aspettai né bussai, strappai via la maniglia scagliando un piede contro la cornice di cemento. La porta di metallo si piegò, poi cedette e io la strappai dai cardini.

Betty urlò.

Mi lanciai la porta alle spalle. All'interno, Lauren era accasciata su un tavolo come se fosse stata picchiata, con le mani ammanettate dietro la schiena.

«Allontanatevi da lei!» Spinsi il vice dello sceriffo contro un muro.

Tremendo sbaglio. La testa di Lauren si alzò di scatto al suono della mia voce. Quello stronzo del non morto che stava di fronte a lei si chinò per guardarla negli occhi.

«No!» urlai mentre gli sbattevo la testa sul tavolo, spaccandogli il naso. E poi tutto accadde in un secondo.

Mio padre e lo sceriffo mi riportarono indietro. Il vampiro si mosse velocissimo. Un secondo prima era a faccia in giù sul tavolo, il secondo dopo era proprio davanti alla mia faccia, con le zanne abbassate, gli occhi oscurati dalla sete di sangue.

«Calmo, calmo, calmo. Respira.» Lo sceriffo usò una voce rassicurante mentre lui e mio padre mi tiravano indietro, lontano dal vampiro.

Non era lo stesso da cui avevo portato Lauren in passato: era una sanguisuga che non avevo mai visto prima.

La mia vista era contratta, la testa stava per esplodere per la pressione e il dolore. «*Lasciate andare la mia compagna, o distruggerò tutti quelli presenti in questa stanza.*» La mia voce non era più la mia. C'era un ringhio di lupo, come se fossi mutato a metà.

«*Compagna.*» C'era della sorpresa nella voce di mio padre.

«Lasciatela andare *subito.*» Era l'ultimo avvertimento. Diedi una testata a mio padre e allo stesso tempo presi a calci nello stomaco lo sceriffo, liberandomi da entrambi.

Lauren era in piedi e mi fissava scioccata. La strinsi al mio petto, allungando una mano per afferrare le manette di metallo dietro di lei. Con uno scatto le aprii.

«Aspetta, Abe.» Lo sceriffo aveva ancora quel tono calmante, come se fossi una bestia feroce che stavano cercando di contenere.

E credevo di esserlo.

«Respira. Non faremo del male alla tua compagna. È al sicuro.»

Abbracciai Lauren e la baciai sulla testa. Il suo profumo mi calmò. Stava tremando, ma con mio sollievo, le sue braccia mi circondarono e ricambiò l'abbraccio.

«Allontanate da lei quella sanguisuga» ringhiai, rifiutandomi di guardare nella direzione del vampiro.

Sibilò come un gatto arrabbiato.

«Va tutto bene. Non le cancelleremo la memoria. Non sapevamo che fosse la tua compagna, figliolo» disse lo sceriffo.

Faticai a deglutire a causa della stretta fascia che mi stringeva la gola. «Lo è» dissi con voce strozzata. «E non mi interessa cosa significhi per il tuo prezioso patrimonio genetico» dissi a mio padre.

«Ecco perché hai avuto gli attacchi.» Sempre lo scienziato. Non interveniva sulle questioni di cuore. O di destino. C'era solo logica dietro la mia condizione.

«È la mia compagna» ripetei. «Brucerò questa città fino alle fondamenta se qualcuno cercherà di mettersi tra noi.»

Il cuore di Lauren batteva forte contro il mio petto. Si allontanò lentamente da me per alzare lo sguardo. Cullai il suo bel viso. «Mi dispiace di averti ferita oggi» mormorai, anche se tutti nella stanza avevano un udito soprannaturale.

«Clyde, mi scuso per l'aggressione. Penso che tu capisca che un lupo farebbe di tutto per difendere la sua compagna predestinata se crede che sia in pericolo.» Lo sceriffo Gleason tentò ora di calmare il vampiro, conducendolo fuori dalla stanza degli interrogatori. «Non sapevamo che fosse la sua compagna, altrimenti non avremmo provato a cancellarle la memoria. Naturalmente pagheremo comunque il tuo compenso.» Gli uomini se ne andarono, lasciandomi solo con Lauren.

«Cosa ti hanno fatto?» sussurrai, esaminando la mia ragazza in cerca di lividi.

Un velo di lacrime le fece brillare gli occhi verde acqua, ma non pianse. «Niente. Non ho permesso loro di fare nulla. La sua voce era forte. «Insomma, mi ha momentaneamente immobilizzato i muscoli, ma ho resistito. Ho appoggiato la testa sul tavolo, in modo che non potesse vedermi gli occhi, e mi sono rifiutata di rispondere a qualsiasi loro domanda.»

Il mio petto, che si era contratto dal momento in cui Lincoln mi aveva detto che avevano preso Lauren, iniziò a far entrare un po' d'aria. «Questa è la mia ragazza. Così dannatamente forte.» Le presi la nuca e allentai la tensione.

Scosse leggermente la mia spallina. «Ti sei perso la partita per me?»

«Non mi interessa la partita. È tutto il pomeriggio che cerco di contattarti. Ho avuto un'altra crisi dopo la scuola mentre venivo a casa tua, e poi mi sono svegliato solo poco prima della partita perché mio padre mi aveva dato un tranquillante. Lauren, sono stato un tale stronzo. Mi dispiace tanto per come mi sono comportato oggi. Se mi dai un'altra possibilità, dirò a tutta la maledetta scuola quanto significhi per me, e non ti tratterò mai più in quel modo.»

Lauren mi afferrò la testa e avvicinò la mia bocca alla sua. All'inizio la baciai forte: il mio lupo era impaziente di congiungere la lingua con la sua, poi rallentai e andai in profondità.

Interruppe il bacio e mi rivolse un sorriso lento e complice. «Ci penserò.»

CAPITOLO VENTUNO

LAUREN

«Lauren!» Lincoln apparve sulla soglia.

«Non puoi stare lì!» disse una voce femminile: l'assistente alla reception, probabilmente.

Mi girai tra le braccia di Abe.

«Cosa è successo?» Lincoln osservò la porta rotta con gli occhi spalancati.

«Uhm, lunga storia.»

«Sì, andiamo via di qui.» Abe mi prese la mano e mi spinse fuori dalla porta. Mentre camminavamo velocemente oltre il vampiro, lo sceriffo e il padre di Abe e uscivamo dalla porta, Abe spiegò: «Lincoln mi ha detto che ti avevano presa, ed è per questo che ho lasciato la partita. Mi ha portato qui.»

«Sul serio, cosa è successo?» ripeté Lincoln. La Tesla era parcheggiata davanti e tutti ci dirigemmo verso di essa.

«È stato un malinteso» disse Abe. Lanciò uno sguardo nella mia direzione per chiedere aiuto. «È solo... è successo qualcosa nel nostro chalet di famiglia, e mio padre pensava che Lauren ne sapesse qualcosa.»

Preciso.

«Perché glielo hai fatto credere?» lo accusò Lincoln.

«No» lo interruppi. «È stato veramente un malinteso.»

Salimmo sulla Tesla, Abe mi trascinò sul sedile posteriore con lui, quindi Lincoln era praticamente il nostro autista. «Abe, la partita continua? Ti riportiamo lì.»

«No.» Mi tirò contro il suo fianco, premendo il naso contro i miei capelli e inspirando profondamente. «Ho bisogno di stare con la mia ragazza in questo momento.»

«Abe, si tratta del tuo futuro. Non hai detto che ci saranno i talent scout? Lincoln, torna alla partita. *In fretta!*»

Lincoln premette l'acceleratore e la Tesla avanzò. Amava accelerare.

«Va bene.» Abe mi prese in grembo, le sue mani scivolarono su e giù per le mie cosce. «Ma sei mia dopo la partita. Se il coach non mi uccide quando arrivo lì.»

Lincoln corse lungo le strade come se fossimo in un film di James Bond. Mi aggrappai ad Abe, che si aggrappò a me, e arrivammo lì in meno di sei minuti.

«Ci vediamo dopo la partita.» Abe mi baciò, forte. «Resti, vero?»

Risi. «Sì, resto.»

«Perché non ho finito di scusarmi.» Stava già correndo all'indietro. «Sei la mia ragazza.» Mi indicò.

«Vedremo» dissi, anche se ero d'accordo al cento per cento con Abe Oakley. «Vai! Vai e prendi a calci qualcuno sul campo!»

Sorrise mentre si girava, correndo come un demone negli spogliatoi e fuori sul campo. Lincoln e io lo seguimmo attraverso l'ingresso per gli spettatori. Era la metà dell'ultimo quarto. Difficile da credere perché sembrava passata un'eternità da quando mi avevano portata via da qui.

Ma Abe era venuto per me. Aveva combattuto per me.

Per noi.

Aveva detto a suo padre che ero la sua compagna, qualunque cosa significasse.

Lincoln andò a sedersi con Rayne, ma io non mi presi la briga di sedermi. Scesi le scale e mi fermai vicino al muro che si affacciava sul campo in fondo alla linea laterale.

Abe era vicino all'allenatore che lo stava chiaramente mangiando vivo. L'allenatore alzò la testa ed entrambi guardarono nella nostra direzione.

Salutai.

L'allenatore mi fissò un momento, poi un altro momento, poi alzò una mano.

Tutti nello stadio, lo giuro su Dio, si girarono a guardare nella mia direzione.

Abe corse in campo. I suoi compagni di squadra scossero la testa, con le mani sui fianchi, come se fossero arrabbiati con lui, ma non appena iniziarono a giocare, fu chiaro che la squadra della Wolf Ridge High funzionava come un unico organismo. Una squadra sincronizzata. Un branco. Con soli nove minuti rimasti sul cronometro, eseguirono un gioco perfetto in cui Abe lanciò un passaggio da quaranta metri. Asher lo prese e segnò il touchdown.

Abe rubò la palla nella giocata successiva e la lanciò a J.J., che segnò ancora. La Wolf Ridge High segnò altre quattro volte, schiacciando gli avversari e assomigliando a giocatori esperti della NFL piuttosto che ad adolescenti. Se c'erano davvero tre osservatori in tribuna, sarebbero rimasti impressionati.

Adesso avevo capito: il football del Wolf Ridge era solo spettacolo. Niente di tutto ciò era reale perché questi giocatori erano sovrumani. Stasera avevano bisogno di mettersi in mostra, e lo avevano fatto.

Per la prima volta da quando ci eravamo trasferiti qui, tifai per la loro vittoria.

Nel momento in cui il tempo finì, i giocatori di Wolf Ridge impazzirono a festeggiare, lanciandosi a vicenda in aria e facendo capriole all'indietro. Abe però corse dritto verso di me. Mi puntò il dito contro. «Tu» gridò, «sei mia.» Puntò il dito al petto.

La metà dei fan di Wolf Ridge guardarono di nuovo verso di me.

«Avete sentito?» urlò, togliendosi il casco dalla testa e facendolo girare. «Lauren Sterling è mia. Inchinatevi alla vostra fottuta regina!»

«Piuttosto arrogante» risposi.

Lui stava sotto di me e guardava in alto. «Salta, mia regina.»

Risi, gettando una gamba oltre la ringhiera. «Vuoi che salti?» Mi sedetti sulla ringhiera e guardai in basso. Non era così alto come quando mi ero buttata dal dirupo, ma erano comunque tre metri buoni.

Non mi interessava. Mi sentivo invincibile quando ero con Abe. Mi spinsi giù dalla ringhiera, lanciandomi in avanti e cadendo urlai.

Mi prese facilmente in braccio, facendomi girare. «Ho bisogno di infilarti il cazzo dentro adesso, principessa» mi sussurrò all'orecchio.

«Potrei sentirmi meglio riguardo a questa affermazione se tu avessi fatto la doccia.»

Abe mi lanciò un metro e mezzo in aria e mi riprese di nuovo. «Vuoi fare la doccia con me?»

«Non con la squadra.»

Abe sbuffò. «Ucciderei tutti quegli stronzi se ti vedessero nuda.»

Risi.

Abe mi portò direttamente al parcheggio, senza fermarsi a parlare con la squadra, a vestirsi o a farsi la doccia.

«Dove stiamo andando?»

Abe si fermò di colpo e mi accorsi che suo padre aveva parcheggiato la Range Rover di Abe davanti e le stava accanto.

«Hai giocato» disse suo padre.

«Sì.»

Il padre di Abe alzò una mano verso di me. «Lauren, mi dispiace per prima. Non sapevo che fossi la compagna di Abe.»

«Lei non sa cosa significa, papà.» I muscoli sotto uno degli occhi di Abe iniziarono ad avere dei tic. Dal modo in cui sbatteva le palpebre capii che aveva difficoltà a vedere di nuovo.

«Mettimi giù. Posso guidare io» dissi a bassa voce.

Per una volta, Abe non era in prima linea. Non finse che non stesse accadendo. Mi rimise in piedi e mi seguì.

«Sta succedendo di nuovo» dedusse il padre di Abe. Aprì la portiera del passeggero.

«Sì.» Abe salì.

Tesi la mano per prendere le chiavi e il padre di Abe me le diede. Aveva un'espressione turbata «Se ha un'altra crisi, chiamami subito. Spero... non importa. Andate e basta. Voi due dovete stare insieme.»

Annuii, deglutendo. Parte della resilienza mi scappò dal petto.

«Stai bene?» chiesi quando mi misi al volante. Regolai il sedile in avanti.

«Sì.» La voce di Abe era tesa. «Puoi guidare fino allo chalet?»

«Sì.» Misi in moto. Inserii la marcia e seguii la fila di auto che usciva dal parcheggio.

Abe si coprì gli occhi anche se fuori era buio. «Lauren.»

Uscii dal parcheggio e percorsi la strada che si snodava verso casa mia. «Sì?»

Abe crollò sul sedile.

«Stai bene?»

Il corpo di Abe iniziò ad avere convulsioni. La testa gli

cadde contro la mia spalla, fece un respiro profondo e si raddrizzò, uscendone.

«Fanculo.»

«Abe, hai appena avuto un'altra crisi?»

Le sue gambe scattarono e colpirono la macchina. «Lauren.» Il suo respiro sembrava affannato.

«Cosa c'è, Abe?» Il panico iniziò ad attanagliarmi. «Cosa stai cercando di dirmi?»

Ricominciò ad avere convulsioni.

Strattonai il volante e sbandai fino a fermarmi sul ciglio della strada. «Abe! Abe! Ti prego.»

Gli occhi di Abe brillavano di un azzurro ghiaccio. «Lauren.» Si allungò verso di me ma finì per crollare, lasciando cadere la testa tremante sulla mia spalla.

«Va bene.» Mi precipitai a slacciargli la cintura di sicurezza, per metterlo comodo. «Va tutto bene, Abe.» Gli presi la testa in grembo e gli accarezzai i capelli. Il cuore mi batteva forte. Ero gelata. Le lacrime mi riempivano gli occhi. «Ti prego, devi stare bene.»

Il suo corpo sussultò e si contrasse. Le dita si chiusero attorno alla mia coscia. Girò la testa e vidi i canini luccicanti. Non a misura d'uomo. A misura di lupo.

Urlai. Mi morse l'interno della coscia, perforandomi la pelle.

Adesso il mio corpo sussultava insieme a quello di Abe: una convulsione selvaggia. Non dolorosa.

Piacevole.

Come un orgasmo. I suoi denti erano bloccati nella mia coscia e io venni e venni nell'orgasmo più potente della mia vita.

* * *

ABE

. . .

Tutto era nero. Dovevo aver perso conoscenza e poi, all'improvviso, mi svegliai con la faccia tra le gambe di Lauren. Il profumo della sua eccitazione mi rianimò come l'odore dei sali. Il dolore dietro i miei occhi era scomparso. I muscoli intorno agli occhi riposavano. In effetti, tutto il mio corpo si era aperto, e si era aperto come se avessi appena fatto sesso.

Ma c'era sangue. Il sangue di Lauren era nella mia bocca. Sussultai, sedendomi in posizione eretta. La mia visione era cristallina, anche nell'oscurità.

Avevo morso Lauren.

Avevo *marcato* Lauren.

Senza il suo consenso.

Misi la mano sui segni sulla sua coscia, esercitando pressione per fermare l'emorragia. «Oh merda. Stai bene, tesoro? Non intendevo farlo. Oh, per il destino, Lauren. Mi dispiace tanto.»

«Cosa è successo?» Sembrava stordita, ma non spaventata. Non in preda al dolore. No, aveva il viso arrossato, gli occhi vitrei nello stesso incredibile modo in cui la trovavo dopo che le avevo procurato un orgasmo.

«T-ti ho marchiata, tesoro. I lupi mutaforma maschi mordono le loro compagne per incorporare il loro odore nella loro pelle. Immagino di aver perso il controllo.»

Non sembrava turbata. «È strano.» Sembrava felice. Come se fosse drogata. «Il morso ha fatto male. Cioè, avrebbe dovuto far male. Ma non è così. Mi sento bene. Forse sono davvero un masochista.»

L'uccello colpì i pantaloni della divisa da football. Abbassai lentamente la testa, sostenendo il suo sguardo per assicurarmi che fosse tutto ok. «Beh, sarà meglio che lecchi la ferita.»

«Faresti meglio.» La sua voce era roca. Abbassai la testa e le allargai le cosce.

Le strofinai la figa attraverso le mutandine mentre leccavo la ferita. Contorse i suoi graziosi fianchi in un movimento a scatti.

Alzai la testa e mi leccai le labbra. C'era qualcosa di diverso nel suo sangue. Qualcosa era cambiato leggermente nel suo profumo. «Lauren…»

Premette le sue dita sulle mie tra le gambe, incitandomi a continuare.

«Hai il sapore di... hai il sapore di un orso.»

Smise di contorcersi e sussultò. «L'orso!» esclamò.

«Che c'è?»

«Quel vecchio orso mutaforma mi ha portato il tè del cespuglio dell'orso in ospedale.»

«Che cosa?» La guardai con gli occhi spalancati. «Non me lo avevi detto.»

«Lo so. Per qualche ragione, sembrava qualcosa da tenere per me.»

«Se non sbaglio, il tè del cespuglio dell'orso è un rimedio popolare per aiutare gli adolescenti mutaforma a mutare per la prima volta. Però è velenoso per i lupi, quindi noi non lo usiamo.»

Lauren sgranò gli occhi verde acqua. «Ma non è velenoso per gli orsi?»

Scossi lentamente la testa. «Lauren... c'è la possibilità che tu sia in parte un orso?»

«Mi sono sentita benissimo dopo aver bevuto il tè. Forte e viva. È stato allora che sono uscita e ti ho chiesto di portarmi a casa. E il mio piede è guarito molto più velocemente di quanto avrebbe dovuto.»

Annuii. «Thomas deve averlo annusato o assaggiato. Ecco perché mi ha tradito. Il tuo sangue deve aver avuto un buon sapore per lui. Ricordi cosa ha detto mentre stavamo andando via?»

Lauren scosse la testa. «Qualcosa di folle come, *sai cosa succede quando incroci un lupo con un orso?*»

«Forse è per questo che quel vecchio orso era in giro. Sapeva che eri una della sua specie.»

Lauren sussultò. «Mia nonna!»

«Pensi che fosse un orso?»

«No. Ma è venuta in Arizona durante un viaggio dopo il college. E presumibilmente amava gli orsi.»

«Pensi che abbia incontrato un orso mutaforma qui?»

«È esattamente ciò che penso.»

«Quindi quel vecchio orso...»

«Potrebbe essere mio nonno!»

Guardai le ferite sulla sua gamba. Erano già chiuse. L'emorragia si era fermata. Aveva sicuramente una guarigione da mutaforma. «Mi sono accoppiato con un orso.» Sorrisi.

«Il vampiro non ha detto che è proibito?»

«Sì. Ha detto che è perché la prole risultante è pericolosa. Ma lo scopriremo. Sai cos'altro è strano?»

«Il fatto che il morso mi ha eccitata?»

Le rivolsi un sorriso feroce e riportai le mie dita tra le sue gambe. «No, lo adoro dannatamente.» Accarezzai le sue mutandine umide. «I morsi di accoppiamento di solito avvengono durante il climax. Ma Lauren, ci vedo perfettamente in questo momento. Nessun mal di testa, nessuna distorsione.»

«Perché mi hai marchiata?»

Annuii. «E se tu fossi la cura, principessa?»

Le sue labbra si curvarono in un sorriso seducente. «Penso che dovremmo continuare ad allenarci per essere sicuri. Puoi marchiarmi più di una volta?»

«Marchierò ogni centimetro di te, Perle. Aspetta solo che ti spogli.»

* * *

«*Mia.*» Il ringhio di Abe fu feroce. La doccia nello chalet era piccola, ma questo non gli impedì di sbattere il mio corpo nudo contro il muro e di leccarmi ogni centimetro sotto il getto d'acqua.

Era il mio turno, lo spinsi bruscamente contro il muro opposto. Con il palmo insaponato gli feci una sega, adoravo il modo in cui i suoi occhi brillavano e i denti scendevano mentre si eccitava sempre di più. Mossi il pugno su e giù per il suo cazzo, sempre più velocemente finché non ringhiò e riprese il controllo.

Mi fece girare e mi premette la faccia contro le piastrelle. Era duro con me ora che sapeva che avevo sangue d'orso, maltrattandomi ancora più di prima. Mi accarezzò il sedere, facendo scivolare le dita insaponate tra le mie natiche. «Presto mi scoperò questo bel culo, principessa.»

La parte di me che era abituata a litigare con Abe voleva sfidare questa affermazione, ma il suo tocco erotico era troppo bello. I miei ormoni erano su di giri in questo momento. Non ne avevo mai abbastanza di Abe: del suo corpo, del suo tocco, della voce profonda e ringhiante.

Allargai ancora di più le gambe e spinsi il sedere verso di lui.

«Cazzo» borbottò Abe. Mi mise una mano tra i capelli bagnati e mi tirò indietro la testa. Era duro. Ferale. Divino.

Volevo di più. Volevo tutto ciò che Abe Oakley aveva da offrire.

Strofinò la cappella lungo la mia figa e poi spinse dentro. Con un braccio avvolto intorno alla mia vita per tenermi ferma, spinse dentro, sollevandomi in punta di piedi a ogni potente spinta. Non era gentile: era una bestia in calore.

«Vuoi che ti marchi di nuovo, principessa?» La sua voce era gutturale.

Adoravo il fatto che chiedeva il permesso, anche quando era rude. «Sì.»

Morivo dalla voglia che mi marchiasse di nuovo. Non vedevo l'ora di scoprire se mi avrebbe fatta venire come l'ultima volta.

Continuò a spingere così forte che ero sicura che mi avrebbe distrutta. Proprio quando stavo per gridare pietà, penetrò in profondità e mi morse la spalla.

Fu incredibile.

Dietro gli occhi mi esplosero i fuochi d'artificio. Tutto il mio corpo ebbe di nuovo le convulsioni. Mi lanciai nello spazio, il piacere sbocciò dal mio centro verso l'esterno.

Vagamente, presi consapevolezza che Abe mi stava portando fuori dalla doccia, poi mi avvolse in un asciugamano e mi portò in camera da letto. Ero ancora nella mia terra felice, però. Stavo ancora scendendo dal picco più alto della mia vita.

Ero poco più di una bambola di pezza quando mi sistemò sul letto: le mie membra erano pesanti, i muscoli fusi. Mi tirò le coperte intorno e si rannicchiò dietro di me, in una posizione a cucchiaio.

«Gli orsi marchiano i loro compagni?» mormorai.

«Le orse no, tesoro.»

«Potrei comunque provarci.»

Abe mi fece girare per mettermi di fronte a lui. «Fallo, Perle. Voglio quei denti nella mia pelle. Nella schiena. Voglio sentirti urlare come hai appena fatto per il resto della mia vita.

«Ho urlato?» mormorai assonnata.

Abe mi sfiorò la guancia con il suo grosso pollice. «Sì. È stato incredibile.» Aveva un sorriso infantile e dolce.

Allungai la mano e gli toccai il viso. «Dimmi cosa significa essere la tua compagna.»

Gli occhi brillarono per un momento, ma lui ricacciò l'effetto. «Significa che sei mia.»

Sorrisi. «Teoria interessante.»

Mi prese la mano e se la portò al petto. «No, davvero, Perle. Significa che questo cuore batte per te. Per il resto della mia vita, non ci sarà nessuna tranne te. La tua felicità, la tua soddisfazione, i tuoi orgasmi saranno tutto ciò per cui mi impegnerò.

Feci una risata sommessa. «No, davvero.»

«È VERO. I lupi si accoppiano per la vita. Ho incorporato in modo permanente il mio profumo nella tua pelle.» Tracciò le ferite fresche sulla mia spalla. «Due volte. Tutti gli altri mutaforma sapranno che sei stata reclamata. Sei mia e ucciderò qualsiasi altro maschio cerchi di portarti via da me.»

Sbattei le palpebre. «Okay, è intenso.»

«Sei la compagna che il destino ha scelto per me. L'unica per cui mi sentirò mai così. Non c'è da meravigliarsi che il tuo arrivo a Wolf Ridge abbia mandato in tilt il mio sistema nervoso. Inoltre, non c'è da meravigliarsi che marchiarti abbia risolto il problema.»

Tracciai il suo sopracciglio con la punta del dito. «Ti senti ancora bene? Niente più mal di testa o problemi agli occhi?»

«Mi sento incredibile. Di' che sarai mia, Lauren. Non negherò mai più ciò che significhi per me.»

Sentivo il petto più caldo di un forno. Dopo aver perso mia madre, la promessa di vivere per sempre con qualcuno aveva un enorme fascino. Sembrava anche che in qualche modo lei mi avesse portata qui. A questo punto. Voleva che venissimo in Arizona.

Non ero certa se sapesse o no della storia dell'orso – forse non lo avrei saputo mai – ma ci aveva portati in questo posto. Verso la magia.

Verso Abe.

«Sarò tua» mormorai.

Abe mi prese il viso tra le mani e mi baciò. Fu un bacio lento ma profondo. Un bellissimo bacio. Una promessa e una scoperta.

EPILOGO

Abe

«Geronimo!» gridai, correndo e saltando dal tetto della Sterling Mansion nella piscina molto più in basso. La profonda piscina a forma di rene era stata chiaramente progettata per fondersi con il paesaggio, con una cascata incorporata realizzata con i massi trovati proprio sul fianco della montagna.

L'acqua schizzò sul ponte di ciottoli, facendo gridare e gemere i nostri compagni di classe.

Lauren e Lincoln avevano organizzato una festa in piscina e tutti del nostro gruppo, e anche qualche esterno, erano qui. In effetti, a quanto pareva la festa alla Sterling Mansion era l'evento sociale della stagione. Più grande, addirittura, dell'homecoming o di una corsa sotto alla luna piena.

Tutti erano incuriositi dalla villa di Moongaze Hill, e ora che avevo rivendicato Lauren, lei e suo fratello erano la loro nuova attrazione. Ancor di più dopo che avevo fatto capire che lei era in parte un orso.

Questo fatto aveva anche reso facile per i miei genitori accoglierla pienamente come mia compagna, anche se mio padre mi aveva avvertito che la gravidanza avrebbe potuto essere difficile per lei. Pensava però che il fatto che fosse in parte umana avrebbe mitigato i rischi di una cucciolata di orsi-lupi. Non che avessimo intenzione di mettere su famiglia a breve.

Il padre di Lauren e Lincoln era in piedi sul ponte sopra di noi. «Va bene. Basta saltare dal tetto» gridò.

Non era in vestaglia. Si era appena rasato e completamente vestito e ospitava i miei genitori e alcuni altri luminari di Wolf Ridge. Qualcosa riguardo al ritorno di Lauren tra i vivi aveva rianimato anche lui. Lauren aveva detto che stava lavorando di nuovo e aveva iniziato a conoscere la gente di Wolf Ridge. Lei e Lincoln erano felicissimi del cambiamento avvenuto in lui.

Asher stava fissando il ponte con uno sguardo feroce. Alzai lo sguardo per vedere cosa avesse irritato il suo lupo. Non vedevo nei paraggi Alpha Green, che Asher probabilmente avrebbe odiato per sempre per aver bandito suo padre. Chi altri, allora? C'erano i miei genitori, il padre di Wilde e la madre di Rayne, il signore e la signora James e... oh.

Studiai di nuovo il cipiglio di Asher.

Eh già. Stava guardando Carlotta James, la nostra ex babysitter, la lupa sexy che aveva perseguitato tutti i nostri sogni pubescenti delle scuole medie. Era tornata dopo la laurea e si diceva che stesse sostituendo un insegnante umano in congedo per malattia alla Wolf Ridge High.

Eh. Interessante. Non ero sicuro di quale fosse il problema di Asher con lei, ma avevo intenzione di scoprirlo.

Lincoln stava su una chaise longue circondato da una mezza dozzina di lupi della Wolf Ridge High. Non gli avevamo detto nulla, né del suo sangue d'orso né di cosa ero io, ma avevamo intenzione di farlo quando avessimo deciso che aveva bisogno di saperlo.

Avevamo cercato il vecchio orso, ma sembrava che avesse lasciato Wolf Ridge. Nessuno aveva colto il suo odore o lo aveva più visto. Lauren mi aveva raccontato dell'ultima volta che l'aveva visto e avevamo concordato che forse era stato un addio. Come se una volta saputo che era al sicuro, fosse andato avanti.

«È il mio turno!» Lauren urlò dal tetto e saltò.

«Ho detto basta!» gridò il padre mentre lei precipitava in acqua.

Andai incontro alla mia meravigliosa compagna, mentre ci tuffavamo insieme verso il fondo della piscina. Calciai forte per nuotare in superficie con lei tra le braccia, e unimmo le bocche prima di salire in superficie, così uscimmo dall'acqua con un bacio.

Fummo accolti da un coro di «Ahhhh» da parte dei partecipanti alla festa.

«È stato magnifico, Perle.»

Lei agitò la testa, gli occhi verde acqua allegri. «È così divertente. Peccato che spaventi mio padre.»

«Sei magnifica» le dissi. Era vero. Era incredibile. Intelligente, forte, bella. Il destino mi aveva mandato il miglior abbinamento possibile.

Non ne avevo mai abbastanza di questa ragazza. Indossava un bikini a stringhe verde lime, il che rendeva difficile per me non avere un'erezione continua a questa festa. Ma questa era una costante quando le stavo intorno.

I miei occhi però non erano più un problema. Mio padre pensava che in parte il sangue d'orso di Lauren poteva avermi guarito, o forse era stata semplicemente una buona guarigione amorosa vecchio stile. Un cuore che trovava la sua corrispondenza.

Due anime danneggiate che si univano per diventare di nuovo intere. No, diventare molto di più di quanto eravamo prima.

La portai sulle scalette della piscina ed uscii dall'acqua con lei ancora tra le mie braccia, guadagnandomi un altro coro di sospiri da parte dei nostri amici.

«La tua festa è un successo, Perle. Adesso sei la loro regina.»

Mi baciò.

«Sei la mia regina.»

«Non pensare che ti chiamerò mai mio re, Abe Oakley.»

Le sorrisi. «Tutti qui già sanno che io sono il re alfa.»

Mi baciò di nuovo, la sua espressione si addolcì. «Ti amo, re alfa» mormorò.

«Sei la ragione per cui il mio cuore batte, Perle. Vivo per te. Ti amo. E sei mia.»

I LUPI MUTANTI DI WALL STREET

GRANDE CAPO CATTIVO

Mezzanotte
di Renee Rose e Lee Savino

Eccoci a Wall Street, dove i lupi mutanti ci mangiano a colazione.

CAPITOLO **uno**

Madi

Harvard mi vuole. Yale mi ha accettata. Persino Princeton, la mia Alma mater, dice che mi prenderà per il post-laurea. Ma proseguire negli studi quando mio fratello minore pensa di rinunciarvi sarebbe immorale – soprattutto dato che le conoscenze che mi sono fatta a Princeton possono assicurarmi un lavoretto a sei zeri a Wall Street con cui pagarglieli.

Alla *MoonCo*, il salotto delle Risorse umane è gremito di giovani professionisti dall'aria efficientissima che sembrano inclini ad accoltellarmi alle spalle senza battere ciglio.

Ho già fatto una serie di esami scritti, incluso il cruci-verba di oggi – domenica – del *New York Times*, per il quale mi ci sono voluti sui sessanta secondi, dato che l'avevo già risolto venendo qui in metro.

Sono vestita alla perfezione per il posto: col mio vestito azzurro preferito, pescato dal fondo dell'armadio e all'arrivo a Wall Street – dodici ore dopo l'arrivo della lettera di rifiuto della borsa di studio per mio fratello – reso più scialbo dall'abbinamento di una giacca elegante.

Me la raddrizzo bene, insieme alla schiena, e quando mi chiamano mi alzo. Le scarpe alte a punta che mi stanno massacrando, ma che per tutti sfoggio come un'assistente – laureata sicuramente ad Harvard – che sfili in passerella, mi conducono alla sala dei colloqui.

"Madison Evans, giusto? Piacere. Genevieve Small, vice-presidente delle Risorse umane."

"Piacere mio… signorina?" Entro in una sala conferenze.

"Sì." Le concedo una stretta di mano sicura il giusto e mi accomodo. Wall Street non è certo il sogno della mia vita. È più un anti-sogno. Perciò posso incedere con l'aria della professionista perfetta senza il nervosismo che il macello di gente che sta là fuori cerca di nascondere.

"Si è appena laureata a Princeton con lode." Esamina il fascicolo che le porge l'assistente.

"Sì." Non aggiungo altro. È una questione di potere. Risponderò alle domande, ma senza vendermi spudora-tamente.

"Ha frequentato la Landhower." Allude alla scuoletta per ricconi. Quella che sono riuscita a permettermi solo grazie a un *donatore anonimo* – sicuramente il mio anonimo padre. "Anch'io."

Già lo sapevo, perché i compiti li ho fatti – e fa presagire bene. I ricchi funzionano così. Mi crede dei loro: la crème de la crème di Manhattan. Non sa che tutti i ragazzini e quasi tutti gli insegnanti della Landhower mi guardavano dall'alto in basso perché vedevano benissimo che ero fuori posto. Avrò anche cervello, ma non avrò mai il pedigree. Non uno riconosciuto, almeno, grazie a quello sfaticato del mio vecchio.

Bah.

"Forza, Landsharks!" Le butto lì il nostro motto con un mezzo sorriso per addolcire il tono secco.

Non è mica scema però. Strizza appena gli occhi per studiarmi, come nel tentativo di capire se sono cretina. Rendo la mia espressione un pochino più gradevole.

Mi serve assolutamente il lavoro.

In questa qui rivedo tutte le perlacee ragazze piene di sé della scuola. Quelle che uscivano coi giocatori di lacrosse e si spostavano sulle decapottabili regalategli dai genitori. Quelle che guardavano con schifo il mio zaino liso e le mie Converse rendendo chiarissimo che sapevano che frequentavo la loro scuola solo perché la mamma vi lavorava – ai piani bassi, s'intende.

"Stiamo cercando l'assistente dell'assistente esecutiva. È un lavoro dinamico, e richiede una bella pellaccia, velocità di pensiero e attenzione ai dettagli. Le istruzioni verranno date una volta sola; ci aspettiamo poi che l'assunto sia in grado di arrangiarsi."

"Certo." Fingo platealmente di annoiarmi almeno un pochino.

"Potrebbero venir richiesti viaggi e straordinari. Fondamentalmente si dovrà essere a disposizione a qualsiasi ora. Non è un lavoro per persone con famiglia o molti impegni personali… o una vita personale."

"Nessun problema."

"Cos'ha fatto per prepararsi al colloquio?"

La guardo dritta negli occhi. "Ho fatto ricerche su ogni singolo dirigente, dall'amministratore delegato Brick Blackthroat a lei. Ho cercato indizi che potessero dirmi che ambiente aspettarmi e cosa possiamo avere in comune – tipo l'Alma mater."

Strizza gli occhi, come improvvisamente insicura che abbia davvero studiato alla Landhower. "Chi era il suo insegnante preferito alle superiori?"

"Anderson – lettere e dibattiti," rispondo disinvolta. "Mi ha insegnato a pensare con la mia testa e a difendere ciò in cui credo anche quando nessuno concorda con me."

"E a Princeton?"

"La Brown, sociologia. Mi ha insegnato ad affrontare un problema da ogni possibile angolazione."

"Ah, sì. Ho ricevuto dalla docente un'email in cui la raccomandava."

Favore che le ho chiesto ieri sera. Subito dopo aver promesso alla mamma che troverò il modo di pagare la retta di Brayden.

Torna al fascicolo. "Sul modulo ha scritto di essere stata ammessa ad Harvard e a Yale per la specializzazione, ma di aver deciso di rinunciarvi. Perché?"

"Sinceramente, mio fratello minore non ha vinto la borsa di studio universitaria in cui speravamo, e ora devo contribuire. E poi l'ambiente accademico mi annoiava. Sono pronta a qualcosa di più dinamico e impegnativo. Tipo Wall Street."

Mi spara un'occhiatina attenta sollevando il sopracciglio, come per capire se è tutto vero.

La prima parte lo è. La seconda è ciò che spero voglia sentirsi dire.

"Come si comporterà in caso di prepotenze in ufficio?"

"Chiarirò i confini senza farmi coinvolgere. Non credo sia il caso di rispondere; mi limiterò a schivare i colpi." Le rivolgo quello che mi auguro sia un sorriso furbo.

Resta impassibile. "Quanto fa tre alla dodicesima?"

Faccio un veloce calcolo a mente. "Be', tre alla dodicesima può anche essere ridotto a tre alla quarta elevato alla terza. E tre alla quarta è ottantuno. Ottantuno al cubo fa… allora, ottanta al quadrato più ottanta, più ottantuno, quindi… seimilacinquecentosessantuno. Che poi si moltiplica per ottantuno. Dunque… vuole il numero esatto o una stima?"

"Prosegua."

"Ok… diciamo seimilacinquecentosessanta più una volta ottanta più uno, quindi seimilacinquecentosessanta volte ottanta più seimilacinquecentosessanta più ottanta più uno. Perciò seicentocinquantasei volte otto fa… ehm… cinquemiladuecentoquarantotto, poi aggiungiamo due zeri e adesso facciamo seimilacinquecentosessanta più ottanta più uno. Fa… allora… cinquecentotrentunmilaquattrocentoquarantuno." Espiro. "Ma proverei anche con la calcolatrice." Stringo le ginocchia – mi aspetto chieda quante finestre ci sono a New York City o qualche altra assurdità logica, ma sembra soddisfatta.

"Sa che in caso d'assunzione dovrà cominciare domattina, vero?"

"Sì." Annuisco. "Me l'hanno detto quando mi hanno chiamata per il colloquio. Non è un problema."

"Bene." Si alza, segnale che abbiamo finito.

"Quando mi farete sapere qualcosa?"

"Lancia un'occhiata al telefono. "Entro la mezzanotte di oggi."

"Entro la mezzanotte. Certo. Disponibilità a tutte le ore. Ricevuto."

"Sarò sincera: anche se sulla carta sembra un impiego troppo semplice per una persona col suo quoziente intellettivo, si tratta della posizione più difficile che ho fra le mani."

"Capo esigente?" chiedo tranquilla.

"Molto." La vedo brillare d'un barlume d'umanità, come se sparlare di quello stronzo del capo ci stesse facendo legare.

Chissà se è il meraviglioso ma notoriamente crudele Brick Blackthroat a cercare un assistente...

Be', di stronzi ne ho sopportati a volontà. E per Brayden manderò giù qualsiasi rottura. Merita le stesse possibilità che ho avuto io.

"Non sono ancora riuscita ad assumere qualcuno che abbia resistito più di tre mesi."

"Sono pronta alla sfida."

"Mi creda," – e mi stringe fredda la mano – "non lo è affatto."

Capitolo due

Brick

Il panorama della suite dirigenziale della *Moon Co.* farebbe girare la testa... a una creatura minore – a un umano. Il palazzo è tanto alto da oscillare al vento. Ma è il prezzo da pagare per l'assaggio di aria rara – e per avere il Lower Manhattan ai propri piedi.

Quassù è facile dimenticare di essere mortali. Quassù è facile sentirsi dei.

Piomba sul vetro un'ombra quando Billy, il mio secondo in comando, viene a porsi accanto a me.

"Ci siamo quasi," dice piano. So che allude al voto che facemmo molti anni fa nel dormitorio universitario – il giorno peggiore della mia vita. Il giorno in cui papà venne assassinato e tutto ciò che aveva costruito distrutto.

"Quasi," ringhio. Osserviamo l'edificio qui di fronte. L'edificio eretto dai nemici per schernirci.

"Manca poco." Mi batte la mano sulla spalla. "Gli Aduwulf non sanno cosa li aspetta."

Ruoto su me stesso per prendere posto a capotavola. Billy va ad aprire la porta, segnale che la riunione sta per cominciare. Cominciano a sfilare dentro i dirigenti.

Allora lo sento. Un profumo dolce, intenso e agrumato ma complesso come noce moscata. Mi fa venire l'acquolina.

Rischio di sbattere fuori qualcuno a parolacce. Profumi e colonie sono banditi dagli uffici. È scritto chiaro e tondo nel manuale per gli impiegati – praticamente in prima pagina. E Billy si diverte un sacco a licenziare i nuovi che se ne dimenticano.

Non è profumo però. È un odore naturale. Ma di chi?

Lì, all'ascensore.

La Nuova.

Ho cacciato la segretaria venerdì, il che significa che l'assistente Indira è salita di qualche gradino – e adesso al suo posto mi ritrovo una neolaureata con le stelline negli occhi.

Disinvolta, si studia l'ultimo piano. Non è diversa da qualsiasi altra segretaria. Giovane, professionale. Porta un corto caschetto scuro e folto e un audace rossetto rosso.

Ma l'odore… me lo tiro dentro le narici, me lo assaporo per benino.

Noce moscata e arancia. Forse con una punta esotica, come franchincenso.

"Quella chi è?" Billy si butta sulla sedia e si appoggia allo schienale tenendola in equilibrio sulle due gambe posteriori, in uno sfoggio di potenza che nessun essere umano potrebbe permettersi. Alla mia occhiataccia, lascia cadere anche le altre due gambe con un tonfo. "La nuova segretaria della tua segretaria?"

Ha assistito al licenziamento dell'altra. Mi ripasso assistenti come lui si ripassa zoccole.

"Sarà, sì."

"Vuoi che la faccia entrare?"

"Sì." Al mio solito direi di no. Al mio solito la degnerei di uno sguardo solo volessi qualcosa. Ma devo assolutamente esaminarne meglio l'odore.

Billy guarda Indira e indica la Nuova. Le fa segno di avvicinarsi, come irritato perché non è ancora venuta a presentarcela. È bravo quasi quanto me e far tremare di paura i sottoposti.

La Nuova però non sembra spaventata. La osservo entrare dietro a Indira. E mi viene voglia di leccarla dalla testa al clitoride non appena ne colgo una bella zaffata.

Strana reazione, visto che è umana.

Non è nemmeno un gran vedere. Insomma, sì, è carina, ma non ha nulla di dolce o remissivo. Qualcosa nella postura del collo, nel mento sollevato, nella totale assenza di sussulti quando la guardo in cagnesco fa pensare che covi chissà quale risentimento. Dieci anni in più e sarebbe uguale a una di quelle dirigenti con gli attributi. Un demonio in gonnella, nata per dominare ogni ufficio. Do lavoro a una manciata di queste qui. Ci vuole forza per farcela, dalle mie parti.

Mi squadra subito anche lei, chissà come riuscendo ad apparire rispettosa e ricettiva ma anche assolutamente intrepida, malgrado sia il suo primo giorno di lavoro.

Ho un po' voglia di sbattermela subito a sangue. Soprattutto perché prima che entrassero l'ho sentita mormorare a Indira, "Allora è questo qui il grande capo cattivo". Ovviamente non può sapere che a questo piano non esiste conversazione impossibile per il mio udito.

Più si avvicina più il suo odore mi permea i sensi. È tanto piacevole che mi fa venir voglia di attaccare. Ma mi viene pure duro adesso?!

Mi alzo. "E tu chi saresti?"

"Signor Blackthroat, le presento…" comincia Indira.

"Madison Evans." La Nuova spara in fuori la mano, pronunciando il proprio nome contemporaneamente a Indira. Regge tranquillamente il mio sguardo – ma senza sfida; solo con attenzione. Mi sta leggendo dentro. Vorrei trovare una critica da muoverle, ma non ci riesco. È il giusto miscuglio di sicurezza e umiltà. Né eccessivamente audace né rammollita. Ha modi fastidiosamente affascinanti.

La odio già. Le stringo la mano. Pelle morbida. Per una qualche ragione, mi viene da pensare che ormai avrò il suo odore sul palmo. Non che voglia controllare, eh.

"Mi chiamano tutti Madi."

"Io ti chiamerò Madison… *se* ricorderò il tuo nome. Mi aspetto tu risponda anche agli appellativi di Assistente, Segretaria, Nuova o qualsiasi cosa ti urli." Le mollo la mano.

Ben lontana dal farsi prendere alla sprovvista, le piomba in volto una puntina di divertimento. "Risponderò a quello che vuole," mi assicura chinando appena il capo.

"Bene. Adesso senti che caffè vogliamo." Faccio scattare in su un sopracciglio, come avesse dovuto già saperlo anche se è il suo primo giorno. A Indira dico, "E le relazioni finanziarie dove sono?"

(C) MIDNIGHT ROMANCE Publishing

* * *

Odio il capo.

Il magnate di Wall Street è un cretino. Uno stronzo alfa di livello mondiale.

Causticamente bello… ma terribilmente imperfetto.

Il tipo di uomo impossibile da soddisfare con modi affettati…

…nonché investito di potere e denaro.

A scuola ho conosciuto bulli come lui, perciò non ho paura.

Mi spaventa invece di esserne attratta. Trovar piacevole bisticciarci.

Gi spogliarelli verbali. E l'espressione imperscrutabile che ha dopo.

È il pericolo stesso – avvolto nel potere…

…e resistergli sta diventando sempre più difficile.

ODIO LA NUOVA ASSISTENTE.

Le odiavo tutte, ma questo è un odio diverso. È un odio perverso.

È molto efficiente e sagace… e risponde a tono.

E poi questa piccola umana odora di tentazione. Non c'è niente di peggio.

È vestita per uccidere, e io rischio di morire.

Uno di questi giorni mi provocherà troppo.

Ah… non ha proprio idea di cosa accade

quando si sguinzaglia un lupo alfa contro alla preda.

MEZZANOTTE È il primo libro della trilogia *Grande capo cattivo*. Vede un capo – un lupo mutante stronzo e miliardario – alle prese con un'assistente dall'intelligenza impareggiabile.

<u>Leggi ora</u>

OTTIENI IL TUO LIBRO GRATIS!

Iscrivetevi alla newsletter di Renee per ricevere Indomita, scene bonus gratuite e notifiche riguardo a nuove pubblicazioni!

https://subscribepage.com/reneeroseit

ALTRI LIBRI DI RENEE ROSE

King of Diamonds

Mafia Daddy

Jack of Spades

Ace of Hearts

Joker's Wild

His Queen of Clubs

Dead Man's Hand

Wild Card

Gli alfa di montagna

Eroe

Ribelle

Guerriero

Wolf Ridge High

Alfa Bullo

Alfa Cavaliere

Fratellastro Alfa

Re Alfa

Alfa ribelli

Tentazione Alfa

Pericolo Alfa

Un premio per l'Alfa

Una Sfida per l'alfa

Obsession Alfa

Desiderio Alfa

Guerra Alfa

Missione Alfa

Tormento Alfa

L'AUTORE

L'autrice oggi bestseller negli Stati Uniti Renee Rose ama gli eroi alfa dominanti dal linguaggio sboccato! Ha venduto oltre un milione di copie dei suoi romanzi bollenti, con variabili livelli di erotismo. I suoi libri sono comparsi su *USA Today's Happily Ever After* e *Popsugar*. Nominata *Migliore autrice erotica da Eroticon USA* nel 2013, ha vinto come autrice antologica e di fantascienza preferita dello *Spunky and Sassy*, come miglior romanzo storico sul *The Romance Reviews* e migliore coppia e autrice di fantascienza, paranormale, storica, erotica ed ageplay dello *Spanking Romance Reviews*. È entrata dieci volte nella lista di *USA Today* con varie antologie.

Iscrivetevi alla newsletter di Renee per ricevere scene bonus gratuite e notifiche riguardo a nuove pubblicazioni!
https://www.subscribepage.com/reneeroseit

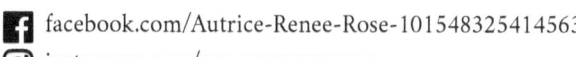

facebook.com/Autrice-Renee-Rose-101548325414563
instagram.com/reneeroseromance